天蚕土豆 作品

# 斗破苍穹

DOUPO CANGQIONG

3 寻找异火

青岛出版社
QINGDAO PUBLISHING HOUSE

**图书在版编目（CIP）数据**

斗破苍穹．3，寻找异火 / 天蚕土豆著．— 青岛：青岛出版社，2016.3

ISBN 978-7-5552-3602-3

Ⅰ．①斗… Ⅱ．①天… Ⅲ．①长篇小说－中国－当代 Ⅳ．① I247.5

中国版本图书馆 CIP 数据核字（2016）第 032744 号

**书　　名** 斗破苍穹 3 寻找异火
**著　　者** 天蚕土豆
**出版发行** 青岛出版社
**社　　址** 青岛市海尔路 182 号（266061）
**本社网址** http://www.qdpub.com
**邮购电话** 13335059110　0532- 68068026
**责任编辑** 霍芳芳
**特约编辑** 代　敏　赵桂芹
**照　　排** 青岛双星华信印刷有限公司
**印　　刷** 青岛双星华信印刷有限公司
**出版日期** 2016 年 4 月第 1 版　2018 年 6 月第 5 次印刷
**开　　本** 16 开（710mm × 1000mm）
**印　　张** 15
**字　　数** 230 千
**印　　数** 36501-46500
**书　　号** ISBN 978-7-5552-3602-3
**定　　价** 29.80 元

**编校印装质量、盗版监督服务电话　4006532017　0532-68068638**
**本书建议陈列类别：畅销 · 青春幻想**

CONTENTS

# 目录

## 第一章
# 山洞同住

当满山魔兽疯狂寻找那神秘女人时，萧炎在药老的保护下，没有惊动任何魔兽，偷偷地向藏身之处奔去。

“太刺激了，那女人最后一招太强了，若不是那紫晶翼狮王躲得及时，恐怕连它的脑袋都会被洞穿……”回想着先前高空中那幕惊险华丽的战斗，萧炎有些激动，这种强者对撞的一幕，在外界可是难得一见的。

萧炎小心翼翼地回到瀑布那儿，收拾好摆放在那里的药鼎等物，正打算回山洞，身形却骤然凝固。

萧炎睁大着眼睛，眨也不眨地望着那瀑布之下的河流中，一位身着素衣的美丽女人正悬浮在那里，紧闭的眼眸以及苍白的脸颊让人觉得她似乎受伤不轻。

萧炎咽了一口唾沫，认出来这位悬浮在水面上的女人，正是先前与紫晶翼狮王战斗的那位斗皇强者。

看她现在的模样，好像处于昏迷的状态，萧炎心头顿时摇摆起来。救，还是不救？救了她的话，恐怕会因此招惹上此处的原住民。可如果不救的话，现在的她恐怕难逃被暴怒的紫晶翼狮王撕碎的厄运。

就在萧炎心中犹豫不决之时，远处的丛林中隐隐传来几声魔兽的吼声。

"唉，算你好运！"听着兽吼声，萧炎一咬牙，快速地冲进水流之中，将那素裙女人抱了起来，然后向着山洞方向狂奔而去。

萧炎一路狂奔，直到进入山洞周围五十米之内时，才松了一口气。药老曾在这个范围撒下了一种药粉，这种药粉对魔兽有很大的刺激性，一般很少会有魔兽闯进这个圈子，所以这里也算是个安全的地方。

萧炎抱着女人冲进山洞，将她轻放在石台上，一屁股坐在她的身旁，重重地喘了几口气。

这时，萧炎才近距离地观看这位美丽的斗皇强者。细细地打量，她的容貌令萧炎感到惊艳。用"眉目如画""冰肌玉骨"这等象征美丽的词汇来形容她似乎并不为过，而最让萧炎惊叹的，还是她身上所蕴含的那种雍容华贵的气质。

昏迷之中的她，黛眉微微蹙着，一抹痛楚隐隐地现在脸颊之上。

"她需要治疗。"

萧炎搓了搓手，从纳戒中取出十多个小玉瓶，略微踌躇了一会儿，伸出双手欲解开女子的衣衫。不想当他刚伸出手，紧闭着双眸的神秘女人却突然睁开了眼，眼中泛着一抹冰冷与羞恼，紧盯着萧炎。

"呃……你醒了？"突然睁眼的女人把萧炎吓了一跳。萧炎赶忙退后几步，举起手中的小玉瓶，解释道："我只是想帮你疗伤而已，没有恶意，当然……刚才你是昏迷了，我才想自己给你上药。现在你既然苏醒了，那你就自己来吧。"

说着，萧炎小心翼翼地将玉瓶放在她身边，然后再次退后几步。见识过这女人的强横，萧炎可是有些害怕她突然发飙，一巴掌把自己给胡乱拍死了，那不得冤死？

见萧炎退后，神秘女人这才微松了一口气，望着萧炎的眼神中少了一分冷意，不过当她准备抹药时，却发现自己全身处于一种麻木的状态。

微微挣扎了一下身子，那神秘女人缓缓闭目，片刻后睁开，咬着银牙低声道："该死的家伙！竟然中了它的封印术。"

萧炎蹲在山洞的角落，望着那半天动弹不了的神秘女人，满脸同情，却没有主动过去帮忙的打算。

再次挣扎了一下，神秘女人只得无奈地停止了无谓的挣扎。她偏过头来望着蹲在地上画圈圈的萧炎，仔细地打量了一番，似乎觉得这看起来颇为清秀的少年并没有什么危害性，便轻声道："还是你帮我上药吧。"

她的声音非常悦耳动听，不过可能是因为她的身份，其声音之中，总是有着一抹难以掩饰的高贵。

"我来？"萧炎抬起头来，盯着神秘美人看了一会儿，又眨了眨眼，低声嘟囔道，"帮你可以，不过先说好，事后你最好别给我搞什么看了你身子要挖眼赔命的白痴事情。"

听到萧炎这话，女子顿时有些哭笑不得。她摇了摇头，心里却想，有多少年没人敢在自己面前说这种话了。

"我还没那么迂腐，只要你能管好自己的手与嘴，我自然不会做恩将仇报的事。"女子放缓了声音，淡淡地说道。

有了这话，萧炎这才慢吞吞地走上前来，目光再次在那张美丽容颜上扫过，干咳了一声，伸出手来，轻轻地从女子的背后拉下一小节衣衫。

衣衫下是一件淡蓝色的金属内甲，看这内甲上犹如水波一般流转的流光，显然不是普通之物。内甲之上有五道深深的爪印，丝丝鲜血从爪印中渗出。

"好坚固的内甲！若不是有这东西护身，恐怕紫晶翼狮王的那招攻击就能直接撕裂她的上半身。"望着这淡蓝色的内甲，萧炎心中惊叹道。

"那个，伤痕在内甲的下面……想要止血敷药……似乎要把内甲……取下来。"萧炎尴尬地苦笑道。

女子的身体明显地颤了颤，深吸了一口气，竟然缓缓地闭上了美眸，修长的睫毛轻微地颤抖着，声音却颇为平淡："解开吧，麻烦你了。"

见对方这般爽快，萧炎倒是有些不自在了。他无奈地摇了摇头，将女子从石床上扶起来，然后让她背对着自己，盘坐在石床上。

萧炎手掌略微有些哆嗦，小心翼翼地将内甲脱下。不过饶是他已经够小心，可内甲离身时还是刮到伤口，让她疼得倒吸了几口凉气。

萧炎从纳戒中取出一套大黑袍，然后从背后套在了女子身体之上，这才缓缓地将她转过身来，放倒在石床之上。

“我要清洗伤口了。”萧炎提醒了一声，拉下部分黑袍，露出女子肩背上的伤口。伤口鲜血淋漓，甚是恐怖。

萧炎从纳戒中取出一些干净的布棉，又从一个玉瓶中倒出一些淡绿的液体，然后缓缓地擦拭着伤口附近的血迹。

随着萧炎的轻轻擦拭，神秘女人的睫毛不断轻轻地颤抖着，似乎在隐忍痛楚。她头上那尊高贵的凤凰发饰上的饰物也悄悄散落了一些，看上去，少了分雍容，多了分慵懒。

望着面前那低着头、正认真为自己清洗伤口的少年，女人目光中多了一分感激。

“放心，很快就好了。”萧炎微微笑了笑，将一些白色粉末均匀地撒在伤口之上，然后取出一些止血用的棉布，小心翼翼地将她的伤口包裹了起来。

“好了，伤口处理好了，剩下的，便是一些只能靠你自己治疗的内伤了。还有，那封印，也只能靠你自己解开。”萧炎拍了拍手，后退一步，笑道。

“谢谢了。”

女人静静地躺在石床之上，忽然对着萧炎展颜一笑……

萧炎趴在一处小山峰上，扫视周围。因为那头紫晶翼狮王，这段时间魔兽山脉内部的魔兽明显躁动了许多，不过好在药老所布置的药粉有奇效，附近虽然也偶尔会有魔兽出没，不过它们闻到那股刺激的气味之后，都赶紧离开了，所以这两天萧炎二人倒还没有被发现。

“喂，有那女人在身边，可始终是个麻烦哦，你难道打算一直这样啊？”药老从戒指中飘浮而出，笑道。

“嘿嘿，那可是斗皇强者啊，有机会让她欠我个人情，这可是长远投资，这点风险算得了什么？”萧炎用手掌扇开面前从树上垂下的柳条，嘿嘿笑道。

“我看你最好趁她虚弱的这段时间……好好拉拢一番。这样日后如果多一个斗皇强者当贴身保镖，你在这加玛帝国就能横着走了。”药老为老不尊地坏笑道。

“好了，监视完毕，回去吧。”萧炎再次环顾了一下平静的四周，挥了挥手，懒得和药老讨论这极其无聊的问题，从石堆后跃出，矫健地跳下了小山峰。

萧炎将药老收进戒指之中，一路小跑，几分钟后，回到了清凉的山洞之中。

进入山洞，却见到那原本躺在石床上的神秘女人正手掌托着香腮，闲坐在石板上。见萧炎归来，她不禁微微一笑，道：“回来了啊。”

萧炎笑着点了点头，背负着玄重尺走近，从纳戒中取出几条在瀑布下逮到的肥鱼，一屁股坐在地上，燃起火焰，随口问道：“你好些了没？”

神秘女人缓缓站起身子，来到萧炎身旁，微蹙着黛眉轻叹道：“外伤倒没什么大碍，不过身上的封印术，至少要好几天的时间才能解开。”

“这段时间就躲这里吧，它们应该搜不到这里。”将鱼叉好，放在火架上，萧炎偏过头，望着身边的神秘女人。

女子身上的那套素裙已经破碎，所以现在的她，穿着萧炎的黑袍。别人穿起来显得有些沉重的黑色，到了她身上，却多了一分神秘的韵味。

神秘女人优雅地坐下，美眸盯着不断在烤鱼上撒着各种调料的萧炎，微笑道：“你的胆子真不小，斗者的实力，就敢闯进魔兽山脉内部。”

“没办法啊，被人追杀进来的。”萧炎笑了笑，偏头问道，“对了，你的名字？”

“云芝。”神秘女人美眸微微闪烁了一下，含笑道。

“药岩。”萧炎从玉瓶中撒出一些精心搭配的调料，也是随口道，“云芝？”他可从没听过加玛帝国有一个叫这名字的斗皇强者，想来，她多半是隐藏了真实身份吧。

自称云芝的女人，也没有追究萧炎所说名字的真实性，虽说如今实力被封印，可一个实力仅仅是斗者的少年，明显对她没有太大的威胁。

短暂的交谈便这般缓缓落幕，失去了话题的两人陷入了沉默，直到萧炎将烤鱼递给云芝，她这才对着他轻轻点了点头。

云芝撕下一小块鱼肉，细嚼慢咽的优雅姿态让一旁狼吞虎咽的萧炎感觉到有点自卑。

“你是炼药师？”云芝目光扫过萧炎身旁的一些小玉瓶，声音中略微有些诧异。

“呃，医师吧……”萧炎咽下口中的食物，隐瞒了自己是炼药师的事实，他并不觉得暴露身份是件明智的事情。

“哦。”云芝微微点了点头，明眸中的诧异缓缓消逝，炼药师与医师，虽然都有个“师”字，不过身份却是天壤之别。

“我有个朋友是位炼药师，在加玛帝国。等我办完这里的事情后，你若是愿意，我可以把你介绍给他。”云芝抿了抿泛着点油渍的红唇，微笑道。

闻言，萧炎一愣，旋即摇了摇头：“多谢了，不过我想还是算了，我已经有老师了。”

见萧炎竟然拒绝了自己的好意，云芝俏脸上明显地闪过一抹错愕，自己的介绍竟然会被当事人拒绝，这可是这么多年来的头一遭。这时候，云芝几乎有些冲动地想问一句：你知道我要把你介绍给谁吗？

然而这种冲动只是在心中一闪便逝，以云芝的定力与身份，自然不会真的当场问出这种话，当下只是带着点莫名的意味，缓缓地点了点头。

“你伤好了后，还打算去找紫晶翼狮王？”萧炎将最后一块鱼肉撕下，塞进口中，含糊地问道。

“嗯，我需要得到紫灵晶。”云芝轻叹了一口气，说道。

萧炎摇了摇头，见识过她与紫晶翼狮王的战斗，他显然认为云芝得手的机会并不大。

“我与它的实力相差并不多，只是没料到它竟然掌握了封印术，上次吃亏在猝不及防，下次再战，我不见得会输给它。”瞧着萧炎的表情，云芝黛眉微蹙着道，话语中隐隐透着不甘。

“那招的确很强。”对于云芝发出的那将紫晶翼狮王最坚硬的尖角切割掉一半的深邃光线，萧炎倒并未怀疑它的威力，不过若真和那紫晶封印对碰起来，萧炎也不知道谁会更胜一筹。

吃完手中的烤鱼，萧炎站起身来伸了一个懒腰，和云芝打了声招呼，然后盘坐在一旁的石台上，双手结出修炼的印结，缓缓地闭目。

望着开始修炼的萧炎，云芝也站起身来，将满是油腻的手清洗了一下，然后来到萧炎面前，明眸上下打量着修炼中的萧炎。片刻后，她黛眉一皱，轻声道：“怎么是最低级的黄阶功法？这小家伙的老师，似乎也太抠门了点吧，难道他不知道好的功法对于初学者来说代表着什么？”

云芝轻叹着摇了摇头，心中顿时将那从未见过面的药老贬成了败坏学生的无良老师。

“等事完之后，帮他一把吧，这么好的苗子，可别被糟蹋了。”云芝摇了摇头，也在一旁坐了下来，闭着眼眸，缓缓地溶解着体内的紫晶封印。

在云芝破解封印的这几天，她受到了萧炎的悉心照料，两人也逐渐熟络了起来。或许是封印的缘故，现在云芝与萧炎说话时，那种不自觉流露出的高贵神态逐渐淡了下来，这倒是让萧炎心里畅快了一些，毕竟他最不喜欢的便是这种东西。

山洞中的生活平静地过了两天，第三天时，这种平静被一声突如其来的狼啸打破。

在山洞中刚刚吃完午餐，便听到洞外不远处响起了狼啸，萧炎脸色猛地一变，急忙站起身来，与云芝对视了一眼，两人都是眉头紧皱。

“怎么被发现了？”萧炎来回踱着步子。他每天身上都撒了遮掩气味的药粉，魔兽不可能跟踪他来到此处啊！

萧炎眉头紧皱着，忽然瞟见云芝那带着歉意的脸颊，微微一愣，心头一动，苦笑道："你不要和我说，你今天出去过？"

望着萧炎的脸色，云芝的俏脸上涌上一抹绯红，扭捏地低声道："抱歉，我……今天出去洗了个澡。"

闻言，萧炎顿时有些无语，叹息了一声，紧了紧背后的玄重尺，咬牙道："你留在这里别乱动，我出去引开那头魔兽。"

"你……你的实力……还是我去吧。"望着转身欲出去的萧炎，云芝心头的歉意更浓了些，急忙站起身来道。

"给我待在这里别动！"萧炎的脚步忽然顿住了。他转过头来，沉声喝道："你出去只会引来更多的魔兽！"

云芝被萧炎这突如其来的厉喝声吓了一跳。她傻傻地望着萧炎，脑袋忽然有些转不过弯来，这……这小家伙竟然敢朝她这般吼叫？

"不要再出洞口一步，不然我们都得死在这里！"

到了这时候，萧炎也没心思再管身后的女人是一名斗皇强者，口气严厉地说了一句后，快速地跑出了山洞。

云芝站在原地，望着少年消失在洞口处的背影，玉手在身前一阵胡乱地摆动，似乎不知道该做出什么反应。半晌后，她方才跺了跺脚，嗔道："小小年纪，凶起人来，却是这般不留情，亏我还打算帮你。既然这么爱逞强，那你自己去好了。"

然而，话虽这样说着，云芝却望着通亮的洞口，向前走了几步，但一想起萧炎的提醒，她又不得不停下脚步，眉宇间萦绕着一抹焦虑。

萧炎出去后不久，云芝便听见狼嗥声更猛烈了。片刻后，狼嗥声逐渐远去，少年却依然没有归来。

又等待了一段时间，云芝终于耐不住，咬了咬银牙，玉手一握，奇异的长剑弹射而出，冷声道："紫晶翼狮王，你这浑蛋，若是药岩出了事，我非得把你这山脉掀翻不可！"

说着，云芝便欲闯出洞去。恰在此时，一道人影忽然从洞外踉跄跑进来。

"药岩？你没事吧？"瞧得人影，云芝俏脸一喜，赶忙跑过去询问道。

"大姐，麻烦你别出去了，再来头魔兽，我就真得挂了。"萧炎满身鲜血，对着云芝苦笑了一声，眼前一黑，径直倒了下去。

倒下的瞬间，萧炎模糊地感觉到，有一双温暖的手臂接住了自己。

当萧炎从昏迷中苏醒过来时，模糊地感觉到有清水递到嘴边，大口冰凉的清水被粗鲁地灌入口中，由于灌水之人技术实在不怎么样，导致萧炎的鼻孔中也被灌了不少。

萧炎眼瞳猛然睁开，低下头剧烈地咳嗽，半晌后，方才脸色涨红地抬起头，望着身后端着一碗清水、表情有些不知所措的云芝。萧炎嘴角微微抽搐，苦笑道："你成心想把我呛死是吧？"

闻言，云芝的俏脸上闪过一抹尴尬，这可是她第一次照顾人，能做到这样，已经很不错了。

云芝放下手中的碗，微笑着问道："没事了吧？"

"没啥大事了。"摇了摇头，萧炎揉了揉依然有些眩晕的脑袋，道，"还好来的只是一头二阶魔兽。若是三阶的话，恐怕我就真的回不来了。"

"抱歉，我也没想到会惹出这些事来。"或许是因为实力被暂时封印，这几日，云芝道歉的话竟多了起来，这若是被认识她的人知道的话，恐怕会惊愕得连舌头都吞下去。

萧炎苦笑了一声，摆了摆手，道："算了，也怪我事先没和你说清楚。"说到此处，萧炎的肚子却忽然"咕咕"地叫了起来，这让他不由得有些尴尬。

听到萧炎肚中发出的声音，云芝"扑哧"一笑，笑声清脆动听，伸出手来将想要下来准备食物的萧炎按住，笑吟吟地道："现在你是病人，至于烤鱼，今天还是我来弄吧。"

"你会烤鱼？"闻言，萧炎顿时将惊异的目光投向这位身份颇为高贵的美丽女人。

“看你做了两三天，多少也学会了一点吧。”云芝微微一笑，转身走向石台，留给萧炎一个曼妙的背影。

望着蹲在地上生火烤鱼的云芝，萧炎笑了笑，然后缓缓地吐了一口气，双手结出修炼的印结，盘起腿来，半晌后进入了修炼状态。

蹲在火堆旁，云芝翻转着烤鱼，偶尔回过头，望着闭目修炼的萧炎，不由得轻声道：“还从没有人吃过我烤的鱼呢，你这小家伙竟然还敢瞧不起我！”

云芝再次转动了一下木柄，目光扫过石台的一些玉瓶，黛眉微蹙，玉手缓缓地移动着，片刻后，忽然抓起最靠近角落的一只小玉瓶：“调料似乎是这个吧？”

云芝抬起透明的玉瓶，望着其中那些白色的粉末，觉得似乎和萧炎以前所使用的差不多后，方才将之撒在烤鱼上。

“喂，起来吃东西了。”

清脆的笑声让萧炎从修炼状态中退了出来。萧炎一睁眼，望着摆在面前那焦炭似的烤鱼，嘴角一扯，抬头望着美眸正盯着自己的云芝，不由得干笑道：“这就是你烤的鱼吗？”

“这可是我第一次烤食物，就算是不好吃，你也得吃完，不然等我恢复了……”望着萧炎的表情，云芝红唇微翘，扬了扬自己手上的一条烤鱼，淡淡的话语中，威胁的意味不言而喻。

“大姐，我可是病人，你不给最好的照料就罢了，还这般毒害我？”闻言，萧炎顿时哀号了一声，不过云芝对此却是不加理会，自顾自地咽下小块鱼肉，旋即黛眉微蹙，显然，她对自己的手艺也是不太满意。

见自己被无视，萧炎只得无奈地摇了摇头，心中念叨着自己百毒不侵之后，一口咬了上去。

满嘴的焦炭将嘴唇染得有些发黑，萧炎无可奈何，咬着牙把嘴中的食物都吞了下去。不过，当他吃掉大半个烤鱼之时，眉头却缓缓地皱了起来，身子也有些不自在地扭了起来。

“那个……药岩,你……你有没有察觉到一点不对劲啊?”站在萧炎面前的云芝,忽然轻声问道。

听到她问话,萧炎这才抬起头,心头却不由猛地一跳,只见面前亭亭玉立的云芝,一张俏脸不知何时布满了绯红,原本灵动的眸子此时也变得迷离了起来。

“的确很不对劲……”苦笑了一声,因为萧炎发现,自己的身体忽然变得火热了起来,而且这股火气,还有逐渐蔓延的趋势。

萧炎深吸了一口气,望着脸上露出一抹惊慌的云芝,然后再低头望着两人手中的烤鱼,沉吟了片刻,心头猛地一动,急忙问道:“你……刚才在这上面撒了什么?拿过来给我看看。”

听到萧炎的话,云芝也察觉到问题似乎就出在两人手中的烤鱼上,当下连忙从石台上将那小玉瓶拿了过来,递给萧炎。

萧炎快速地接过小玉瓶,望着那淡白的药粉,眼角顿时一阵抽搐,特别是当他用手指沾了点药粉放进嘴中之后,脸上的表情变得格外精彩了起来。

“怎么了?这调料有问题?”见萧炎这模样,云芝疑惑地问道。

“谁告诉你这是烤鱼的调料了?”萧炎欲哭无泪地道。

“我看这和你以前使用的似乎差不多……”此时的云芝,也明白自己又无意间闯了点祸,声音中不免多了一分尴尬。

萧炎长长地叹息了一声,发现小腹中升腾而起的邪火越来越烈,当下小腹急忙一缩,借助着斗气,死命地压制邪火继续扩散。

“这究竟是什么东西?”云芝强行压抑住心中的燥热,急声问道。

“这……是我无意间配制的……一些男女间用的药。”萧炎说道,脸庞上的涨红隐隐又增了一分。

闻言,云芝脸色一滞,旋即涌上大片羞红,恨恨地跺了跺脚,嗔骂道:“小小年纪不学好,怎么去炼制这些鬼东西,真不知道你那无良老师究竟在教你什么!”

面对云芝的羞怒,萧炎也有些委屈:“大姐啊,我那东西放那里,可没叫你把它当作调料啊。”

“现在怎么办？”这时候，云芝也有些手脚无措，全然没了那日与魔兽山脉王者相抗衡的威风。

“用斗气压制吧，这东西只是我随意炼制，应该没多大药效，压压就好。”说完，萧炎赶忙闭上了眼眸，然后运行着体内的斗气，对升腾的邪火进行压制。

望着闭目的萧炎，云芝也想运用斗气压制，不过当她运转斗气之时，才抓狂地发现，自己的斗气已经被紫晶封印完全封住，哪里运转得起来。

“你自己慢慢压制吧，我不能留在这里了，我要出去！”一阵凉风在山洞吹过，让云芝清醒了一点。她当下银牙一咬，竟然对着山洞外跑去。

萧炎听到云芝这话，不由吓得魂飞魄散，让你出去那还得了？到时候铺天盖地的魔兽会把这里给堵死的。

萧炎急忙睁开双眸，跳下石床，拦住了云芝。

第二章

# 联手行动

云芝满脸通红，眸中忽然滴下晶莹的泪珠："药岩，我若失身，必先杀你，然后自杀！"

萧炎嘴角浮上一抹苦涩，轻叹了一口气，心头出声问道："老师，别装死了，怎么解除这破东西的药力？"

药老无奈道："你将斗气汇于手掌，然后替她按摩这几处穴位……"

待药老说完，萧炎只得一咬牙，弯身把云芝拦腰抱起，然后轻放在石台之上。

双掌缓缓探出，将斗气附于其上，萧炎深吸了一口气，低下头，对着神志模糊的云芝轻声道："得罪了。"

随着斗气逐渐地入体，片刻之后，萧炎终于大汗淋漓地移开了手掌，转过头望着脸色已经恢复正常的云芝，不由得松了一口气。

自己的药力还未破解，想到此，萧炎不敢有所耽搁，旋即从山洞中奔出，对着不远处的瀑布疯狂地跑去。

"扑通！"望着出现在眼前的湖泊，萧炎犹如一条鲤鱼一般，径直跳了进去，身体沉在水底，任由冰凉的湖水刺激着滚烫的身体。

萧炎从纳戒中取出一枚回气丹丢进嘴中，顺便咽下几口湖水，便在湖底盘起了双腿，然后运转着斗气，开始平复气息。

随着湖水的刺激与斗气的缓缓恢复，萧炎身体上的滚烫正在逐渐地退却。

“扑通！”平静的湖面，一颗人头忽然破水而出，萧炎抹了一把脸上的水渍，抬头望着那高升的烈日，全身有些无力地呼了一口气。他缓缓游到岸边，身体贴着岩石，不断地喘着气。

萧炎微眯着眼睛望着天空，轻声苦笑着摇了摇头。

“唉……”萧炎莫名其妙地叹息了一声，从湖中爬起来，带着些许忐忑向山洞缓缓走去。

在即将到达山洞之时，萧炎深吸了一口气，轻声嘀咕道：“她应该醒了吧？”

萧炎握了握手掌，举步走进了凉爽的山洞，目光望向石台，却是一愣，本该躺在这里的云芝，消失了。

萧炎脸庞上闪过一抹慌乱，快走了几步，刚欲大声呼喊，脖子忽然一凉，一把奇异的长剑泛着些许森寒，紧紧地贴着喉咙之处。

萧炎的身体骤然僵硬，眼角向后瞟去，只见一身黑袍的云芝，正手持长剑，俏脸冰寒地立于身后。

凉爽的山洞之内，女人将长剑贴在少年喉咙之上，情景诡异而危险。

喉咙上传来的冰凉之感，让萧炎浑身泛起了细小的疙瘩。他缓缓地抬起手，似是澄清般地苦笑道：“我可没有怎么你。”

闻言，云芝冰寒的俏脸上泛上一抹晕红，眼神闪烁着，然而手中的长剑却并未有丝毫的移动。

良久，云芝发出一声颓丧的叹声，无力地收回长剑，向山洞内部走去，在与萧炎擦肩而过时，淡淡地道：“今天的事，我们都当作没有发生吧，不然传出去，对你没什么好处。”

萧炎立在原地，望着云芝的背影，闭着眼吐了一口气，嘴角溢出一抹无奈的苦涩。的确，这种事本该忘记，和她的身份比起来，自己的确是犹如那坐在井中的蛤蟆，当天鹅康复之后，浩瀚的天空才是她的归属，而蛤蟆只能蹲在井中，仰望着天空。

斗皇，那是一条难以跨越的鸿沟，或许萧炎能够有机会越过，不过至少，不是现在；而且，这位骄傲的高贵女人也不可能相信，一名仅仅斗者实力的少年能够踏上那个层次，即使他的天赋不弱，也不会必然成为斗皇强者。

萧炎摇了摇头，也缓缓走进山洞中，望着那冷淡的脸颊——闭眼溶解封印的云芝，耸了耸肩，也在一旁坐下，闭目修炼着斗气。

随着两人的沉默，山洞内陷入了寂静而尴尬的气氛，经过今天这事后，两人似乎再难回到以前那般融洽的程度。

沉默的气氛一直持续到晌午，萧炎趁这段时间又出去打了几条鱼回来。正当他蹲在火堆旁心不在焉地翻滚着木棍时，心头忽然有所察觉地抬起头，却与云芝的视线撞在了一起。

两双目光略一对视，旋即便佯装若无其事般转移了开去。

萧炎再次翻了一下烤鱼，从中取出一条，递给云芝。

“你吃吧，我不饿。”云芝垂下眼睑，轻声道，然而话语刚落，却感觉到小腹微微缩了缩，不过她倒也是倔强，闭目懒得理会肚子的抗议。

“放心吧，没有毒。”望着不肯接受的云芝，萧炎只得笑着说了一个很冷的笑话。

睁开眼来，云芝紧闭着小嘴，抬起脸，却见到那站在火堆旁一脸和煦笑容的少年，眼眸中闪过一抹柔软。不可否认，萧炎清秀的面貌配合着他的年纪，看上去显得没有什么危险。

云芝轻叹了一口气，终于伸手接过烤鱼，刚要递到嘴边，一旁的少年却忽然出声道：“有些烫，小心点吧。”

听到萧炎这话，云芝不由得一愣，旋即白了他一眼，道：“你见过哪个斗皇强者会在乎这点温度？”

萧炎尴尬地笑了笑，也抓起烤鱼，狼吞虎咽地吃了起来。

云芝细嚼慢咽地吃着鱼肉。或许是先前萧炎那句无厘头的关心话语让她放松了心情，她咽下食物，轻声道："明天，我应该便能破解封印了。"

萧炎用力嚼动的嘴猛然一滞，一口将嘴中的东西吞下去，轻叹了一口气。不知为何，他总是有种感觉，等云芝再次成为一名斗皇强者后，她依然是高高在上的斗皇强者，而自己也依然只是一个还在为成为斗师而苦苦奋斗的蝼蚁。两者，或许将再难有交集。

想到这里，萧炎便觉得香喷喷的烤鱼有些索然无味了起来。他三下两口便将烤鱼吃得精光，含糊地道："是吗？那恭喜了。"

"恢复了实力，我便会再去找紫晶翼狮王。"似是没有察觉到萧炎的情绪，云芝自顾自地说道。

"我倒是希望你继续被它封印了……"埋头啃鱼的萧炎忽然飙出了一句话来。

闻言，云芝柳眉顿时一竖，手中的烤鱼对着萧炎怒砸而去，嗔道："乌鸦嘴，说什么呢？"

萧炎反手接住飞来的烤鱼，竟毫不客气地慢吞吞地啃了起来。

云芝轻啐了一句："吃吧，撑死你算了！"

将烤鱼吃得精光，萧炎打了个饱嗝，偏头问道："虽然或许只是废话，不过还是问一句，有什么需要我帮忙的吗？"

听到萧炎这话，云芝略微沉吟，竟然微微点了点头，目光扫着萧炎那错愕的神色，轻声道："紫灵晶一般会被放在紫晶翼狮王的山洞之中，我上次本来打算潜进去，可最后被它发觉……待明日恢复实力后，我会再次引开紫晶翼狮王，至于你……我想请你进入紫晶翼狮王的山洞内，帮我找到紫灵晶。"

"帮你倒没问题，不过我仅仅是一名斗者，虽然说出来有些丢脸，但是在这魔兽山脉内部，随便出来一头三阶魔兽，就能轻易地解决我。"摊了摊手，萧炎苦笑道。

"这你无须担心，明日等我破解封印，我会使用秘法，让你在短时间内获得一些力量，依靠着这些力量，你应该能够进入山洞内部，毕竟，紫晶翼狮王的山洞，很少有别的魔兽敢进入。”云芝说道。

萧炎微微点了点头。

“你把这块水晶佩戴在身上，只要接近紫灵晶，它便会发热。你只要凭着热度的高低，便能找到。”说着，云芝从手指上的一枚碧绿的纳戒中取出一小块菱形水晶，递给萧炎。

萧炎接过菱形水晶，将之挂在脖子上，抬起脸笑道：“我会尽力。”

望着萧炎的笑容，云芝微微点头。说完这些，两人似乎又没有了话题，当下气氛再度沉闷。

“你休息吧，我还要修炼一会儿。”萧炎打破了沉默，冲着云芝笑了笑，然后在一旁的石台上盘腿坐下，闭目进入了修炼状态。

云芝坐在石床上，盯着少年那清秀的脸，良久方才轻叹了一口气，缓缓地躺了下去，嘴中轻声呢喃道：“睡吧，明天起来，就什么都忘了。”

随着石洞内变得寂静，闭目修炼的萧炎却睁开了双眼，偏过头望着石床上犹如睡美人般的云芝，缓缓走下石台，来到石床之旁，目光停在那张柳眉微蹙的美丽脸颊之上。

目光紧紧地盯着这张或许以后不能再如此直视的俏脸，片刻后，萧炎从纳戒中取出一套大黑袍，轻轻地盖在云芝的身体上，这才转过身来，背负着巨大的玄重尺，向着山洞之外行去。夜晚是魔兽出没的高峰期，他必须随时保持警惕。

在萧炎转身之时，闭目沉睡的云芝忽然睁开了双眸，静静地望着那背着怪异黑色巨尺的、缓缓消失在山洞之外黑暗中的背影，玉手抚摸着身上覆盖的黑袍，宁静的心境莫名地荡起了圈圈涟漪。

“唉……”山洞之内，一声轻叹，缓缓消逝。

当温暖的晨曦照在萧炎身上时，他睁开了蒙昽的双眼，在睁眼的刹那，萧炎忽然猛地转过头来。

在山洞内部的石床之上，云芝盘坐着，奇异的长剑被平放在双腿处。今天的她，换上了一套雪白的素裙，头顶上那本来有些散乱的凤凰发饰再次被聚拢，散发着淡淡的高贵，美丽的脸颊淡然优雅，前几日那股隐隐的柔弱已经完全消逝不见。

云芝似是察觉到萧炎醒来，双眸微微睁开，美眸扫向萧炎，淡淡地道："醒了？"

依稀是以前的清脆声音，不过，此次却带上了一些清冷。平淡的语气，犹如陌生人间的对话。

萧炎目光在云芝身上扫过，缓缓地吐了一口气，偏头道："封印，破解了？"

"嗯。"淡淡地点了点头，云芝身形微动，再次出现时，竟然直接站在了萧炎面前。她美眸下移，盯着少年的面孔，道："走吧，出去后，我帮你暂时性地提升力量。"

说完，她便率先转身向山洞外行去，优雅的莲步，美丽迷人。

抬头望着那即将出洞的美人背影，萧炎忽然道："我还是喜欢前几日的云芝……现在的你，我不太喜欢。"

山洞门口，美丽的背影微微一僵，顿在原地片刻后，方才再次举步走出。

顶着天空上的炎日，萧炎抬头望着那站立在一块巨石上优雅修长的身姿，一抹阳光从天际倾洒在身体之上，为她添了一层淡淡的光辉纱罩。

云芝现在的模样，就如同当日萧炎躲在一旁偷看她与紫晶翼狮王战斗时一般，都是那般雍容与高贵，清冷中所透出的高傲，让人有些自惭形秽。

似是察觉到了萧炎的目光，云芝缓缓地转过身来，美眸轻抬，与那双漆黑的眸子对视了一眼，旋即快速地移开，平淡地道："我会让你在短时间内具备斗师的力量，而且我是风属性，可以使你的速度提高不少。若是遇见魔兽阻拦，你尽量别与之对战，免得战斗的声波引来更多的魔兽，到时候，你恐怕……"说到此处，云芝忽然住了口，微偏过头，盯着萧炎。

"嗯。"萧炎垂着眼睑，似是没有听出云芝话语中不小心露出的意味一般，只是微微点了点头。

望着萧炎那比她还平静的模样，云芝柳眉不知为何，却是微微一蹙，旋即闪身飘下巨石，出现在萧炎身侧，轻声道："开始了？"

"嗯。"

见到萧炎点头，云芝玉手缓缓探出，然后轻轻地抵在萧炎背上，屈指轻弹，一股汹涌的斗气能量猛地灌注而进。这股强行闯进的斗气，并未因为陌生的身体而有所暴动，在云芝一缕心念的控制下，极为温顺地流淌在萧炎的经脉之中。

这股雄浑斗气的流淌，让萧炎体内迅速充满了前所未有的力量之感，微微扭动了一下身子，浑身骨头"噼里啪啦"地响个不停，犹如脱胎换骨一般。

萧炎紧紧地握了握拳头，脸上浮现一抹好奇，这便是斗师的力量吗？果然不是斗者可以比的啊！

随意地动了下脚掌，萧炎发现自己的身体似乎也轻灵了许多，显然，这应该便是体内那些风属性斗气的作用吧。难怪那些修炼风属性功法的斗者，速度都是那般快捷。

"这些斗气足够你使用两个小时，在这两个小时之内，你需要从紫晶翼狮王的洞内取得紫灵晶出来。"云芝轻声提醒道，"我会尽量将它拖住，不过你也得抓紧时间，那畜生的智慧可不比人类低，万一发现了什么，以后恐怕便没有多少机会了。"

"嗯，动身吧？"萧炎点了点头，凝视着身旁那张动人的容颜，笑道。

"嗯。"云芝微微点头，身体微震，背后一对青色的能量羽翼缓缓伸探而出，不过当她抬起头看到萧炎的动作后，却是一愣，旋即俏脸浮现一抹嫣红，羞恼道，"你干什么？"

正做出拥抱姿势的萧炎，听到云芝的问题，不由得睁大了眼睛，似是极为愕然地道："这么远的距离，你该不会让我自己跑路去吧？万一途中遇见四五阶的魔兽，那我不是得半路夭折？"

云芝修长的睫毛一阵剧颤，片刻后，只得深吸了一口气，无奈地点了点头。背后双翅微微一振，两人迅速离地而起，片刻后便飞掠至高空之上。

一路冰冷着俏脸，云芝将速度提升到极致，高空之上，青光一闪，人影便已到百多米开外。

“哦，对了，你究竟是几星斗皇啊？”毫不在意耳边高速飞掠过的云朵，萧炎忽然出声问道。

萧炎突然出声，让云芝有些分心，飞行的身体剧烈地晃了晃，淡淡地道：“三星。”

“那紫晶翼狮王算是几星？”萧炎皱眉询问道。

“魔兽并没有太过清晰的星级之分，若是要比斗技、斗气这些的话，它顶多只能与二星斗皇抗衡。不过，魔兽最擅长的是肉体战斗，而紫晶翼狮王的近身战斗足以和四星乃至五星斗皇媲美。”云芝目不斜视地飞行着，平静地道，“综合加起来，它的本身实力，或许也算是三星斗皇吧。”

“难怪那日近身后，你败得那么快，那家伙的近身攻击的确很强，你之前受了那么重的伤……”萧炎若有所思地点了点头，然后话还未说完，却骇然地发现自己的身子猛然下降了许多，当下赶忙惊恐地抱紧云芝，抬起头来，望着她那羞恼的脸，只得无奈地摇了摇头。

“你再乱嚼舌头，我真把你给丢下去了！”对于这口无遮拦的家伙，云芝除了威胁，还真想不到其他的办法。

“好吧，不说了。”萧炎干笑着点了点头，终于闭了嘴。

天际一抹青光闪掠，他俩悄无声息地落在了一处凌乱的石堆之上。

落地之后，萧炎极为自觉地放开了搂着的云芝，目光在不远处那座巨大的山峦上扫过，在山峦之顶，一个硕大的洞口在树枝的遮掩下若隐若现。

“那里便是紫晶翼狮王的洞府？”站在岩石的后面，萧炎小心翼翼地将视线投向山顶，轻声询问道。

“嗯。”微微点了点头，云芝目光缓缓地扫过山洞附近，黛眉微蹙，道，“周围的防御又森严了许多，想来那家伙也提高了警戒啊。”

“洞口的一些高阶魔兽，我待会儿会尽量击杀或者击伤它们，而你就选个最好的时间，偷偷溜进洞府吧。”云芝转过头，叮嘱道。

“好。”萧炎点了点头，示意明白。

吩咐妥当，云芝也放心了一些，在飞身之时，偏过头，对着萧炎轻声道：“你……小心点，别出事了。”

萧炎微微一笑，道：“你也小心点，虽然我很喜欢你再次被封印，不过还是希望你没事。”

云芝无奈地摇了摇头，不再废话，背后双翅一振，曼妙的身躯轻灵地跃上高空，然后闪电般地对着那巨大的洞口飞掠而去。

云芝的身形，并未有所隐藏，所以在她飞到距离山洞百多米时，一阵阵兽吼声响彻山峦。

云芝玉手一握，奇异的青色长剑出现在掌中。她身形化为一抹青色光影，瞬间俯冲进入山洞周围的密林之中，顿时，一阵阵凄厉的兽吼声暴响而起，众多魔兽从山洞附近仓皇逃窜而出。在一名斗皇面前，这些凶狠的魔兽根本没有半分展现凶狠的余地。

“人类女人！你竟然还敢出现？今日必取你性命，以报毁角之仇！”

在云芝斗杀守卫魔兽之时，巨大的洞府之内，紫晶翼狮王那暴怒的咆哮声猛然响起。

随着咆哮声起，一道紫色光影闪电般从洞内飞掠而出，然后一头撞进密林之中，顿时，光华暴射，密林瞬间一片狼藉。

密林毁灭，一青一紫两道光芒一追一赶地直冲天际，然后在千米之上的高空开始了凶悍的对碰。

目光瞟了一下高空上的战斗，萧炎也开始了行动，脚掌在地面上踏过，身形化成一道影子，迅速蹿进密林之中，然后一路隐蔽着向山顶上的洞府蹿去。

半晌之后，萧炎蹿过先前云芝所进入的密林，入眼处，许多三阶之上的巨大魔兽身首异处地躺在血泊之中。

血腥的一幕，让萧炎对云芝的辣手咂了咂嘴，虽然地上的魔兽尸体内或许会有高阶魔核的存在，但此时萧炎可没那时间去搜寻，脚掌飞快地跃过这些尸体，然后蹿出了密林。

出了密林，巨大的洞口赫然出现在了视线之内。

洞府门口的魔兽守卫大多被云芝解决了，不过由于时间短促，依然落下了两头躲在最后面的三阶魔兽。此时，这两头三阶魔兽正战战兢兢地仰望着天空上的激烈战斗，从上面泄露而下的战斗余波让它们匍匐在地，不停地打着哆嗦。

萧炎皱着眉头，望着趴在洞口几十米远处的两头三阶魔兽，快速地从纳戒中取出一瓶药粉，然后全部撒在自己身上。这种药粉，由他精心所制，能够掩藏身体的气息，而不至于被嗅觉灵敏的魔兽所察觉。

萧炎绕着密林转了一个圈，攀爬上洞口，借助着岩石的掩护，悄悄地来到了洞口的正上方，目光紧紧地盯着那两头不断颤抖的魔兽，略微沉吟，再次从纳戒中取出一些柔软的布条，将之捆在脚掌之上。

一切准备完毕之后，萧炎深吸了一口气，猛然从洞口上方跳跃而下，身体在半空中凌空一翻，然后双脚轻轻地踏上了地面。

脚掌刚一接触地面，萧炎身体便微微弓起，然后骤然飙射进了山洞内。

在萧炎身形刚刚消失在黑暗之中时，一头三阶魔兽将目光转了过来，不过在未发现什么之后，带着几分疑惑移回了目光，再次在高空上的战斗下战栗着。

萧炎进入洞内，其中的光线并没有想象中昏暗，在周围山壁之上，偶尔镶嵌着一些紫色的晶块，这些晶块是山洞的自然产物，在人类的世界中，可是颇为珍稀的装饰物品，价值不菲。

深邃宽敞的山洞内部，被这些紫晶块点缀着，极为美丽。望着这天然成形的洞府，萧炎只得在心中感叹，这成了精的狮子，竟然也懂得享受舒适的生活啊！

一路小心走来，果然如云芝所说，山洞内部并没有别的魔兽存在。一路上，除了他走动的细小声音，再无其他声响。

穿过长长的山洞通道，半晌之后，两条岔道出现在了面前。

萧炎皱着眉头望着两条岔道，沉吟了片刻，小心翼翼地走进左边的通道。这条通道颇为曲折，萧炎足足转了好几次弯。随着越走越深，他忽然发现，周围的温度也越来越热。

萧炎警惕地停下了脚步，抹了把额头上的汗水，望着远处那隐隐散发着紫光的出口，搓了搓手，旋即深吐了一口气，斗气缓缓地在体内开始了流动，云芝留在体内的风属性斗气也开始了运转。做完这些准备，萧炎这才继续向前走去。

萧炎盯着近在咫尺的出口，尽量地放轻脚步，然后悄悄地伸出半个脑袋，视线在这宽敞的山洞内部迅速扫过。

出乎意料的是，萧炎并没有发现半头魔兽的踪迹。他眨了眨眼，再次观察了片刻后，方才放心地走进。

来到洞中，萧炎四处望了望，最后目光停留在了山洞内部的中央位置。那里，紫晶石堆积成了一个一米多高的方台的模样，紫晶石台上，放置着一颗足有萧炎脑袋大小的紫色圆球状东西。

萧炎目光紧紧地盯着那紫色圆球，忽然发现，山洞内部的热量竟然全部是这东西释放出来的。

目光中透着惊异，萧炎没想到这东西竟然拥有如此巨大的能量，目光再次在周围谨慎扫过，有些疑惑地嘀咕道：“难道这就是那紫灵晶？可为什么水晶没有发热？”说着，萧炎从胸口处掏出那块菱形水晶，让它裸露在空气之中，可等待了一会儿后，这东西依然一片冰凉。

萧炎将水晶收好，慢吞吞地走向紫灵石台，走得近了，一股热浪隐隐袭来，让萧炎再次为这东西所蕴含的热量而惊讶。

萧炎缓缓弯下身来，目光死死地盯着这神秘的紫色圆球，心头一动，忽然在心中喊道：“老师，出来看看，这是什么东西？”

听到萧炎的呼喊，药老轻飘飘地从戒指中飘出，目光扫过紫色圆球，老眉顿时一挑，眼瞳中闪过一抹惊异，低声道 :“这……难道是伴生紫晶源？好家伙，你竟然能够遇见这东西！”

“伴生紫晶源？什么东西？”陌生的名字，让萧炎皱着眉头疑惑地询问道。

“啧啧，这可是好东西呐……”飘在空中，围着那颗紫色圆球转了一圈，药老赞道，“紫晶翼狮王乃是一种天赋异禀的异兽，不然它也难以成为一名六阶魔兽。这种魔兽，生产之时，会有极小的几率，在产出小兽的同时，也产出这种伴生紫晶源。”

“这伴生紫晶源，因为在狮王的肚内待的时间极长，所以所蕴含的精纯能量颇为壮观。当小兽成长到四阶魔兽之后，只要将它吞噬，就能直接成为五阶魔兽，而且其体内的紫火也将会比其他没有吞噬过伴生紫晶源的紫晶翼狮更强横！”

药老解释完毕，还咂了咂嘴，道 :“当年我闯过八个紫晶翼狮王的洞府，可都未找到这东西，没想到，你竟然能够遇见。”

“哇！这么好？”听完药老的解释，萧炎眼睛顿时亮了起来，一下子扑到紫晶石台上，然后双掌对着伴生紫晶源抓去。

“啊！”手掌刚刚碰到伴生紫晶源，萧炎便发出一声压抑的嘶叫声，倒抽了一口凉气，忙不迭地收回双手，望着被烫伤的手掌，赶忙取出一些疗伤药涂上，满脸惊恐地道，“好高的温度，这怎么才能拿走？”

“嘿嘿，温度当然高，而且这伴生紫晶源已经和这紫晶石台连在了一起，你想要弄走它，必须把它连同石台一起挖出来。”药老幸灾乐祸道。

“挖出来？”闻言，萧炎脸色顿时变得难看起来，目光在紫晶石台下扫了扫，这石台不知道延伸到了地底多深，就凭自己一个人，就算挖几个月，也不可能将它弄出来啊！

萧炎叹了一口气，将目光投向半空中的药老，这里也只有他有实力将这紫晶石台挖出来了。

瞧着萧炎望过来，药老却摇了摇头，笑道 :“你别看我，我虽然能把这东西弄走，不过弄出那么大的动静，肯定会被外面那紫晶翼狮王发觉。而且，就算我们弄走了这东西，你也永远砸不开这伴生紫晶源。”

“什么意思？”到嘴的肥鸭子，萧炎可不愿意让它给溜了，当下急忙问道。

“这伴生紫晶源，除了一口吞进肚，便只能将之强行砸开，收取里面的紫晶源，然而因为某些原因，任何攻击都难以将它强行砸开，嗯……就是说，这东西的外壳具有一种吞噬的效果，任何攻击都会被它吞噬。”药老摊了摊手，解释道。

“一口吞进去？”望着那足有自己脑袋大小的紫色圆球，萧炎嘴角一抽，别说上面那么高的温度，光是这体积，就算把自己喉咙胀破也吞不下去啊！

“那怎么办？当初你既然在寻找这东西，那肯定也知道办法吧？”萧炎微微苦恼了一会儿，心头微动，偏头对着药老笑问道。

“的确，靠蛮力，弄不开这东西，想要打开它，只有一种东西能够办到。”药老神秘地道。

“什么东西？”萧炎目光一喜，急急地问道。

“嘿嘿。”药老笑了笑，目光忽然瞟向萧炎胸口上所佩戴的菱形水晶之上。

“这块水晶？不对……你是说，紫灵晶？”萧炎先是一愣，紧接着恍然道。

“不错，必须需要紫灵晶，才能砸开这东西。”点了点头，萧炎的反应让药老颇为满意。

“那还废话干吗？找紫灵晶吧！”闻言，萧炎转身便跑，这里明显没有紫灵晶，想来，应该是在另外一条通道了。

“哦，对了，差点忘记告诉你，既然这里有伴生紫晶源的存在，那么……也应该有一头小的紫晶翼狮王。”飘在萧炎身后的药老忽然笑眯眯地道。

萧炎前冲的脚步骤然一顿，眼角一阵抽搐，半晌后，恶狠狠地道：“它敢挡道，把它给宰了，我就不信它能有外面那家伙那么凶悍。”说完，萧炎快步跑出了通道。

“有魄力！”望着萧炎的背影，药老微微一笑，旋即补充道，“不过却是自不量力，嘿嘿。”

一路顺利地跑出通道，萧炎转身对着另外一条通道蹿去，因为知晓了还有一头小的紫晶翼狮王，所以萧炎格外小心，行走时，连脚下的石子都不敢随意踩上。

顺着通道走了片刻，眼前的视线范围再次宽阔起来。

萧炎身体紧紧地贴在洞口，露出一只眼睛，慢慢地在这几乎被紫晶石占满的山洞内扫过。

扫动的目光在移动到中央位置后缓缓地停了下来，因为这里，一头小号的紫晶翼狮王正匍匐在地，安静地睡着。

望着那头沉睡中的小型紫晶翼狮王，萧炎咽了一口唾沫，抹了把额头上的冷汗。

“嘿嘿，这小兽才三阶而已，上吧。”身后，药老戏谑的声音轻轻地响起。

## 第三章
# 紫灵晶

“三阶？”

闻言，萧炎再次抹了把冷汗，即使他体内有着云芝留下的斗气支援，那也不可能将这防御力堪称变态的小紫晶翼狮王解决掉。

萧炎紧皱着眉头，望着那匍匐在地的小紫晶翼狮王。他苦恼了片刻后，便将目光移向药老，试探地道：“要不，老师出手，解决那小东西？”

“我早就说过，进入了这魔兽山脉，一切都得依靠你自己，除非你到了生死关头，否则我不会出手帮你。”晃悠悠地飘在通道顶部，药老微微笑道。

“算你狠！”萧炎脸皮一抽，对着药老恶狠狠地竖起中指，然后无奈地嘀咕道，“我还真不信解决不掉它！”

“你不会真想直接干掉它吧？你别看这小家伙块头不是很大，可若论起战斗力，可绝对是在三阶中排顶峰的，你这小身板，就算把地阶斗技使用上了，也很难击杀它！”药老惊诧地道。

“我是白痴才和它硬碰。”萧炎靠着石壁坐下，从纳戒中翻出大堆的东西，在其中来回翻找，最后拿出一枚淡紫色的果实和一瓶青色液体。

“紫烟果？”望着那枚淡紫的果实，药老诧异地低声道，“嘿，你小子准备得还挺周全的啊，竟然知道火属性魔兽都喜欢这东西。”

紫烟果，魔兽山脉的一种特产。因为这种果实内部含有少量的火属性能量，所以多数火属性魔兽对这类果实颇为喜欢。

萧炎没有理会药老，再次从纳戒中取出一枚空心管子的水晶针，然后将之放进青色液体中，吸满一管，最后小心翼翼地插在紫烟果中，轻轻一捏，青色液体便灌注进了果实之中。

“呃，你想放毒？紫晶翼狮王免疫力可是很不错的哦，凭你配制的毒药，能弄翻它？”见到萧炎的举动，药老不由得有些怀疑地问道。

“谁说这是毒药了？”萧炎舔了舔嘴，阴笑道，“这是我配制的强力泻药，只要它吃了下去，管它免疫力多强，都得给我拉得稀里哗啦。”

“啧啧，小家伙竟然还有这手，不过你可别小看了三阶魔兽的智慧，虽然它并没有外面那头那么精明，可其智商也不是那些一二阶的魔兽可比的啊。来历不明的东西，它可不会吃。”药老先是对着萧炎竖起大拇指，旋即道。

“不吃？嘿嘿，这可由不得它，不管如何说，畜生就是畜生。”萧炎咧嘴一笑，再次从纳戒中掏出一瓶红色的液体，揭开瓶盖，一股让人肚子咕噜直叫的异香悄悄地飘散了出来。

味道刚刚扩散，萧炎便赶紧将之盖住，阴笑道：“这是我用厌食花配制出来的药液，只要把它注射进紫烟果内，我就不信那头小兽能抵挡得了美食的诱惑。”

望着萧炎接二连三从纳戒中掏出的东西，药老着实有些无语，让这家伙炼药，他却捣鼓出这些让人哭笑不得的东西。药老再次问道：“就算它吃了下去，如果它就在这洞内清理肠胃，你的打算，似乎就落空了。”

“刚才我看了一下里面，没发现半点脏东西，而且这一路进来，也没发现别的地方有。所以，我想这紫晶翼狮王，应该有些洁癖吧？魔兽竟然也讲洁癖，真是有些莫名其妙……还有，麻烦别再问问题了，这些办法也只是我临时想的念头，哪有多周全啊，到底行不行还两说呢。”

说完后，萧炎不再理会药老的问题，往紫烟果内足足灌注了七八次青色液体，再灌注了一次厌食花汁液后，方才罢手。他抛了抛沉重了许多的果实，“嘿嘿”一笑，将地上的东西全部收进纳戒之中，然后将手中的紫烟果轻轻地放在洞门处。

萧炎将东西摆好，脚掌一蹬，身体弹射向通道顶部，双掌吸力狂涌，把自己的身体牢牢地钉在了石岩之上。

紫烟果刚刚放在洞门口，一股异香便散发而出，借助着微风的助力，缓缓地向洞内扩散。

沉睡中的小紫晶翼狮王大鼻子微微动了动，将这抹异香吸入肚内。

当第一口香气入肚后，沉闷的声响便忽然在小紫晶翼狮王的肚内响起。它缓缓地睁开兽瞳，摇晃着硕大的头颅，在宽敞的洞内扫了扫，似乎在寻找香味的来源。

搜索了片刻，小紫晶翼狮王终于寻找到了目标，慵懒地站起身子，巨嘴中发出低低的吼声，缓缓地走向洞口处。

行至洞门口，小紫晶翼狮王鼻子在那枚紫烟果上嗅了嗅，旋即抬起头颅，兽瞳警戒地在周围扫过，又伸出巨大的掌爪，轻轻刨了一下紫烟果。寂静了片刻后，它忽然甩甩尾巴，走回去了。

透过一抹小缝，萧炎望着那转身回走的小紫晶翼狮王，不由得失望地叹了一口气。显然，这小东西的警觉性比他想象中的还高。

然而，就在萧炎打算另想他法之时，那转身走了一半距离的小紫晶翼狮王，忽然又屁颠屁颠地转过身，快步跑到紫烟果处，舌头一舔，将之吞进了肚里。

瞧着它的举动，萧炎这才重重地松了一口气，低声道：“我都差点忍不住想把它给吃了，我还真不信你不吃。”

吃完紫烟果，小紫晶翼狮王再次匍匐在美轮美奂的紫晶石结成的地板上。然而，片刻后，它猛地站起了身子，肚内一阵抽搐般的闷响，视线在洞内扫了扫，最后在萧炎那紧张欣慰的目光中，一路对着洞门直冲而去，飞快地蹿出通道。

“成了！”瞧着小紫晶翼狮王的消失，萧炎忍不住发出一声欣喜的低喝，从顶部跃下身来，抓紧每分每秒，急冲进布满紫晶石的山洞之中。

站在山洞内部，萧炎拿出那已经开始散发着温热的水晶，将之握在手里，凭着温度高低的指引，缓缓地在布满紫晶石的山洞内部走动着。

在山洞内移动了半晌，萧炎的脚步忽然停在了先前小紫晶翼狮王匍匐的地方，微微蹲下身子，伸出手来，在附近十几块紫晶石上轻轻敲打。

当他的手指敲打在靠边的一块紫晶石之后，顿时，下方传出了空荡荡的轻响。

听着这响声，萧炎略微有些惊喜，右手迅速摸索着扣开石板，顿时，紫光暴射而出，刺得萧炎赶忙将眼睛闭上。

待眼睛的疼痛逐渐消失之后，萧炎这才缓缓睁开双眼，目光扫向小洞。只见一块拳头大小、无规则的尖锐紫色灵石正安静地存放其中。紫色灵石之上，光华流转，煞是美丽。

在这块尖锐的紫色灵石出现之时,萧炎手中的水晶变得犹如火一般滚烫。当下，他赶紧将水晶装进纳戒之中，然后小心翼翼地从小洞内取出紫色灵石，同样将之装进纳戒内。

紫灵晶到手，萧炎将小洞还原，然后起身向通道外疯狂地跑去，一路飞奔地掠过长长的通道，迅速来到那分岔口处。

站在这里，萧炎谨慎地四处望了望，然后才狂喜地拼命往另外一条通道狂奔而去。

奔跑了半晌，熟悉的洞口出现，萧炎急忙刹住脚，小心地探测了一番后，方才放心地进入。

萧炎快速行至那紫晶石台处，贪婪地望着那紫色圆球。这里面，可是足足蕴含着能让小紫晶翼狮王提升一阶的雄浑能量啊！就算自己不可能将之完全吸收，那也至少能接连提升好几星吧？

一想到这东西所带来的超级功效，萧炎身体便激动得有些颤抖。他手掌一翻，那枚尖锐的紫灵石出现在了掌心中。

萧炎咽了一口唾沫，死死地盯着紫色圆球，有些不确定地问道："就这么直接砸开？"

"应该是吧，我也从没砸开过。"戒指中，传出药老不太确定的声音。

"要是出了问题，我找你拼命！"药老不确定的声音，顿时让萧炎有些忐忑，不过这种时候，也容不得他多想，当下紧紧握着紫灵石，狠狠地对着紫色圆球敲了下去。

"咔嚓……"紫灵石敲打在圆球之上，一会儿，一道裂缝在后者表面浮现，瞬间后，裂缝逐渐扩散，然后"嘭"的一声，裂了开来。

伴生紫晶源刚刚破碎，紫色液体便从中流淌而出，浸湿了小半张石台。

"快，快，用玉瓶收集紫色液体，这些就是紫晶源！"瞧见液体泄露，药老急忙喊道。

药老的声音刚落，早已经心疼得不行的萧炎便飞快地从纳戒中取出玉瓶，然后将紫色液体拼命往瓶中灌。

虽然伴生紫晶源外表酷热，不过其中的液体却反常地有些温凉。

圆球虽然看似颇大，可其中所蕴含的紫色液体只装了六个小玉瓶。

将球底的最后一滴紫晶源装进瓶中，萧炎望着那些洒落在石台上的液体，心疼得嘴巴直哆嗦，盯了片刻后，忽然扑身在石台上，然后在药老目瞪口呆的表情中，用舌头把石台上那些小凹坑中的紫晶源全部舔进了肚中。

瞧见萧炎这般模样，药老顿时无语。

几口便将石台上的紫晶源舔得干干净净，萧炎随意地抹了把嘴边的泥屑，回过头来，望着药老那目瞪口呆的模样，不屑地哼道："浪费是可耻的！"

"的确……很可耻。"药老哭笑不得地摇了摇头，然后催促道，"走吧，赶紧撤！不然那小东西要回来了。"

"嗯。"听到药老提醒，萧炎点了点头，目光再次不舍地扫过石台上那残留的淡紫水渍，然后转身向通道外跑去。

体内云芝所留下的风属性斗气已经在此时完全开启，萧炎的速度变得极为快捷，双脚舞动间，竟然出现了些模糊的感觉。

萧炎蹿出通道之后，没有丝毫地停留，继续马不停蹄地对着山洞外狂奔而去。

然而，就在他刚刚出通道后不久，一声愤怒的狮吟声便从前面传来，紧接着，那小紫晶翼狮王便怒瞪着兽瞳，一脸狰狞地出现在了萧炎视线之内。

望着那忽然冲进来的小紫晶翼狮王，萧炎脸色微微一变，奔跑的速度急忙降低，脚掌在地面上搓出了十多米后，方才稳住身形。而此时，萧炎与那小紫晶翼狮王只有仅仅几十米的距离。

萧炎满脸苦涩地望着那几乎占据了半个通道的家伙，苦笑道："那些泻药，怎么没把这畜生给拉死啊？"

"抱歉，我又忘记了，小紫晶翼狮王与那伴生紫晶源同时出生，所以它能够感应到后者的一切状况，先前你把紫晶源给打破了，才惊动了它吧。"就在萧炎苦恼之时，戒指中，药老那略带歉意的声音传了出来。

萧炎嘴角一阵剧烈地抽搐，他深吸了一口气，当下也没有时间再理会药老，抬起头来，全身紧绷地望着这头在他眼中算得上是巨无霸的家伙。

小紫晶翼狮王怒视着萧炎，眼瞳中逐渐泛上淡紫，身体之上那层比它父亲要薄上许多的紫晶也开始散发出紫色的光芒。好在现在是在山洞之中，没有日光的照耀，它并没有成功召唤出紫火，不然的话，萧炎恐怕真没半点逃脱的机会了。

"吼吼！"小紫晶翼狮王前踏一步，掌爪上所蕴含的巨大力量竟然令山洞内部微微晃了晃，几块碎石从山壁上掉落下来，砸在萧炎的脚边。

萧炎咽了一口唾沫，手掌抓住玄重尺，使劲一扯，将之在手掌中旋转一圈，然后收进了纳戒之中。面对着这头在三阶魔兽中堪称顶峰的家伙，萧炎可不敢有丝毫的大意。有时候，说不定正是那一丝疏忽，就是生与死的差别。

玄重尺一离体，萧炎的身体再度轻灵许多，体内流淌的斗气也更加凶猛，脱离了束缚。萧炎浑身上下都散发着无尽的力量。

微微跳了跳脚，萧炎终于缓缓地从惊慌中平静了下来，开始寻找着逃生的机会。

掌爪在地面轻轻刨动，尖锐的利爪，将坚硬的地面撕出道道细小裂缝。小紫晶翼狮王再次前踏了一步，巨大的尾巴忽然猛地砸在地面上，一块巨石被砸得四分五裂。借助着尾巴的力量，小紫晶翼狮王猛然蹿出十几米，对着萧炎怒啸着扑杀而来，巨大的身体在地面上留下极具压迫感的阴影。

抬头望着那犹如泰山压顶般的巨物，萧炎小腿微曲，手掌猛地抬起，直对着通道之顶，掌心一卷，狂猛的吸力暴涌而出，而萧炎的身体也直飞而上，最后犹如壁虎一般，倒扣在了石壁之上。

望着攻击落空的小紫晶翼狮王，萧炎紧抓着岩壁，吸力不断地释放着，倒挂着向山洞外爬去。

刚刚爬出一段距离，便见小紫晶翼狮王回转过头，望着头顶上空那快速攀爬的萧炎，巨嘴大张，头颅后仰，顿时，一股紫色火焰，对着萧炎激射而出。

感受到紫火中的炽热温度，萧炎手掌一松，身体一翻，落下地来，脚尖在石壁上一蹬，微弓的身体犹如离弦的箭一般，疯狂地对着山洞外飙射而去。

瞧见盗取自己伴生之物的盗贼窜离，小紫晶翼狮王再次发出一声愤怒的狮吟，背后贴着腰的双翼猛地一振，竟然便在山洞内部展了开来，掌爪在地面一踏，身体离空半尺，然后对着前方奔跑的人影狂追而去。

山洞之中，一人一兽，一逃一追，生死时速正在火热进行。

萧炎再次窜出一些距离，就觉身后一阵劲气飙射而来，急忙一弯身，一块巨石从脑袋上飞出，最后重重地砸在石壁之上，轰然四溅，而那石壁也出现了几道裂缝。

望着这石头所蕴含的力量，萧炎吸了一口凉气，步子也迈得越加疯狂了。

不过饶是萧炎速度再快，也抵不过小紫晶翼狮王的悬空飞行，在一追一逃持续了几分钟后，萧炎感受到身后的腥味越来越浓，显然，那家伙已经逐渐地接近了。

危急关头，萧炎不断从纳戒中掏出药粉，然后也不管究竟是什么东西，拼了命地对着后面丢去。

“砰砰砰……”玉瓶的破碎，让通道中弥漫起了五颜六色的粉末，不过这些对小紫晶翼狮王来说，似乎并没有造成太大的阻碍。

又跑了一段距离，萧炎忽然有些诡异地发现，自己的身体越来越热，一股股热浪从经脉各处渗出，丝丝不断融入骨骼与血肉之中。

“怎么回事？”体内突如其来的变化，让萧炎心头一愣。不过这种时刻也不容他多想，体内热浪所带来的精纯能量使他的速度猛然暴涨了许多，从而让他暂时脱离了狮口。

“对了，是刚才舔进肚的紫晶源？”奔跑中，萧炎忽然心头一动，恍然道。

“好强大的能量……”惊叹了一声，萧炎脸色再次一变，原来体内的热浪随着奔跑，涌现得越来越多。刚开始萧炎倒还能够勉强依靠肉体吞噬，可当肉体到达临界点之后，体内的热浪依然在不停地增加。到最后，萧炎的皮肤竟然开始逐渐泛起了紫色。

“不过是舔了几口而已，用得着出来这么多能量，以至于多到没地方放吗？”越来越滚烫的身体，让萧炎心中有些惊恐了起来。

“啊！”身体上的衣服逐渐地干燥，萧炎的脸庞红紫两色缭绕着，张开的嘴巴不断地喘着热气，看上去颇为恐怖。

“吼！”小紫晶翼狮王追在萧炎身后，望着他身体上冒出的紫气，兽瞳中的怒火更甚了许多，这原本是属于自己的东西，现在竟然被这该死的人夺去。

想到此处，小紫晶翼狮王猛一声暴吼，掌爪在地面狠狠一踏，背上的双翼紫华大涨，速度骤然暴增，巨大的头颅直直地对着萧炎后背心撞去，看这架势，若是被撞中，恐怕难逃身体散架的下场。

身后骤然袭来的狂猛劲气也被萧炎察觉，脸庞红紫的他忽然转过身，双掌之上，紫气以及淡黄斗气、青色斗气几乎同时涌现。

三种能量在萧炎手臂上汇聚，最后被他一咕噜地全部对着小紫晶翼狮王轰击了出去。

“嘭！”巨大的轰鸣声，在山洞通道内响起，震下了一些石头。

“噗！”手臂上传来的巨大力量，让萧炎的身体瞬间倒射而出，一口鲜血也狂喷了出来，打湿衣衫。

萧炎虽然极为狼狈，可在他几种能量忽然爆发的情况下，那气势汹汹的小紫晶翼狮王也被轰得在半空中转了几圈，最后重重地砸在石壁之上，一道道裂缝在其身后蔓延开来。

萧炎急退的身形，借助着岩壁，终于停了下来。他还来不及抹去嘴角的血迹，便抬头望见那再度凶悍扑来的小紫晶翼狮王，急忙转身再次狂奔。

不顾身后阵阵怒吼之声，萧炎体内的紫色热浪经过先前的发泄，也终于退了一些。借着这古怪东西散发的庞大能量，萧炎拼了命地朝着那目光可及的洞口狂奔而去。

“吼！”身后的热浪袭来，将萧炎背间的衣服烧成灰烬，也在萧炎后背上留下了一团疤痕。

萧炎咬着牙，强忍着疼痛，赤红着眼睛，拼命奔跑。这种时候，停一步，就是死！

洞口的白光越来越亮，萧炎甚至能够听见外面的兽吼之声，脚掌再次在岩壁上狠狠一蹬，身形终于倒射着，冲出了山洞……

冲出山洞，强烈的日光让萧炎眼睛微微一疼，在半空中强行转过身来，心中不由大骇。原来，在他即将落下之地，两头守卫在外面的三阶魔兽正对他露出狰狞的巨口。

望着近在咫尺的腥臭巨嘴，萧炎心中顿感绝望。全身无力的他，再无半点力量来扭转局面。

就在他闭目等死之时，两道森寒的剑罡，猛然从天际暴射而下，两头凶狠的魔兽顿时被拦腰劈断，而萧炎眼前一花，身体便落进了温柔的臂弯中。

蒙眬地睁开眼，萧炎看见的，是那张焦虑的俏美容颜。

"紫灵晶，拿到了……"昏迷之前，萧炎轻声说道。

望着怀中浑身被烧得极其狼狈的萧炎，云芝俏脸微微一变，而与此同时，山洞内部的小紫晶翼狮王也怒吼着冲了出来，不过当它的目光扫到悬浮在半空的云芝之后，掌爪急忙在地面上搓了一小段距离方才停住，魔兽对危险的特有敏锐感知告诉它，面前的女人，不是它所能招惹的。

就在小紫晶翼狮王准备后退之时，云芝却是俏脸冰寒地一挥手中长剑，一道巨大的青色风刃，从剑尖暴射而出，闪电般地劈砍在了前者身体之上，顿时，火花四溅。

"呜！"遭受重击，小紫晶翼狮王巨嘴中发出一声凄厉的低吼，只见其背上，那层紫晶防御，竟然被云芝劈出了一道狰狞的裂缝。

"该死的，竟敢伤我儿子，今日定不饶你！"就在此时，天空中有强烈的紫色火焰暴卷而下，紫晶翼狮王那暴怒的咆哮声，响彻天际。

"哼！"冷哼了一声，云芝玉手在身前微微旋转，剧烈的青色龙卷突兀地在身体表面浮现，疯狂旋转间，将那铺天盖地卷来的紫色火焰甩了开去。

背后青翅微振，云芝单手抱着昏迷的萧炎，身体在半空急退，手中奇异的长剑舞出诡异的弧度。瞬息间，长剑骤然一颤，清冷的喝声，自云芝红润小嘴中传出："风之极，陨杀！"

听到云芝的娇喝，天空上的紫晶翼狮王顿时发出一声咆哮，身体猛然下扑，眨眼间便出现在小紫晶翼狮王身前，巨大的头颅微微摇动，紫华光芒再次弥漫天际。

然而就在紫晶翼狮王准备使用最强的力量接下云芝这记曾经将它的尖角摧毁的毁灭攻击之时，云芝却是双翅一颤，手中长剑迅速收进纳戒之中，身体一转，便带着萧炎几个闪跃，消失在了天际。

"狡猾的人类！我紫晶翼狮王，与你誓不罢休！"见云芝忽然转身而退，紫晶翼狮王这才明白中计，身体表面的紫华缓缓收敛，咆哮声在山脉中经久不息。

没有理会隐隐传来的咆哮声，云芝揽着萧炎，几乎是流星赶月一般，向魔兽山脉之外急飞而去，直到离开了山脉深处，这才寻了一处隐蔽的地方，缓缓地降了下来。

落在一处隐蔽的密林中，云芝急忙将怀中的萧炎放下，玉手在其身体上触了触，不由得惊道："好霸道的能量，这家伙干了什么？"

躺在冰凉的地面上，全身有些发黑的萧炎，在毫无意识之下，不断地撕扯着衣衫，张开的嘴巴，竟然喷出了温度颇高的热气。

看着那痛苦得将身体蜷缩起来的萧炎，云芝心中掠过些许焦虑，沉吟片刻后，咬了咬银牙，忽然闪身来到萧炎身后，将手轻轻地贴着萧炎那犹如火炉一般的背部。

缓缓吐了一口气，云芝美眸逐渐闭上，体内犹如大海一般奔腾的斗气，忽然顺着手臂，快速地灌注进了萧炎身体之内。

云芝的斗气，当然不是萧炎体内那仅仅斗者的斗气能够比的。在她的控制下，刚刚进入萧炎身体之内的风属性斗气，便飞快地占据了所有经脉，而本来属于萧炎的淡黄斗气，也被强行驱赶进了小腹中的气旋内。

将萧炎的本源斗气安排妥当，云芝这才将心神放在了那些从萧炎身体中渗透而出的紫色能量上。

面对这种不知名的霸道能量，那强横的风属性斗气，没有丝毫的客气，经脉之中，一缕缕紫色能量不断地被风属性能量驱逐着。

虽然紫色能量颇为霸道，不过在风属性斗气源源不断的攻击下，依然毫无抵抗之力，被撵得犹如丧家之犬一般，不断地逃窜。

在逃窜之时，也不断有紫色能量融入血肉与骨骼之中，而每当紫色能量融入血肉之后，此处便会略微泛上一点淡紫色，犹如一个个标记一般。

随着四面八方的驱逐，片刻之后，萧炎体内除了融入血肉与骨骼的紫色能量，其余都被逼得无容身之所，只得互相抱成一团拳头大小的紫色能量，在风属性斗气的包围中瑟瑟发抖。

"坏家伙们，结束了……"外界，紧闭双眸的云芝，忽然轻声道。

随着云芝的话语声落，那将紫色能量重重包围的风属性斗气忽然猛地对着后者扑涌而去。

似是感受到了危机，这团紫色能量忽然一阵剧烈颤抖，能量表面，紫色的火焰袅袅升起，将一些冲过来的风属性能量烧成虚无。

“果然有点诡异。”紫色能量的变化，并未让云芝惊讶。她轻叹了一声之后，那涌进萧炎体内的风属性斗气忽然幻化成青色的风暴，高速旋转着，片刻之后，将那团紫色火焰卷了进来。顿时，青色风暴变成了青紫两色交替的旋风。

风暴高速旋转着，云芝控制着风暴的力量，不断地将紫色能量中所蕴含的那股狂暴因子剔除出去。

被剔除而出的狂暴因子在被风暴甩出来之后，便被围拢在外面的风属性斗气大军，蜂拥而上，将之瞬间扑杀。

随着风暴的转速逐渐加快，那青紫两色中的紫色逐渐变淡，而当其淡到再没有危害的程度之后，风暴骤然停滞，然后缓缓消失。

风暴消失后，一团颜色有些浅的紫色火焰袅袅地出现在了萧炎身体之内。

这一次的紫色火焰明显比先前温顺了许多，而且狂暴的攻击性也减弱了一些。现在这东西，或许才是真正能够供人吸收炼化的纯净能量。

望着那团浅紫火焰，云芝松了一口气，玉葱指在萧炎背上一弹，一股无形的狂风在萧炎体内吹过。顿时，那团浅紫火焰被吹向了萧炎小腹处缓缓旋转的气旋。

在云芝的注视下，浅紫火焰迅速穿过几道经脉，然后径直投射进气旋之内。

浅紫火焰刚刚进入气旋，便引起了巨大的动静，不仅旋转的速度在此刻骤然加快了许多，而且那本来只有两个巴掌大小的气旋急速地扩张。

淡黄的气旋中，一团浅紫火焰不断地顺着前者的旋转而旋转，而且，在转动之时，一缕缕浅紫火焰被从中分化而出，最后化为最本源的能量，融入气旋。

气旋不断地扩大，直到其体积到达一个篮球大小时，方才逐渐停止，而这还是有着云芝在一旁压制的结果。如果没有云芝的压制，恐怕这气旋会再次膨胀。虽然气旋的膨胀也代表着实力的晋升，不过经验丰富的云芝知道，如果任由萧炎平白提升太多级别，从长远来看，弊大于利！

看着气旋停止了扩张，完成了任务的云芝也开始收回在萧炎体内的斗气。随着她斗气的收回，一缕缕比先前更加雄浑的火属性斗气便从萧炎的气旋中流淌而出，最后在全身经脉内开始有序地流转。

萧炎的身体逐渐地恢复了正常颜色，满是痛苦的脸庞也缓缓地变得宁静，蜷曲的身体舒畅地伸展开来。

云芝玉手托着萧炎的身体，将他轻放在草地上。她抹了把汗，坐在旁边喘了几口气，然后偏头盯着少年那沉睡中的面孔，半晌后，悠悠一叹，摇了摇头，伸手取下萧炎的纳戒，将那枚紫灵晶取了出来。

轻轻摩挲着温润的紫灵晶，云芝低声呢喃道："谢谢了。"

云芝站起身来，取出那件流转着奇异光芒的淡蓝色金属内甲，将之小心翼翼放在沉睡的萧炎身旁，轻声自语道："这海之心甲，可是由六阶海魔兽——三尾蓝鲸肚内所产的一种奇异金属所制。它的防御力，取决于其主人的力量。虽然你实力如今只是斗者，可斗师的普通攻击，却轻易伤不了你……你帮了我几次，这便算是我给你的报酬吧！"

放好内甲，云芝偏着头沉吟了一会儿，又从纳戒中取出两卷卷轴，放在内甲上，低声道："这是一卷玄阶高级的火属性功法以及玄阶中级的斗技，希望以后能带给你一些帮助。"

在这些东西放妥之后，云芝站在萧炎身边，美眸泛着些许莫名的意味，盯着那张清秀的少年面孔，俏脸上忽然流露出一抹无奈的苦涩笑容："独身修炼这么多年，可没想到，却会对一位少年……"

"唉，日后有缘再见吧，小家伙……"云芝轻叹了一口气，弯下身子，嘴唇轻轻地点在萧炎额头之上，背后青翼微微一振，身姿优雅地掠上了天空。

## 第四章

# 九星斗者

当萧炎从昏迷中苏醒过来时，已是夕阳斜落的时分。他缓缓地睁开眼来，轻轻动了一下手指，想象中的剧痛并没有如期而来，反而感到一股充实的力量在体内不断地流淌着。

舒畅的充盈感觉，让萧炎长长地吐了一口气，微微偏过头，那整齐叠放在身旁的淡蓝色金属内甲以及两卷卷轴现入了眼内。

望着这些东西，萧炎先是一愣，旋即霍然坐起身来，目光急忙在四周扫过，却并没有发现那道优雅的身姿。当下，一股落寞的黯淡缓缓地攀爬上少年的脸庞。

"走了吗？"萧炎苦笑了一声，有些无力地靠着身旁的树干，微眯着眼睛，许久之后,方才慵懒地伸手取过那件叠放得整整齐齐的金属内甲。金属内甲握在手中，竟然柔软如丝绸，极为怪异。

"她竟然把这般珍贵的东西给留了下来……"脸色泛着古怪，萧炎喃喃了一声，将金属内甲缓缓摊开，那紫晶翼狮王遗留下的爪印赫然出现在了视线中。

萧炎将内甲揣进怀中，仰头望着稀疏的树顶，嘴角的笑容略微有些苦涩："唉，她回去继续做她那受人敬仰的斗皇了……我也得继续为我的斗师奋斗啊。"

萧炎狠狠地甩了甩头，有些意兴阑珊地将两卷卷轴收进纳戒之中，低头瞟了手指上的黑色戒指一眼，道：“老师，现在我们去哪？”

戒指微微一颤，药老缓缓地飘了出来，围绕着萧炎转了一圈，忽然道：“你看看自己现在的实力。”

闻言，萧炎一愣，然后依言微闭上双眼，心神在体内迅速地内视了一圈，片刻后，睁开眼，惊愕地道：“九星斗者？怎么连跳了两星？是……是那紫晶源的原因？”

“只是两星吗？还好那女人不是很蠢，若她直接助你突破了斗师，那乐子可就大了。”药老淡淡地道。

“什么意思？”萧炎错愕地问道。

“紫晶源能量的确雄浑，不过其所蕴含的力量太过霸道，虽然那女人已经将之炼化过一次，但若是任由紫火提升着你的实力，你体内的气旋最终会被涨破。紫晶翼狮王之所以能够直接提升整整一阶，那是因为其肉体强横，根本不用害怕会被紫火反噬。而你，嘿嘿，若是依靠紫火晋升斗师，恐怕就会立刻被紫火吞噬成一堆灰烬。”药老笑吟吟道。

“呃……”抹了一把冷汗，萧炎终于知道，原来好东西也并不能乱吃，再好的补药，一旦人体承受不了，那也会转变成剧毒之药。

“即使现在，在她的压制下，你只是提升了两星，可这速度，依然让我有些担心。唉，这女人，真会添乱！这种跳跃似的修炼，弊端可是极多的啊！”摇了摇头，药老略微沉吟，道，“这一个月的时间，你需要再次蹲在魔兽山脉之内，而且每天必须猎杀五头以上的一阶魔兽，只有战斗，才能让你体内浮躁的斗气变得和以前一般稳扎，要不然，等日后遇见异火之时，你根本没资格去吞噬。”

“五头便五头吧。”无所谓地点了点头，萧炎爬起身来，背着玄重尺，将药老收进戒指之中，再次望了一眼周围，然后缓缓地踱出了这密林。

走出林子，天边火红的夕阳已经下落了大半，站在原地，盯着夕阳许久之后，萧炎方才落寞地叹了一口气，转身缓缓地消失在树木之中。

萧炎离开之时并没有发现，在一处隐蔽山峰之上，身着雪白素裙的女子正俏立其上，直到瞧见萧炎安全地从密林出来，目送着少年的背影逐渐消失，这才幽幽地叹了一口气，终于不再留恋，背后青翼微微一振，身形化为一抹青影，迅速地向着魔兽山脉之外飞去。

一个月后，魔兽山脉。

幽暗的森林之中，一头一阶嗜血鼠小心地爬行着，血红的细小双瞳不断警惕地在林中扫过，尖锐的牙齿与爪子泛着森寒的光泽。

嗜血鼠快速爬了一小段距离，就在它低头啃食树干的汁液之时，一道白影猛地自树上暴射而下，一口寒气狂喷而出，顿时将那发现不妙就欲逃窜的嗜血鼠双脚冰冻了起来，长着锋利獠牙的巨口猛地张合，闪电般地一口将嗜血鼠咬住。

成功地完成一次漂亮的袭杀，这头全身布满白色毛发的独角狼得意地梳理了一下白毛，姿态甚是从容。这白狼，名为冰霜独角狼，其实力在一阶魔兽中堪称顶峰，所以对付一只嗜血鼠倒是极为容易。

将嗜血鼠撕碎吞进肚内，冰霜独角狼刚欲再次寻找新的目标，变故骤现。

“嘭！”随着一声轻微的闷响，在距离白狼不远处，枯叶猛然暴射天空，顿时，在这片小小的地方下起了枯叶雨。

突然而来的变故，将冰霜独角狼惊得急忙倒退，然而已迟，一道人影猛地自枯叶之中暴射而出，充满凶悍劲气的拳头狠狠地对着前者脑袋砸去。

凶悍的劲气让冰霜独角狼浑身毛发顿时竖了起来，旋即一股白色寒气裹着一声狼嚎，从其布满獠牙的狰狞巨嘴中狂喷了出来。

白气转瞬间便将人影包裹其中。然而，此次冰寒的白气却并未取得效果，只见人影之上，淡黄中夹杂着一缕紫色的斗气缓缓附体，在这股炽热的火属性斗气之下，白气不仅未能冻住人影，反而被蒸发成了一片白雾，急速消散。

望着寒气竟然无效，冰霜独角狼急忙转身，四腿迈动，开始逃命。

人影冲出寒气，望着逃窜的冰霜独角狼，不由得冷笑了一声，脚掌忽然怪异地一扭，然后重踏在地面之上，一声轻喝："暴步！"

喝声刚落，只见人影的脚掌之上竟然泛起了一股淡黄的光芒，随着脚掌重重一踏，一道犹如爆炸般的闷响在脚掌与地面接触时爆起。与此同时，人影也好像是在屁股上面安装了弹射装置一般，犹如离弦之箭暴冲出去。

接连几步重踏在地面上，每一次脚掌的落下都会带出一声沉闷的爆炸声。

八声响，八步！仅仅八步，人影竟然在丛林中超越了那极擅长奔跑的冰霜独角狼。

人影从冰霜独角狼上面跨越而过，猛地旋转身体，蕴含着凶猛劲气的拳头重重地轰击在了狼头之上，冰霜独角狼顿时直挺挺地倒在了地上。

一拳解决掉冰霜独角狼，人影微微抬起头来，露出清秀的少年面孔，赫然是在魔兽山脉修行的萧炎。

如今的萧炎，较之一个月前，似乎多了一种硬朗的感觉，身体上似乎也隐隐有股血腥之味。显然，每天必须猎杀五头以上魔兽的任务，让萧炎几乎焕然一新，毕竟，经历了血战的洗礼，任何人都会有或多或少的变化。

经过一个月的猎杀修炼，萧炎体内那让药老有些担忧的斗气也终于安稳了下来，那些由紫晶源所炼化得来的力量被萧炎反复地淬炼了几十遍，直到小腹处的气旋缩水了将近一小半之后，方才停止继续淬炼。

虽然气旋体积看似缩水了，不过萧炎非常明白，现在的自己，远远比一个月前强横！

在这一个月之中，萧炎也将云芝所留下的那卷玄阶中级的斗技修炼了，而这卷斗技，正是刚才萧炎所使用的"暴步"。

顾名思义，这是一种依靠着能量爆炸的冲力而加快速度的身法斗技。对这东西，萧炎颇感兴趣，所以才学了它。不过，以萧炎现在的实力，顶多只能踩出十步"暴步"，再多的话，就力不从心了。即使是如此，这"暴步"在萧炎这个月中的猎杀任务中也发挥了极大的作用。

云芝所留下的功法与斗技，萧炎只学习了“暴步”斗技。至于那卷功法，对于他这修炼了诡异“焚诀”的人来说，却犹如鸡肋，所以萧炎也只得将之冷落在纳戒之中。

总的来说，这一月的修行，萧炎的总体实力几乎翻了一倍之多，以他现在的实力，打败一名二星斗师，并非不可能！

萧炎又在魔兽山脉待了几天时间，并且用最完美的战斗正面击杀了一头二阶魔兽，以此来衡量自己的修炼成果！

在衡量了自己的实力之后，萧炎的脑海中浮现了一张中年人阴厉的面孔。

正是他，几个月之前，将自己逼进了魔兽山脉深处。

现在，或许便是该将失去的讨回来的时候了……

萧炎缓缓地行走在密林之中，望着周围逐渐稀疏起来的树林，轻轻松了一口气。现在的他，已经处身于魔兽山脉的外围位置，再往前面走一段距离，或许就能碰到一些进入山脉猎杀魔兽的佣兵队伍。

萧炎抬起头来，望了望略微昏暗的天色，眉头不由得微皱，看来今夜又得在山中露宿一夜了。

萧炎摇了摇头，轻拍了拍背上那被黑色布条包裹起来的玄重尺，由于这把怪异的巨大重尺已经成为他的一个独特的标志，因此萧炎不得不想办法将它掩藏起来，以避免一些不必要的麻烦。

再次穿过一片小树林，天色终于完全暗了下来，萧炎无奈地摇了摇头，刚欲准备寻找一个安身之所，移动的目光忽然顿了一顿，只见在不远处的森林之中，一团篝火正缓缓地升腾中，犹如黑暗中的引路灯。

“呃，竟然有人？”望着那团篝火，萧炎微微一愣，略微沉吟后，抬脚向着篝火处走去。

走得近了，萧炎能够模糊地看见，在篝火旁边，坐着五道人影，三男二女，各自都配有贴身武器，而且在他们的胸口处都配有相同的徽章，想来都是属于一个团队的佣兵。

就在萧炎缓缓走过来之时，那篝火旁的一名中年男子忽然转过头，眼睛直射向萧炎所在处，冷喝道："是谁？"

听他的喝声，身旁的三人"锵"的一声拔出腰间武器，然后对准中年男人视线处。其中一名年纪颇小的女孩连着抽了两次，才把剑抽出来，当下脸颊羞得有些涨红。

"呵呵，各位别慌，我只是过路人，看见篝火，这才过来。"从一棵大树之后，少年微笑着走出，似是为了证明自己并无恶意，还特地摇了摇空着的双手。

见萧炎这副少年面孔，那五人明显地松了一口气。中年男子刚欲笑着说话，一道娇脆的少女声音便从那名刚刚连剑都拔不出来的少女嘴中吐出，看来，她是把自己先前露丑的气毫不讲理地转移到了萧炎身上："你这人懂不懂规矩？悄无声息地进入别的佣兵队伍领地，你想窃听我们的谈话是不是？"

被无缘无故扣了顶大帽子，萧炎眉头微皱，将目光移向那名女孩。看外貌，这名少女似乎比自己还要小上一两岁，一张被篝火映得红扑扑的脸蛋也算是俏丽，不过她脸颊上似乎总是隐着一抹娇蛮，连带着说话的语气，也有些让人不太喜欢。

"苓儿，别乱说。"见到萧炎的脸色，中年男子回过头来，轻斥了一声，然后转头对着萧炎笑道，"小兄弟也是佣兵吗？怎么竟然单身进入魔兽山脉啊？"

"呵呵，我是一名医师，因为药材枯竭，所以独自进来寻找药材。"萧炎从怀中掏出几株药草，冲着这明显有几分戒意的中年人微笑道。

"哦。"听到萧炎的解释，再细细看了眼其手上的草药，中年人这才略微释然，指了指身旁的火堆，友好地笑道，"小兄弟过来坐吧，夜晚是魔兽出没的高峰期，一人在外，也实在有些危险。"

萧炎感激地点了点头，在几人的注视中，行至火堆旁，然后盘腿坐了下来，有些腼腆地对着几人笑了笑。

"小兄弟，我叫卡岗，这里你也看见了，呵呵，五星斗者。"中年人指着胸口上佣兵团徽章下面的五颗金星，笑道。

“药岩，我学的是医师，实力只能算八段斗之气吧。”萧炎眨巴着眼睛，笑道。

“胆子还挺大，区区八段斗之气，竟然便敢闯进魔兽山脉，今夜若不是遇见我们，恐怕你就得成为魔兽肚中的食物了。”听到萧炎自报的实力，那名被称为苓儿的少女顿时笑道，笑声中有些许不屑。

萧炎淡淡地笑了笑，以他的心智，自然不会理会她，将目光投向另外一女二男，微笑道：“药岩，八段斗之气。”

“清心，四星斗者。”那名身穿绿色裙袍的女子对着萧炎礼貌地一笑。

“磨狮，四星斗者，嘿嘿，小兄弟叫我狮子就好。”一名体型有些壮硕的汉子冲着萧炎憨厚地笑道。

轮到最后一名白衣男子时，他刚欲开口，一旁被萧炎无视的少女便抢着道：“这是我木阑大哥，他可是五星斗者，就连我们团长也说他天赋绝顶，和你比……自然是一个天上，一个地上。”

萧炎微笑着冲对方点了点头，又瞟了一眼那得意扬扬的少女，忽然发现，她似乎颇为崇拜这位英俊的白衣男子，甚至，那崇拜中还有着些许少女情窦初开的意味。不过也难怪，她这种女孩，最喜欢的便是木阑这种既有实力又有相貌的白马王子。

双方简单介绍了一番，便交谈起来。在谈话中，那名叫作卡岗的中年男人再次不着痕迹地询问了萧炎几个与医师有关的问题，萧炎都给予了完美的回答。如此这般，他才消去了最后的一点疑心，几人畅聊了起来。

在聊天中，萧炎有些惊愕地发现，这几人居然是青山镇三大佣兵团之一的血战佣兵团团员，而且苓儿的父亲还是佣兵团的高层，难怪她做起事来有些刁蛮，以血战佣兵团在青山镇的势力，也的确够她横着走了。

互相熟络之后，萧炎没有忘记自己过来的目的，便随意询问了一些狼头佣兵团的情况以及现在青山镇的局势。

对于这些并不算什么秘密的问题，卡岗倒是没有怎么隐瞒，将狼头佣兵团最近的处境以及一些动向一一道来。

听到卡岗说的消息，萧炎这才松了一口气，还好，他想象中的三大佣兵团联手追捕他的事情并没有发生，以他现在的实力，仅仅一个狼头佣兵团不足为惧。

得到自己所需要的消息后，萧炎本想立刻离去，却推不了热心的卡岗的邀请，只得顺了他的意思，在营地之中休息一晚上。当然，休息期间，那名因为萧炎而出丑的少女更是少不了一通冷嘲热讽。不过，萧炎对此也懒得理会，在走进帐篷后，便闷头睡觉，将那名有心撒气的少女气得直跺脚。

在卡岗几人的轮番守夜中，一夜无事。在天色蒙蒙亮时，萧炎舒畅地从帐篷中钻出，望着已经开始收拾营帐的卡岗几人，立即上前想要帮上一把。

“哟，你终于起来了啊？我们辛苦地替你守了大半夜，你倒好，一觉睡到现在，真是个大少爷！”还没走过去，少女的冷笑声便在清晨的上空响起。

萧炎连看都没看那名叉着腰的少女，便自顾自地帮卡岗将帐篷收了起来，若不是自己在营帐周围撒了高阶魔兽的粪便，她难道以为昨夜真的会过得这般平静吗？

瞧见萧炎这副无视自己的模样，少女气得竖起了眉头，若不是一旁的木阑拉着，恐怕又要出言讽刺了。

将营帐收拾好之后，由于顺路，萧炎又跟着几人走了一段距离，当看到前面不远处的大道之后，萧炎不由得笑了笑，上次，逃亡就是从这里开始的吧？

萧炎笑着摇了摇头，对卡岗拱了拱手，笑道：“卡岗大叔，我们便在这里分别吧，多谢你一路的照顾了。”

“药岩，你不是要去青山镇吗？我们正好顺路啊。”见萧炎要离开，卡岗愕然地问道。

萧炎笑着摇了摇头，虽然他可以选择无视那名叫苓儿的刁蛮少女，可她的那种噪音实在让人有些心烦，他不想自虐，所以还是单独走为好。

“呵呵，忽然记起来，我还有点事，恐怕还要在这里停留半天时间，你们先走吧。”

“走吧，走吧，卡岗大叔，带着一个拖油瓶很好玩吗？八段斗之气？哼，连我都不如。”瞧见卡岗欲开口，刁蛮少女赶忙催促道。

卡岗无奈地摇了摇头，只得对着萧炎歉意一笑，刚欲转过身，却微微一愣，皱眉道：“真是倒霉，竟然遇见这么讨厌的家伙。”

刚想离开的萧炎，听到卡岗这话，不由得将目光投向大道之上，只见七八个骑着独角马的人一路狂奔着飞掠而来，沿途上，所有路人都是赶忙逃开，生怕被误伤。

“他是谁？”望着最前面那位骑着独角马的干瘦男子，萧炎不由得好奇地问道。

“狼头佣兵团的二团长，甘慕。”卡岗苦笑道，“这家伙与我们不对路得很，每次遇见他都没好事，而这家伙又是九星斗者，我们可打不过。”

“狼头佣兵团二团长？”闻言，萧炎微微一愣，旋即脸庞涌上了笑容。

“又是这家伙，卡岗大叔，我们快走吧，快走啊！”瞧见那名骑马男子奔来，刁蛮少女的俏脸微微一白，有些慌忙地道。

看她那惊惧的神色，萧炎轻轻摇了摇头，果然是恶人自有恶人磨啊！

在几人说话间，那干瘦男子已纵马而来，目光在卡岗几人身上扫过，咧嘴笑道：“哟，这不是血战佣兵团的卡岗吗？怎么，这次进魔兽山脉有什么收获啊？”

眉头紧皱，卡岗没有理会他。

看卡岗不说话，干瘦男子也不介意，继续将目光转到那躲躲闪闪的苓儿身上，舔了舔舌头，笑眯眯地道：“苓儿越来越水灵了，叔叔我最喜欢的，就是你这种小女孩了，哈哈……”

苓儿身体直抖，赶忙藏在卡岗身后，不敢再开口说话。

“嘿嘿，大爷今天还有急事，就不陪你们玩了。哈哈，下次遇见，可不会这么好过！”干瘦男子调戏了一下小女孩，哈哈一笑，在马屁股上使劲抽了一皮鞭，便欲离开。

见干瘦男子要离开，卡岗几人都松了一口气。

然而，就在干瘦男子马儿急冲而出之时，一道炸响声起，就见一道黑影，闪电般地对着前者急射而出。

人影瞬间掠上马头，身体一旋，右脚狠狠地踢在干瘦男子下巴上，顿时，后者身体在半空画起了抛物线，重重地砸落在地。

“噗！”一口鲜血从嘴中喷出，干瘦男子还未反应过来，一只脚掌便踩在了他的胸膛之上，少年淡淡的笑声缓缓响起：“还是留下吧，省得我去找。”

一切事故都发生在电光石火之间，卡岗几人望着那忽然就变成了别人脚下之物的甘慕，不由得满脸愕然，特别是当他们的目光，顺着踏在甘慕身体上的脚掌缓缓上移时，愕然变成了呆滞。

先前还嚣张得不可一世的甘慕，一眨眼工夫竟然被别人踏在了脚下，这种几乎是一百八十度的大转弯，不仅卡岗几人目瞪口呆，就连甘慕后面的几名手下也是满脸呆滞。

宽敞的道路之上，众多路人呆呆地望着被那少年踏在脚下的甘穆，脑袋都有些回不过神来。一时间，喧闹的道路上，一片寂静。

半晌之后，卡岗几人终于从震惊中回过神来，看着那将甘慕死死踏在脚下的少年，面面相觑，这就是他所说的八段斗之气？以他所爆发出来的速度与力量来看，这年轻的少年恐怕实力不会逊于甘慕这个九星斗者。

“唉，看来我们都看走眼了。”摇了摇头，卡岗苦笑着叹道，现在看来，这位少年明显是隐藏了实力。

躲在卡岗身后的苓儿，同样被这突如其来的变故震了一震，眼睛盯着那轻易地将即使是自己的父亲也不可能打败的甘穆踏在脚下的萧炎，其心中的震撼不言而喻。她没想到，那被自己嘲讽了一整天的少年，实力竟然是这般强大。

想起自己之前对他的态度，苓儿脸颊上头一次露出一抹自嘲的笑容，难怪不管自己如何嘲讽，他都犹如未闻。或许，在他心中，自己不过是个在独自表演的小丑吧。

少女心头轻叹了一口气，只见那踏在甘穆胸膛上的少年，在清晨光辉下，身躯显得颇为修长，脸庞上蕴含的温和笑意，就好像他并非是在打人，而是在与好友倾心攀谈一般。

苓儿盯着少年，忽然偏过头望着身旁的白衣男子木阑，觉得自己对他的崇拜似乎减弱了许多。

剧烈的咳嗽夹杂着血丝从甘穆嘴中吐出，到现在，他那处于几分迷茫状态的脑袋终于清醒了过来，瞪着眼睛，狰狞地望着上面的少年，嘶声道："小浑蛋，你知道我是谁吗？"

"狼头佣兵团的二团长吧？"点了点头，萧炎微笑道，"抱歉，就是因为知道了你的身份，我才找上来的。"

眼瞳微微一缩，甘穆死死地盯着这名微笑的清秀面孔，片刻之后，心头猛地一动，几个月前的那张少年面孔，逐渐地与面前这人相融合起来，当下骇然失声道："你是萧炎？你不是被撵进魔兽山脉内部了吗？怎么还活着？"

甘穆这话出口，周围的人群顿时哗然。当初狼头佣兵团倾尽全部力量，将那名叫作萧炎的少年追杀进了魔兽山脉深处，没想到，今天，这名少年竟然又活着从那号称死亡绝地的山脉内走了出来。

"萧炎？他竟然就是那个把狼头佣兵团搞得鸡飞狗跳的萧炎？"一旁，卡岗满脸惊愕。他没想到，自己竟然和这位在魔兽山脉被传得沸沸扬扬的名人走在了一起。

"杀了他！"被当众如此羞辱，甘穆脸庞越加狰狞，一声暴喝，他的那几名属下赶紧满脸凶光地抽出武器，对着萧炎冲杀而来。

与此同时，淡绿色的斗气迅速自甘穆体内暴涌而出，一对铁拳逐渐化为了枯木般的颜色，然后对着萧炎小腿横砸而去。

"暴步！"随着在萧炎心中响起的轻喝，萧炎脚掌之上，淡黄能量急速涌现，然后重重在甘慕胸膛上一踏，身形飙射向那几名纵马冲来的佣兵。

"噗！"暴步所产生的能量爆炸力量在甘慕胸膛上炸响，汹涌的劲气直接让他再次喷了一口鲜血。他脸色苍白地摇晃着站起身子，从背后抽出一根精钢所制的铁棍，咬牙切齿地对着萧炎攻去。

飙射的身形，瞬间穿过几名佣兵的防守，萧炎右掌握着肩膀上的玄重尺，猛然一抽，黑布脱落而下，巨大的尺身，横砸而出。顿时，几名佣兵几乎同时吐血倒射而出。

只两三个回合，萧炎轻易地解决掉几名实力为五星斗者的佣兵，然后缓缓转过身，望着那全身泛着淡绿斗气、手持铁棍凶悍冲来的甘穆。

萧炎右手斜握着巨大的玄重尺，脚掌再次猛踏在地面之上，一声爆响，身形暴射而出，眨眼间便至甘穆面前，手中玄重尺微微一紧，旋即夹杂着凶悍无比的劲气，狠狠地对着甘穆怒劈而下。

尖锐的破风劲气，让甘穆苍白的脸色更加难看了一分。他急忙紧握着铁棍，体内的斗气狂涌，然后避无可避地迎了上去。

“嘭！”钢铁相交的清脆声响在道路之上响起，引人侧目。

铁棍刚刚与黑尺相接触，铁尺上所蕴含的巨大力量便让甘穆身体骤然一沉，双脚的脚背竟然陷进了地面。

“破！”望着那咬牙僵持的甘穆，萧炎冷笑了一声，体内斗气再次分出一缕，灌注进了漆黑的玄重尺内。

“咔……”随着玄重尺的加力，甘穆手中精钢所制的铁棍竟然逐渐现出了些许裂缝。片刻之后，裂缝急速扩大，最后在一道清脆的声响中一折两段。

见自己的武器竟然被对方硬生生地劈断，甘穆脸庞上浮现一抹骇然，身体诡异地弯曲着，双脚急忙后退。

“砰！”劈断铁棍，玄重尺继续怒劈而下，最后将地面劈出一道深深的凹痕。

见甘穆闪避开了攻击，萧炎抬了抬眼，脚掌再次猛踏地面，随着一声爆炸声响，身形闪电般地出现在急退的甘穆身后，微微冷笑，右脚旋转半圈，最后携带着凶悍的劲气，重重地踢在了甘穆后背之上。

“噗！”

再次遭受重击的甘穆，本来就苍白的脸色变得更加惨白。他一口鲜血狂喷而出，身体犹如滚葫芦一般，在地面上连滚了十几米远，极为狼狈。

大道之上，望着那在萧炎的攻击中几乎是完全处于挨打状态的甘穆，所有人都是暗暗地吸了口凉气。若说先前甘穆的吃瘪，是因为猝不及防，而现在这一连串的正面战斗，却让所有人明白，这位看上去颇为年轻的少年，实力绝对在甘慕之上。

“这点年纪，竟然便能打败九星斗者，以后那还得了？真是恐怖的天赋啊！狼头佣兵团招惹上这种人，也算是他们倒霉了。”所有的人瞧着萧炎这番干脆利落的战斗，都不由得在心中羡慕地叹息道。

在地上犹如葫芦一般地滚了十几转，甘穆这才踉跄地爬起身来，望着周围那些嘲笑的目光，不由得双目赤红，抬起头，盯着那手持黑尺的少年，脸庞上的怨毒与狰狞让人心寒。

“小杂种，你若是落在我手中，定要你生不如死！”甘穆嘶哑着狠狠地道。

“我想你应该没机会活着离开。”萧炎笑了笑，眼瞳中同样暗含冰冷的杀意，能够击杀一名九星斗者，那对狼头佣兵团的打击不可谓不大。所以，不管如何，他都不会任由这家伙活着回去。

甘穆阴冷地哼了一声，心头却有些发憷，先前萧炎所展现出来的实力，已经将他的狂妄完全击碎。他目光向四周望了望，当眼角扫到那距离自己不远处的苓儿之时，一抹狞笑在嘴角浮现，先前萧炎似乎与卡岗几人在一起，想来他们应该认识，现在如果想要从萧炎手中逃脱，不用点歪点子，明显是不可能。

想到此处，甘穆身体一动，便猛地对着卡岗几人狂奔而去。

甘穆的身体刚动，卡岗几人便发现不妥，不过甘穆的速度远非他们可比，在他们刚刚结出防御时，甘穆身形却是猛地一转，转袭向那精神不太集中的苓儿。

“苓儿，小心！”见甘穆忽然转向，卡岗急忙喝道。

听到他的喝声，苓儿这才把有些呆滞的目光从萧炎的身上转过来，望着那狰狞地对着自己扑来的甘穆，小脸布满惊慌，身体却犹如僵了一般，动也不动。

“小苓儿，嘿嘿，走吧，跟叔叔去玩玩。”望着少女脸颊上惊慌失措的神色，甘穆大笑道。就在他准备一把将少女抓住时，少女的面前，手持重尺的少年，犹如鬼魅般地闪现。

萧炎抬了抬眼，微微摇了摇头，轻声道："狼头佣兵团果然盛产垃圾！"语罢，萧炎手中的玄重尺，猛然一紧，旋即夹杂着凶猛的劲气，化为一抹黑影，闪电般地横砸而出。

"轰！"黑尺在甘慕恐惧的目光中，毫不留情地狠砸在了其胸膛之上。顿时，甘慕眼瞳骤然凸出，胸膛深深地陷了下去，鲜血从嘴角溢流而下，倒射的身体，在足足撞断两三根树木之后，方才缓缓停止。

望着那躺在树下奄奄一息的甘穆，大道之上的人们心中都不由自主地冒出了一股寒意。

萧炎淡漠地瞟了一眼已经死了的甘穆，手掌一转，手中的重尺便再次插在了背后，也不回头看那被吓瘫在地的少女，对卡岗打了一声招呼后，便缓缓地向青山镇方向行去。

望着那背负着黑色巨尺逐渐消失在视线尽头的少年背影，瘫坐在地的苓儿声音兀自有些颤抖地低声道："对……对不起。"

# 第五章
# 再见小医仙

再次行走在人流拥挤的小镇上，听着周围的喧闹声，已经隔绝人世几个月之久的萧炎不禁有些感叹：人类，果然是一种喜欢群居的生物，若是让自己在野外单独地待上个几十年，不知道还会不会说话？

萧炎笑着摇了摇头，将这莫名其妙的问题甩出了脑袋，轻拍了拍背后那再次被黑布包裹起来的玄重尺，站在街角，目光四处望了望，略微沉吟后，拉过一名路人，打听了一下万药斋在青山镇的据点，然后便向着路人所指处，快步行去。

转过几条街道，喧哗逐渐淡去。萧炎顺着这条幽静的小道缓缓地行走着，片刻后，一处颇为别致的小庄园出现在视线之内。

庄园的门口处防守颇为森严，竟然有十多名全副武装的护卫守卫在此。

望着那些护卫，萧炎眉头微皱。他并不想惊动万药斋的主人，于是转身来到庄园的侧面，小心地张望之后，悄无声息地攀爬了进去。

溜进庄园，萧炎谨慎地躲开了一些巡逻的护卫，然后悄悄地抓了一位身穿侍女服装的少女。

望着少女那惊恐的神色，萧炎压低嗓子，低声问道："小医仙是不是在这里？"

"唔唔。"被萧炎捂住嘴，少女只能发出含糊的声音。

“告诉我她在哪处房间，别给我耍花招，不然我就杀了你！”耳边响起的低低威胁声将少女吓得眸中浮现些许泪花，当下赶忙将到达小医仙房间的路线颤抖地指了出来。

得到了小医仙的确切位置，萧炎将少女敲昏了过去，然后将她藏在一处隐蔽之所，这才小心地向着她所指的方向走去。

在躲过几拨巡逻之后，萧炎顺利地来到一处颇为幽静的房间，悄悄地绕到前面，却发现在门口处竟然有着四名守卫。这四人看似是在守卫，而他们偶尔扫向房间的目光却让萧炎觉得像是在监视。

“看来她的这段日子似乎也不是很好过啊……”心头轻笑了一声，萧炎绕到房间的后面，那儿临近一处湖泊。萧炎小心地站在木弦的边缘，然后慢慢地移向那敞开的窗户，片刻后，手掌摸索着窗缘，小心翼翼地俯身钻了进去。

萧炎脚掌悄悄地落在地面上。他望着这处被布置得颇为宁静别致的房间，心中赞叹了一声，房间内弥漫着一种药香。

萧炎目光扫了扫，在那粉红的帘帐后，看见了一个模糊的倩影。他向前走了几步，掀开帘子，望见在一处小台上，身着白色裙袍的女子正低头细心地配制着药粉，偶尔会用一根小小的水晶条挑上一点粉末，放在鼻下轻轻一嗅。

白裙女子似是有所察觉，猛然抬起头来，当目光扫到那张笑吟吟的少年脸庞时，眸中的寒意方才缓缓淡去，视线扫了下门外，对着萧炎轻轻招了招手。

微笑着行至小台边，萧炎盘腿坐了下来，轻笑道：“被监视了？”

“嘘，先别说话。”轻摇了摇玉葱指，小医仙忽然从怀中掏出一个小玉瓶，然后从中倒出一滴淡红色的液体，轻轻地擦拭在萧炎手掌上。

“你干什么？”望着小医仙的举动，萧炎不由得诧异地问道。

“房间里的香味是一种慢性毒药，吸进体内，对你不好。”小医仙微笑道，“不过只要涂了我配制的解药，便能免疫。”

“呃……”萧炎惊愕地摇了摇头，苦笑道，“没想到你竟然连自己的房间都放毒……”

小医仙笑了笑，捋过额前的青丝，有些无奈地道：“我也没办法啊，弱女子实力不行，只能采用这些旁门左道来防身咯。”

“你哪里弱？这种下毒的手段，神不知鬼不觉，就连我也差点着了道。”萧炎摇了摇头，笑道，“外面的人？”

“嗯……被监视了。”笑着点了点头，小医仙随意道，“狼头佣兵团把我得到宝物的消息散发了出去，这万药斋的主人也对那东西起了贪婪心，这段时间，一直想要从我手中取走《七彩毒经》，不过都被我打发了。可最近，他似乎越来越不耐烦了。”

“那怎么还不走？以你释放毒药的能力，这里应该还没人能拦住你吧？”萧炎笑问道。

“等你来救我啊。”望着萧炎那无奈的面孔，小医仙笑盈盈地道，“我要研习《七彩毒经》，自然需要大量的药材做试验，这里不正是最好的地方吗？”

“不过今天，我想也应该走了，因为这是那家伙给我三天期限的最后一天了。”小医仙将桌上的药粉收集进小瓶之中，偏头凝视着萧炎，微笑道，“你又出乎我的意料了，没想到你不仅在魔兽山脉内活了下来，而且实力大有长进，看来，选你做盟友是我最明智的决定。”

“嘿嘿，侥幸而已。”萧炎笑了笑，站起身来，笑道，“走吧，我还想去找狼头佣兵团的麻烦呢。”

“呵呵，也算我一个吧，我有今日的地步，也是他们推波助澜的结果，如今要离开这里了，自然也要送他们一个纪念。”小医仙俏生生地站起身来，淡淡笑道。

“我来找你，自然便是打的这主意。”萧炎笑了笑，小医仙所精通的毒术，即使是他也忌惮几分，能有她的相助，端掉狼头佣兵团，并不困难。

就在小医仙开始收拾东西之时，门口传来敲门声，一道中年人的声音传了进来：“呵呵，小医仙，在吗？”

虽然话语中有着询问的意思，可他话刚刚落下，便自顾自地推开了门，眼光在房间内扫了扫,然后顿时停留在房中的少年身上。他脸色微变,眉头微皱,手掌一挥，身后的四名护卫便鱼贯而进，抽出武器对着房间中的两人。

“小医仙，这位是？”中年人目光扫向一旁低头自顾自地收拾着东西的小医仙，皮笑肉不笑地问道。

“萧炎。”萧炎瞟了一眼小医仙，然后笑道。

“萧炎？你不是被追杀进魔兽山脉深处了吗？”闻言，中年人一愣，旋即眼瞳中掠过一抹喜意，客气地笑道，“呵呵，没想到萧炎小兄弟本事竟然这般强大，居然能够从那号称死亡绝地的山脉内部走出来，真是佩服。”

“侥幸而已。”萧炎随意地抬了抬眼，微笑道，“待会儿我要与小医仙一起出去，你能不能让一让？”

中年人脸皮微微一抽，笑道：“相见即是缘，既然小兄弟来到我们万药斋，自然要多留一阵子，我最喜欢的，便是结交小兄弟你这种人。”说着，中年人再次退后了一步，几名护卫将门口堵得死死的。中年人早听说萧炎身怀从山洞中所得的宝贝，如今他自动送上门来，自然不可能让他轻易走掉。

“姚先生，你看下你的右手掌，是否有些隐隐发青？”将东西打成一个小包，小医仙将之背上，忽然抬头微笑道。

听了小医仙此话，那名中年人脸色微变，赶忙张开自己的右手，果然发现，掌心之处，隐隐有些发青，当下急喝道：“你……你对我下了药？”

“呵呵，只是一点自保手段而已。”小医仙笑着摇了摇头，轻声道，“对于我所配制的药，姚先生应该知道其药效如何，若是我不告诉你解药配方，顶多一个月，你便会毒发。到时，重则丧命，轻则瘫痪。”

轻柔的声音在房间中回荡，现在虽是炎炎烈日，可姚先生依然觉得如坠冰窖。他没想到，即使自己已经足够小心，却依然着了小医仙的道。

在性命与贪婪之间权衡许久，姚先生这才极为不甘地恨恨道：“你将解药配方给我，我放你离去。”

“在万药斋待了这么久，姚先生也别指望我会相信你对诺言的信守程度，让我们离开，我自会将配方给你。”小医仙摇了摇头，从容不迫道。

萧炎抱着膀子站在一旁，望着这万药斋的主人竟然被小医仙玩弄于股掌之中，不由得暗暗有些好笑，不过好笑之余，也不免多了几分对她的忌惮。这女人，日后若是有机遇，成就定然不会低。

“你……”被小医仙的从容气得脸色铁青，来回转了一圈，姚先生只得恨恨地挥了挥手掌，几名护卫缓缓地退出了房间。

“走吧。”望着姚先生退却，小医仙转过头来，对着萧炎微笑道。

萧炎竖了竖大拇指，率先向门外走去。身后，小医仙紧紧跟随着。

走出房间，姚先生满脸阴沉地带着护卫跟在后面，到嘴的鸭子却要飞了，他如何高兴得起来？

来到一处空旷的地带，小医仙从怀中取出竹哨，轻轻地吹出一缕声波，片刻后，天空中，一只蓝色巨鹰，疾速地从远处飞来，在庄园上空盘旋了几圈，最后缓缓地降落。

望着那越来越低的蓝鹰，萧炎一把搂住小医仙的纤腰，脚掌在地面猛地踏出一声爆炸声响，身体骤然冲天而起，最后稳稳地落在了鹰背上。

站在鹰背上，小医仙随意地丢下一张药方，然后驾驭着蓝鹰，在姚先生那暴怒的目光中，与萧炎从容地离开。

站在宽阔的鹰背之上，萧炎低头望着下方那飞速后退的小镇，再瞧瞧脚下这头神骏的蓝鹰，心中略微有些羡慕——这种飞行坐骑可着实让人眼馋啊！

小医仙玉手轻轻抚摸着蓝鹰的羽毛，看着萧炎的表情，忍不住地笑道："怎么？看上我家小岚了？不过这可不能给你，它可是陪我好多年了。”

“虽然有些眼馋，不过我可不会夺人之好，而且，就算你愿意，它也不会愿意。”

萧炎笑着摇了摇头。他知道，在斗气大陆上，想要获得一个能够协助主人战斗的宠物很难。这之间，由于并没有什么契约来约束，因此想要获得这种魔兽级别的宠物，便必须培养双方的感情。然而，魔兽是一种比较狂暴的生物，一般只有很少的幸运儿才能够有机会获得它们的友情，从而获得它们的忠诚。

小医仙的这头一阶魔兽蓝鹰，还是她几年之前偶然救了它一命，这才得到它的友谊与忠诚的。如果小医仙现在将它转送给萧炎的话，恐怕它会立刻展翅飞进大山之中。

小医仙微微一笑，温柔地抚着蔚蓝的羽毛，轻声道："魔兽虽然凶暴，不过若是获得了它们的忠诚，那么它们便永远不会背叛，这点可比人类好多了。"

萧炎深有同感地点了点头，目光转向高速移动的下方，问道："狼头佣兵团的总部在哪里？"

"狼头佣兵团驻扎在青山小镇南部，那里几乎全部被他们霸占。"小医仙纤指指向蓝鹰正在飞掠而去的地方，笑道。

"你在青山镇待了这么多年，应该知道狼头佣兵团的具体人数以及大致实力吧？"萧炎认真询问道。

"嗯，狼头佣兵团在青山镇发展了十多年，核心成员大概有七八十。他们的实力，大多都是在斗者二星到五星之间。狼头佣兵团有三位团长，其中的郝蒙已经死在你手上，所以便只剩下穆蛇与甘穆……"

"呃，甘穆？来的时候正好遇见，所以……顺手把他解决了。"听着这名字，萧炎扬了扬手，笑着打断了小医仙的话。

闻言，小医仙微微一愣，目光泛着惊愕，盯了萧炎好一会儿，方才点了点头，微笑道："看来，我还是低估了你的实力。要知道，甘穆可是九星斗者，你既然能够这般轻易地击杀他，恐怕实力至少也在九星左右吧？"

"呵呵。"萧炎笑了笑，不置可否地点了点头。

"照你这么说，现在的狼头佣兵团，便只有穆蛇一人能与你抗衡，其他的都不是你的对手。”小医仙沉吟道。

“不过他们毕竟人多，我并不擅长以一敌百。”萧炎有些惋惜地叹道，虽然他精通好几种玄阶斗技，可他的斗气功法仅仅是黄阶低级，凭这种功法等级所制造以及存储的斗气，根本不足以支撑他与百人战斗。

“那些佣兵成员倒不足为惧。”小医仙摇了摇头，从怀中掏出一个小玉瓶，然后倒出一枚颜色鲜艳的丹丸，递给萧炎，笑道，“托那卷《七彩毒经》的福，我现在调配的毒药，虽然不敢说能够随意毒死大批斗者，不过让这些实力在五星之下的人暂时失去战斗力，倒不成太大的问题。”

“待会儿我会在上空支援你，若是他们想要采取围杀，那我便倾撒药粉。这药丸是我配制的解药，虽然我所配制的毒药对你这种实力没太大的作用，不过吃下它，总能节省一些你用来抵御它的斗气。”

“嗯。”萧炎点了点头，接过药丸，有些好奇地拿在手中转悠了两圈。在他这品炼药师的眼光看来，这枚药丸明显没有真正的丹药那般圆润，显然，这只是小医仙用普通火焰将药草勉强融合在一起的产物。

萧炎抛了抛手中的药丸，一口将之吞进了肚内，有着药老这位炼药宗师级别的人物暗中保护，他可不怕会被暗中下了什么致命的毒。

萧炎吞下药丸，微笑道：“再说说穆蛇的实力吧，最好能把他所修炼的斗气功法以及斗技的等级说得详细一点。”

望着没有半丝犹豫便将自己拿出的药丸吞下的萧炎，小医仙俏脸上的笑意不可察觉地悄悄柔和了一些。不管怎么说，在知道自己下毒的手段后，还依然如此随意地吞下自己所给的东西，这种信任，让小医仙有些感动。

当然，她也并不知道，萧炎是因为有保障，才敢如此放心地吃下她所给的东西。

“穆蛇的实力，应该是在二星斗师左右。他所修炼的功法，是一种名为‘风翔杀’的风属性功法，级别似乎是黄阶高级。”小医仙玉葱指掠过被迎面的狂风吹散在额前的青丝，略微沉吟道。

“黄阶高级吗？”闻言，萧炎微微松了一口气。他自己所修炼的“焚诀”，虽然只是黄阶低级，不过若真要比起来，其实并不会比黄阶中级功法逊色，再加上自己所精通的几种玄阶斗技，萧炎有信心，能够把双方等级的差距给拉平。

“除去功法，穆蛇还精通三种斗技，其中包括一种攻击斗技、一种防御斗技、一种身法斗技。”小医仙继续道，“而这三种斗技都是黄阶高级的斗技。”

“怎么样？有把握打败他了吗？”小医仙偏过头笑吟吟地道。

“等会儿看好戏吧。”

站在鹰背之上，萧炎望着下方的小镇，微微笑了笑，按照小医仙对穆蛇实力的描述，他的胜算看来似乎还不小。

“你说这是萧炎干的？”

大厅之中，穆蛇双眼通红，狰狞地对着一名战战兢兢的佣兵咆哮道。在他的面前，摆放着一具尸体，正是早上被萧炎击杀的甘穆。

“是的，团长……那被我们撵进魔兽山脉深处的萧炎又活着出来了！”咽了一口唾沫，那名佣兵面露恐惧地颤声道。

闻言，穆蛇阴沉的脸色更是难看了几分，细长的眼睛中，狰狞的寒意不断闪过。他在大厅中来回走了几步，阴冷地道：“击杀甘穆，是他单独干的？”

“虽然当时萧炎是偷袭，不过在随后的正面交战中，二团长却依然败得极快，属下猜测，萧炎的实力恐怕也在九星左右。”

“怎么可能？这才两个多月时间，他怎么可能又晋级成了九星斗者？”听到佣兵这话，穆力顿时跳了起来，脸色阴沉地喝道。要知道，他用了整整半年的时间，也不过才从六星提升到了七星，而那家伙，却竟然到达了九星级别？这种打击，实在是让有些自傲的穆力难以接受。

“别人或许不行，不过那家伙，说不定还真有些可能。”深吸了一口气，穆蛇挥了挥手，寒声道，“不过到了九星又怎样？在斗师面前，任何斗者都不堪一击！”

“传令下去，全面搜索萧炎的踪迹，这一次绝不能再让他逃脱！”穆蛇手掌重重地拍在桌面之上，狠声道，“我正好在为把他追杀进魔兽山脉内部而得不到他在山洞中所取得的宝藏惋惜。没想到，他竟然自己回来了。这次，既然来了，那就永远地留下吧！”

穆蛇微眯着眼睛，心中忽然想起当日在深渊边萧炎所施展出来的那种恐怖斗技，心头微微一颤，旋即自我安慰般地轻声道：“没关系，就算他有高阶斗技，可他本身实力太差，而且，高阶斗技……当我没有吗？”

就在穆蛇自我安慰之时，一个佣兵忽然急匆匆地撞进大厅，急声道：“团长，萧炎从大门处杀来了！”

“什么？”闻言，满厅顿时哗然。

穆蛇也同样是被这消息震得愣了一愣，旋即霍然站起身子，快走几步，一把抓住那名报告的佣兵，喝问道：“他带了多少人？”

“就他一个！”佣兵脸色怪异地回道。

“一个？”脸庞一抽，穆蛇似乎是以为自己听错了话，当下愕然道，“你说他一个人向我们总部冲进来了？”

佣兵急忙点头。

“这小浑蛋，脑袋被石头砸了？难道他想凭自己一个人就端掉我们整个狼头佣兵团？”

嘴角微微抽搐，穆蛇冷笑了一声，旋即脸色阴沉地大步向着大厅之外走去，阴冷地道：“来了也好，免得我再派人到处去寻找，穆力，叫人给我把大门堵死，我要让他知道，我狼头佣兵团可不是他想来就来、想走就走的地方！”

“嗯！”重重地点了点头，穆力脸庞上也浮现一抹狞笑，然后迅速转身去传达命令。

“走吧，让我们去看看，是什么东西给了这小浑蛋这么大的勇气，哈哈！”手掌一挥，穆蛇大笑了一声，率先走出大厅，然后向前院快速行去，大批人赶紧跟随。

一行人快速地穿过前厅，来到前院，只见在那大门处，身着黑衫的少年正含笑而立。在他的脚下，躺着十几位满地打滚的狼头佣兵，而那坚硬的大门，此时也被轰得四分五裂。

“穆蛇团长，呵呵，好久不见啊。”见到阴沉着脸走出来的穆蛇，少年缓缓抬起头来，微笑道。

“今天，你，可以永远地留下了！”

望着狼藉的院内，穆蛇深吸了一口气，前踏一步，手指指向少年，脸庞上的表情瞬间变得无比狰狞与怨毒。

对于他这死亡宣言，少年的嘴角却挑起一抹淡淡嘲讽，竟然当着众人的面，缓缓地走了进来。

“抱歉，我来踢场！”

“小子，有气魄！”

瞧见萧炎嚣张的举止，穆蛇怒极反笑，手掌一挥，那原本破碎的大门处，竟然从一道暗门中弹射出厚重的黑色大门，“轰”的一声，将出口完全堵死。

随着大门的落下，越来越多的狼头团员从院内拥出，最后满脸凶光地将萧炎包围在其中，手中明晃晃的武器，在日光的照耀下，反射出森寒的光泽。

望着周围那足足有几十名的佣兵，萧炎似是有些无奈地摇了摇头。

“别指望我会和你玩什么单打独斗的把戏，我只会用最保险的方法，彻底地解决你！”盯着萧炎的脸色，穆蛇冷笑道。

闻言，萧炎微微点了点头，穆蛇能够成为一团之长，也的确不是一个只知蛮干的蠢人，若是换成自己，在这种情况下，也不会采取什么单对单的比试。这世界上本就没有什么绝对的公平，不管是采用何种卑劣的方法，只要能够顺利达到目的，那便是最好的办法。成王败寇，对此，萧炎深有体会。

“动手，杀了他！”不再废话，穆蛇手指霍然指向萧炎，阴冷的声音中充斥着杀意。

听到团长下令，周围的佣兵顿时紧握手中的武器，齐声怒喝着，凶悍地对着萧炎围杀过去。

站在台阶上，穆蛇森然地望着那在包围中显得颇为平静的少年，拳头缓缓捏紧，寒声道："不管如何，今日，你必须死！"

"唳！"

就在众人对着萧炎围杀而去时，遥遥的天空中，一声鹰啼骤然响起，一道巨大的阴影从天空俯冲而下，然后大把大把的白色粉末倾撒而下。顿时，空荡的院落上空被徐徐降落的白色粉末充斥。

"别管那些，先杀了他！"望着突然的变故，穆蛇眉头紧皱，冷喝道。

听到他的喝声，那些本来有些慌乱的佣兵再次朝着已经近在咫尺的萧炎冲杀而去。

见佣兵从四面八方冲来，萧炎抬起头，天空上的那层白色粉末已经快要降至地面。

萧炎轻吐了一口气，也终于开始有所动作。他双脚微沉，右手紧紧地抓住背上的玄重尺，一声低喝，黑尺贴着掌心倒飞而出，一道黑影绕着萧炎身旁激转一圈，顿时，几名最先冲过来的佣兵被黑尺狠狠刮中，嘴中喷着鲜血，身体狂射而出。

"嘭！"黑尺重重地插在身前坚硬的地面上，几道裂缝顺着尺身处的地面急速地向四周蔓延而出。

萧炎右手抓着玄重尺，左掌忽然猛地对准天空，掌心一卷，凶猛的吸力立刻将那徐徐降落的白色药粉吸进了院落之中。药粉刚刚落下，萧炎左掌又是一震，强横的反推之力，将那些白色药粉吹向了四面八方拥来的佣兵。

白色粉尘犹如一道白色风暴一般，以萧炎为原点，向四周席卷而去，所有被粉尘包裹的佣兵都发出了剧烈的咳嗽声。

"退后！粉尘有古怪！"

粉尘在萧炎的推动下迅速地飘至穆蛇面前，不过当他吸了一口后，当下脸色一变，急喝道。

听到他的喝声，那些在粉尘中不断乱撞的佣兵赶忙开始后退，不过他们只移动了十几步，就开始接二连三地倒了下去，只有寥寥几个实力偏高的佣兵摇摇晃晃地坚持了下来，躲到了院落之内。

望着从粉尘中出来的竟然只有几个人，穆蛇脸色变得极为阴沉，袖袍猛地一挥，一股汹涌的狂风在身前凭空浮现，然后对着那弥漫而来的粉尘吹拂而去。

在狂风的吹拂下，粉尘逐渐消散，而在那粉尘退去之地，所有的佣兵都软绵绵地倒在地上，一声声痛苦的呻吟从他们嘴中传出。

见佣兵似乎并没有生命之危，穆蛇这才微微松了一口气，森然地抬起头，望着那立在院落之中的少年，厉声道："小浑蛋，你竟然用毒！"

"你们可以依仗人多，我为什么不可以用毒？"萧炎摊了摊手，望着仅剩的几个佣兵，笑眯眯地道。

萧炎微微笑着，肩扛着重尺，朝前走了两步。然而，当他在第二步落下之时，变故骤起。

那原本躺在地上不断呻吟的一位佣兵，忽然猛地跳起身子，手中锋利的长剑，携带着薄薄的斗气，刁钻而狠毒地刺向萧炎小腹。

面对着突然袭来的攻击，萧炎却并未有半点慌张，手中紧握的玄重尺猛然狠狠地倒插在身前，巨大的尺身，将萧炎大半个身子完全遮掩，同时，也将那长剑攻势轻易地抵御。

"叮！"长剑疾刺在玄重尺之上，一阵火花四溅，漆黑的尺身上却连半点白痕都未留下。

偷袭失败，那偷袭之人也不继续冒进，借助着长剑的反弹之力，身体急速倒退着。

"既然偷袭了，又何必走？"偷袭者刚欲后退，萧炎便有所察觉，轻笑了一声，脚掌轰然踏在地面之上，随着一道爆炸声响，其身体猛然飙射而出，转瞬间，便与那偷袭者仅隔半米。

两人视线交错，萧炎嘴角缓缓挑起一抹冷笑，因为他发现，这偷袭者竟然是老冤家穆力。

穆力脸色阴冷地望着近在咫尺的萧炎，眼瞳深处掠过一抹惊慌。在先前药粉降落之时，他便趁乱接近了萧炎，然后在不远处假装中毒。他却没想到，自己的伪装居然轻易被对方给看破。

"力儿，小心！"场中突然而起的变化，同样让高台上的穆蛇吃了一惊，特别是当他看见偷袭者竟然是自己的儿子之后，不由得脸色大变，急喝道。

"晚了！"冲着急退的穆力森然一笑，萧炎脚掌再次猛踏地面，一声爆响，身形陡然出现在穆力身前，手中巨大的玄重尺，带着呼呼的风声，狠狠地对着后者胸膛横砸而去。

迎面而来的巨大风压，让穆力脸色再次一变，心头骇然道："这家伙竟然还真的是九星斗者了？"

心中的念头一闪而过，穆力把牙一咬，现在他已经完全被萧炎的攻击所笼罩，以他的速度，根本不可能完全避开，所以他只得强行接下萧炎的攻击。

穆力嘴角抽搐了一下，将体内斗气狂灌进手中的长剑之内，然后咬着牙，手中长剑带起一股尖锐的破风声响，直直地刺向萧炎胸膛。

"嘭！"巨大的尺身在半空飞速掠过，最后重重地砸在了穆力胸膛之上。顿时，一口鲜血狂喷而出,剧烈的疼痛让穆力眼瞳中闪过一抹怨毒。在他身体倒射的刹那，手掌猛然轰击在剑柄之上，长剑脱手而出，在穆力狰狞的目光中，刺中了萧炎胸膛。同时，他的身体在地面上狂磋了一段距离，最后狠狠地撞在一根巨大的木桩之上，一口鲜血再次喷出，眼前一黑，昏迷了过去。

长剑携带着凶猛的劲气，狠狠地插在萧炎胸膛之上。穆力这拼死的一击，竟然让萧炎退后了一小步。

看到萧炎被长剑刺中，坐在鹰背上的小医仙顿时发出一声惊呼，刚欲驱使蓝鹰下来抢救，萧炎却举起手来，对着她微微摇了摇。

萧炎低头望着插在胸膛上的长剑，手握着剑柄，随意地将之扯了出来，剑尖之上，并没有半点鲜血。

“云芝留下的内甲，防御能力果然很强……”望着那没有血迹的剑尖，萧炎心中忍不住地赞叹了一声，然后将长剑丢弃，抬眼望着那不知死活的穆力。

“力儿！”见穆力被打得倒飞而出，高台上的穆蛇顿时蒙了，急忙跳下来，使劲地摇晃着昏迷中的穆力。见他还残存着一口气，这才微微松了口气，将穆力交给身后的几名佣兵，然后抬起头来，怨毒地盯着萧炎，手掌缓缓地从地上捡起一把精钢长枪，冰冷彻骨的声音中，杀意凛然。

“今天不管如何，你都得死在这里！”

“这话，上次你似乎也说过。”

萧炎望着被抬进去的穆力，嘴角掀起一抹淡漠，在先前玄重尺砸中后者时，尺身上所蕴含的力量已经穿透过穆力的身体，最后将他小腹处的斗气气旋完全打破。也就是说，穆力即使伤好了，也只是个废人。

这样的举动，虽然有些狠毒，不过萧炎并不在乎。双方的关系本来就是水火不容。当初山洞的截杀，还有后面的追杀，若不是自己好运，恐怕早就死在他们父子俩手中；而且萧炎清楚，若是自己落在了他们手中，恐怕连死都只是一种奢想。所以，对待敌人，特别是关系极其恶劣的敌人，萧炎不会有丝毫留手，能杀则杀，不能杀也要让之失去报复的利爪。

第六章

# 击杀二星斗师

穆蛇阴森地盯着平静微笑的萧炎，长枪缓缓举起，体内的斗气，在杀意的催动之下，开始迅猛地奔腾，身体表面之上，淡青色的斗气逐渐地破体而出，在体外形成一道薄薄的青色斗气纱衣。

将斗气催化成附体的能量纱衣，是斗师强者的标志。这种能量纱衣，不仅能增强主人的防御、速度、攻击，而且能更好地从外界天地中吸取能量，以补充主人体内的消耗。所以，几乎每名斗师在战斗之时，最先的动作，便是将斗气纱衣召唤出来。

以萧炎如今的实力，若是召唤斗气纱衣的话，顶多只能在身体的局部部位勉强形成，而且防御、速度、攻击的增幅也是可以忽略不计。毕竟，斗者与斗师是两个阶别，这其中的差距极大。

望着那召唤出能量纱衣的穆蛇，萧炎轻吐了一口气，脸上也缓缓地浮现一抹凝重，对方毕竟是一名货真价实的斗师！

手掌紧紧地握着玄重尺，随着萧炎精神的紧绷，他体内的气旋之中，一缕缕斗气也开始流淌而出，最后奔腾在身体之内，为其主人提供着战斗所需的足够力量。

穆蛇的手掌缓缓地在长枪之上摩擦着，待体内斗气越来越汹涌之时，他骤然一声低喝，脚掌在地面猛地一踏，身体对着萧炎狂射而去，手中的长枪微微一颤，竟然凭空舞出了几朵雪白的枪花。

枪尖化为一抹森白影子，刁钻而狠毒地刺向萧炎脖子，经过先前穆力的长剑投射，穆蛇已经能够猜到，萧炎的身上定然是穿了防御的内甲，所以现在他招招直击萧炎头颅。

面对着穆蛇的狠毒攻击，萧炎身形微退，借助着手中宽大的玄重尺，横挡之间，将那杆长枪的攻势尽数抵御。

“叮叮当当……”

随着两人的移动，长枪每一次与黑尺交锋，都会溅起漫天火花以及连片的清脆声响。

用普通攻击与萧炎纠缠了一会儿，穆蛇也终于彻底摸清了萧炎的实力：斗者九星。

而在摸清对方底细之后，穆蛇嘴角缓缓扬起一抹阴冷的弧度，只要萧炎没有晋升成一名斗师，那么便不足为惧！

刁钻的长枪撕破空气的阻碍，带起尖锐的声响，闪电般地刺出，而萧炎同样是急忙横竖黑尺，想再次将之拒之门外。然而，就在长枪即将点在黑尺之上时，枪身微微一颤，枪头猛然一摆，竟然生生地绕开了黑尺的阻拦。

成功的闪避，让穆蛇眼眸微眯。他眼中闪过一抹寒意，掌心猛然击打在枪柄之上，长枪立马对着萧炎脖子飙射而去。

“嘭！”望着那刁钻射来的枪尖，萧炎身体急忙后倾，脚掌在地面上踏出一道爆炸声响，身体顿时倒射而出。

“凤翔步！”

见萧炎速度暴增，穆蛇同样是一声低喝，脚尖在地面轻点，体内斗气狂涌，身体犹如狂风中一片落叶一般，对着萧炎迅速闪掠而去，而同时，手中的长枪，枪芒再次暴吐。

望着紧追不舍的穆蛇，萧炎眉头紧皱，眼角向后瞟了瞟，发现竟然已临墙角。

萧炎心间念头闪电般闪过，便身体一跃，双脚猛地后弹，在与墙壁接触的刹那，淡黄的斗气覆盖在脚掌上，腿微微弯曲，旋即一声炸响，凶猛的反推力将他的身体猛射而出。

萧炎身在半空，借助着暴步所产生的凶猛推力，手中玄重尺用力地旋转了半圈，在完全借力之后，夹杂着凶悍无比的劲气，对着穆蛇重砸而下。

“疾风刺！”头顶上阴影所带来的凶猛劲气，让穆蛇眉头微皱，手中长枪猛地一转。一声低沉的喝声，长枪之尖，瞬间被一股淡淡的青色风卷所包裹，风卷刮过，周围的空气，都犹如被撕裂了一般。

长枪略微一滞之后，便带着一股刺破耳膜的破风之声，重重地点在了漆黑的玄重尺之上。

“叮！”响亮的金铁相交之声在院落之中突兀响起，经久不息。

不得不说，斗师与斗者的差距，的确很大。而作为一名二星斗师，穆蛇斗气的雄浑程度更远非萧炎可比。

穆蛇使用了斗技之法，随着一声清脆声响，竟然将萧炎手中的玄重尺击打得脱手而出。

黑尺飞射天际，失去武器的萧炎脸色狂变，正欲冲身抢夺，穆蛇却得意地阴冷一笑，身体率先拔地而起，借助着体内风属性斗气的轻身之效，快速地闪至黑尺之下，然后右掌一探，一把将之抓在了手中。

手掌刚刚握住黑尺，穆蛇脸色骤然一变，黑尺那极其沉重的重量不仅将他的身体猛地扯下地面，而且在玄重尺那特有的斗气压制效果之下，穆蛇体内奔涌的斗气立刻变得迟缓了起来。

从没有遇到过这种状况的穆蛇，当下不仅心头有些慌乱，而且连行动都变得缓慢了起来，显然，习惯了斗气快速运转的他并不适应这种突如其来的变化。

“好诡异的武器！”

穆蛇心头骇然地闪过一道念头，急忙想将手中这犹如烫山芋的黑尺丢弃，可萧炎的身形却骤然闪现在其身后，低低的森然冷笑让穆蛇全身泛寒："抢吧，你不是抢得很欢畅吗？"

"八极崩！"心头的阴冷喝声，让萧炎的拳头猛然充斥了让人震撼的凶猛力量，拳头紧握，带起撕裂空气的压迫声响，狠狠地对着身体已经变得迟缓的穆蛇后背砸去。

身后陡然袭来的强猛劲气，让穆蛇脸色狂变，黑尺脱手而出，然后体内斗气狂涌，身体表面上的斗气纱衣变得浓厚了许多。

瞬息间，穆蛇只来得及准备这么多，当他刚刚加厚斗气纱衣的防御之时，萧炎的攻击便狠狠地砸到了其后背之上。

"嘭！"

肉体接触的沉闷声响在院落之内悄然响起，虽然低沉，却蕴含着实打实的力量之感。

背后传来的凶猛劲道，直接让穆蛇脸色猛地一白，身体猛然前扑，敏捷地在空中几个凌空翻滚，最后方才踉跄地落在了几米之外。

刚刚立稳，还来不及转身反攻，穆蛇脸色再次一变，心随意转间，体内汹涌的斗气快速地将那从后背处偷偷溜进来的一道暗劲包裹住。

就在其斗气包裹之时，不远处的萧炎轻声喝道："爆！"

"嘭！"

又是一声低沉的闷响，穆蛇身体一阵剧烈颤抖，喉咙间传出一声痛苦的闷哼，嘴角，一抹血迹，刺眼地浮现。

"可惜了……"

望着竟然只是受了一些轻伤的穆蛇，萧炎遗憾地摇了摇头，斗师的确不愧是斗师，竟然能够这么快察觉到八极崩的暗劲。若是他再晚一点发觉的话，那么这次的战斗或许便会提前结束了。

不过，可惜这家伙的反应程度远远超出了萧炎的意料，这么短的时间内，便能调集斗气，将八极崩的暗劲包围起来，这时候再爆炸的暗劲，所取得的效果则要弱上了许多。

向前走了两步，萧炎抓起插在地面上的玄重尺，微微旋转，然后收进了纳戒之中，目光扫向脸色阴沉至极的穆蛇，不由得笑了笑，这家伙此次吃瘪，可完全是他自己造成的，这或许就叫自作孽吧。

“好……好……小子，我还真的是小瞧了你！”穆蛇抹去嘴角的血迹，脸庞上充斥着狰狞的神色，被一名斗者两次搞得这般狼狈，这还是他这么多年的第一次，当下便怨毒地盯着萧炎，咬牙切齿道。

萧炎微微一笑，却没有理会他，舌头微微一动，将一枚藏在嘴中的回气丹吞进了肚内，然后感受着体内斗气的逐渐恢复。

“萧炎，你也别得意，我知道你懂得一些高阶斗技。”

长枪忽然重重地顿了一下地面，穆蛇冷笑了一声，身体表面上的斗气纱衣竟然开始逐渐消散，而那把精铁长枪之上则开始覆盖上一层层厚厚的青色斗气。

“不过，你就真当我没有吗？”手掌猛然紧握长枪，穆蛇狞笑道，“拜你和小医仙所赐，那山洞中的第三个石盒中，正好有一卷适合我修炼的高阶斗技。今日，便让你死在它之下吧！”

听到穆蛇的狞笑，萧炎脸色也微微一变，他没想到，穆蛇竟然还真敢冒着会将石盒内之物损毁的风险，强行将之打开。

望着穆蛇手中长枪上那浓郁的斗气，精通多种高阶斗技的萧炎自然知道，这至少是一种玄阶的斗技！

“唉……”轻轻地叹息了一声，萧炎无奈地摇了摇头，手指在纳戒之上轻轻滑动，巨大的玄重尺再次出现在掌心中，到了这时候，他自然不能再有所保留。

穆蛇冷眼望着萧炎的举动，手中长枪之上的斗气越来越浓郁，到最后，斗气翻腾间，竟然隐隐地形成了一个仰天狂啸的能量狮头模样。

瞧着枪尖之上凝聚而成的斗气狮头，穆蛇眼中闪过一抹喜意，嘴角再次泛起一抹狰狞笑容，手中长枪骤然诡异地一阵急颤，瞬息之后，脚掌在地面猛地一踏："凤翔步！小子，今日让你知道，斗师使用出来的玄阶高级斗技，与你斗者使用出来，可完全是两样！"

穆蛇身体狂猛地扑来，仰头一声暴喝："狂狮吟！"

随着暴喝声的落下，穆蛇手中的枪尖上，快速奔跑的巨大能量狮子涌现，狂暴的狮吟声响彻在这片小天地，让天空之上的小医仙花容失色。

萧炎抬眼望着那附在长枪之上的能量狂狮，脸色凝重，缓缓地出了一口气，体内斗气骤然奔腾。黑尺之上，炽热的光芒猛然大涨，炽热的温度导致周围的空间看上去竟然有些模糊与扭曲。

"焰分噬浪尺！"

少年的低喝，让院落之中的温度猛地上升了许多，尺身越来越亮堂，奇异的纹路在其表面勾勒出神秘的图案。

此次地阶斗技的施展，并未再出现上次那种后继无力的情况。虽然凭萧炎此时的实力依然不可能展现地阶斗技真正威力的十分之一，不过用来对付穆蛇，却绰绰有余了。

漫天红芒之中，萧炎手中黑尺骤然怒劈而下，一道丈许长的炽热红芒猛地自尺顶处暴射而出，所到之处，地面一片狼藉。一条深深的沟壑，从萧炎脚下，一直蔓延到攻击而来的穆蛇面前。

空气中传来的剧烈压迫以及炽热的温度，让穆蛇眼瞳深处闪过一抹惊骇。他没想到，仅仅几个月时间，面前这少年所使用出来的神秘斗技，威力竟然提升到了这种层次。

穆蛇咬了咬牙，这种时候，没有退缩，因为退则死！非常清楚这点的穆蛇，只得将体内的斗气不要命地灌注进长枪之中，然后与那道红芒重重地撞在了一起。

"轰！"

巨大的暴响声几乎将院落掀翻，红芒与穆蛇交接之处，一道道巨大的裂缝犹如蜘蛛网一般蔓延开，延伸到几座房屋之中，略微一颤，房间轰然倒塌。

在红芒之中，空间略微沉寂，旋即一道影子暴射而出，在半空中狂喷鲜血，最后又狠狠地砸在了墙壁之上。顿时，墙壁化成一片废墟，烟雾弥漫。

院落之中，微风吹过，灰尘逐渐消散，少年手持重尺的身影缓缓浮现。

望着下方安然无恙的少年和那几乎变成废墟的院落，天空中，小医仙玉手轻轻捂着红润小嘴，俏脸之上，一片震撼，半晌后方才从震撼中恢复过来，美眸泛着些许异彩，盯着那肩扛重尺的少年，玉手轻轻抚摸了一下蓝鹰的羽毛，然后驾驭着它，缓缓地盘旋着降落在院中。

小医仙轻灵地跃下鹰背，行至萧炎身旁，目光看向穆蛇飞射之处，轻声道："他怎么样了？"

"至少重伤。"微微笑了笑，萧炎忽然剧烈地咳嗽了几声，手掌紧捂着嘴，片刻后，掌心中出现了些许血迹。

"没事吧？"望着萧炎苍白的脸色，小医仙玉手急忙在其背上轻拍了几下，担忧地问道。

"没什么大碍，有点虚脱而已。"萧炎无所谓地摆了摆手，手掌对着那灰尘弥漫的墙角处一推，一股劲风将灰尘席卷而去，露出一片废墟。

萧炎望着那在废墟下微微抽搐的身体，漆黑的眼眸中却是一片淡漠。他再次轻咳了几声，缓缓地拖着重尺，来到废墟之旁，手中重尺"轰"的一声将一块碎石击飞，露出了下方那脸色惨白、狼狈不堪的穆蛇。

"抱歉，你输了。"

此时的穆蛇，双腿已被砸断，惨白的脸色极为恐怖，呼吸也越来越弱，显然，他已经到了油尽灯枯的地步。

"小浑蛋，我还是小瞧了你！"虚弱的声音从穆蛇嘴中断断续续地传出，虽然声音低微，可其中的那抹怨毒却丝毫不减。

萧炎轻笑了笑，并未答话，眼神依然淡漠，并未因为穆蛇此时的惨状而有丝毫的怜悯。

“小子，日后若是有机会，一定要你生不如死！”似乎明白萧炎并不会起什么同情心，穆蛇话中并没有求饶的意思，反而充斥着狰狞的杀意。

“我想，你应该没有机会了。”萧炎淡淡道，低下身来，手掌在其身上一阵摸索，片刻后，空手而回，微偏着头，道，“从石盒中得到的玄阶斗技呢？”

“嘿嘿，你对它有兴趣？不过可惜，我若死了，你就永远别想得到它。”穆蛇艰难地抬起头来，脸上泛起一抹阴森的得意。看萧炎的举动，他似乎觉得自己把握到了一点能够与对方谈条件的资格了。

萧炎微微点了点头，缓缓站直身子，无奈地摊了摊手，沉默了一下，忽然微笑道：“既然这样……那你还是去死吧。”

话音落下，萧炎脸庞瞬间阴寒，手中的玄重尺重重地对着穆蛇胸膛怒砸而下。

望着动手毫不拖泥带水的萧炎，穆蛇眼瞳中掠过一抹惊骇与恐惧。他没想到，萧炎竟然能够抵御玄阶斗技的诱惑。

“放过我，我告诉你玄阶斗技所藏之地，我们的恩怨日后也一笔勾销！”在死亡阴影的笼罩下，穆蛇忽然嘶声大喊道。

“不用了，相对于玄阶斗技，我这人更不喜欢被一些犹如毒蛇般的冷血生物惦记。”萧炎森然一笑，手中的重尺毫不留情地狠狠轰砸在了穆蛇胸膛之上。

“嘭！”

随着一声闷响，穆蛇眼瞳骤然一凸，身体猛地下陷了许多，一口鲜血从嘴中狂喷了出来。

穆蛇眼睛怨毒地盯着面前的少年，终于缓缓地软了下去。

望着蜷缩在废墟之中的冰凉尸体，萧炎眼眸轻轻闭上。他吐了一口气，然后转身朝不远处的小医仙走去。

“走吧，穆蛇死了，狼头佣兵团便再没有了领头之人，树倒猢狲散，狼头佣兵团已经散了……”行至小医仙身旁，萧炎脸庞上略微有些疲惫地轻声道。

"嗯。"

小医仙柔声应了一句，美眸在四周扫了扫。只见那些残存的佣兵，已经随着穆蛇的死，再没有了半分战意，一个个脸色惨白地四处窜逃，似乎生怕萧炎前去追杀一般。

小医仙轻叹了一口气，穆蛇一死，过去的所有恩怨也随之烟消云散，便低声道："是该离开了啊……"

小医仙转过身来，将萧炎小心扶到蓝鹰背上，然后自己也跃了上去，玉手一挥，蓝鹰发出一声啼鸣，缓缓盘旋，升空而起。

蓝鹰在天空盘旋一圈，然后展翅飞翔，片刻之后，便消失在蔚蓝的天空中。

在萧炎两人踢场之后不久，穆蛇身死的消息便飞快地传遍了整个青山小镇。对于这震撼的消息，所有人都是满脸惊愕；特别是当他们知道击杀穆蛇的竟然是那被追杀进魔兽山脉深处的少年后，惊愕都变成了惊骇。

一个年龄看似不到二十的少年，竟然将狼头佣兵团三大团长全部击杀，残酷的现实让大多人心中都有股羞愧的感觉。

穆蛇的死亡，同时也宣告着狼头佣兵团的解散。在没有掌舵人指挥的情况下，这往日横霸青山镇的一大势力逐渐沦落成了最不入流的势力。

当然，狼头佣兵团的结局如何，对于萧炎来说，已经没有任何意义，青山小镇只是他开始历练的第一个起点而已。或许在日后，当他苦修结束之时，会偶尔想起那坐落在魔兽山脉之下的小镇，在那里，他经历了人生第一次追杀。

从青山小镇出来之后，萧炎并没有急着横穿魔兽山脉，反而是在小医仙的带领下，来到了一处能量极为充裕之地。

这地方，萧炎并不陌生，这里正是他当初跟随着采药队伍来过的那处遍地生长着药材的盆地。不过此次，他是沾了小医仙的光，从高空直接飞进了盆地深处。

在盆地深处徐徐地降落，此地浓郁的能量，让萧炎满脸狂喜地深吸了一口空气，精神顿时为之一振。

“怎么样，这地方好吧？这里的小山谷与外面完全隔绝，而且天空上有浓雾遮掩，极为隐蔽，若不是一次小岚偶然闯了进来，我恐怕也不可能发现这处奇地。”望着萧炎那惊叹的神色，小医仙略微有些得意地娇笑道。

“的确很棒！”

萧炎点了点头，目光在布满淡淡能量雾气的谷中扫过，再次惊喜地发现，山谷之中，竟然还生长着各种珍稀的药草。一股股药香夹杂在雾气之中，让人心旷神怡。

“我们暂时在这里待一段时间吧。我的《七彩毒经》中需要配制的一些药草，正好这里有……”小医仙偏过头来，望着萧炎，用商量的语气说道。

“没问题。”

闻言，萧炎毫不犹豫地满口答应，这么好的修炼之地，可不是随随便便就能遇见的。他心中可打算着，最好能够在这里晋升成一名斗师呢！

虽说山谷与世隔绝，只能依靠小医仙的蓝鹰才能来去，不过萧炎并不担心，有着药老以及紫云翼的他，若真出现一些变故，同样能够飞天而出。

见萧炎答应，小医仙也笑吟吟地点了点头，对着蓝鹰吹了一声竹哨，任由它自由飞翔，然后领着萧炎步行至小山谷的一处角落，纤指指着那里的一处草棚，微笑道：“这是我以前搭建的，这段时间我们就居住在里面吧。”

“呵呵，虽然是草棚，不过有美人相伴，日子倒也快活。”萧炎目光瞟过草棚，点了点头。他偏头望着小医仙那玉般光洁的侧脸，不由得调笑道。

闻言，小医仙俏脸微红，娇嗔地白了他一眼，然后舞了舞小拳头，轻哼道：“最好别以为我实力差，你就敢乱来。”

“呃，我可不想被你神不知鬼不觉地下一些莫名其妙的毒。”萧炎摆了摆手，笑眯眯地道。

“哼。”小医仙皱了皱俏鼻，对萧炎扬了扬玉手，道，“我先去采药了，你四处随便走走吧。”说着，便转身向远处的一些草药行去。

萧炎转过身，望着逐渐远去的小医仙，笑了笑，也向着反方向行去，嘴中轻声道：

“老师，这里没什么问题吧？”

“此处的地形有些奇异，外界很少会有这般大规模生长在一起的珍稀草药，而且不知为何，这里的能量也极为精纯，不过正适合你的修炼。”戒指之内，传来药老的苍老声音，“在这里修炼一两月，我想，你应该便能成为一名真正的斗师了。”

“斗师吗？……”脚步突然地一顿，萧炎抬起头来，望着山谷上空那有些雾蒙蒙的空气，缓缓道，“算算时间，我出来也已经有大半年了，而且距离那三年之约，似乎只有不到一年的时间了啊。”

“嗯，尽量加快些速度吧，魔兽山脉的修行差不多已经快要结束，你的下一站可是塔戈尔大沙漠哦。嘿嘿，那里的苦修，将比魔兽山脉更加艰苦与危险。”药老的笑声中透着些幸灾乐祸。

萧炎无奈地摇了摇头，苦笑道：“我吃的苦难道还少吗？”

“呵呵，安心修炼吧，塔戈尔大沙漠虽然危险，可那里的蛇女可是斗气大陆的一绝哦，若是好运，说不定可以收个蛇女女奴，嘿嘿……”

萧炎翻了翻白眼，懒得再理会为老不尊的药老，继续埋头探测着山谷的环境。接下来的这段时间，他将在这里平静地修行，直到晋升成一名真正的斗师！

## 第七章
# 炼化火种

与世隔绝的小山谷之中，萧炎与小医仙安静地过着自己的生活，一人苦心修炼斗气，一人苦研毒经，双方互不打扰，宁静的日子倒也颇为悠闲充实。

斗师的突破，远比萧炎想象中困难，在谷中修炼了将近半个月，虽然体内的斗气变得越来越雄浑与凝练，可那股突破的感觉依然迟迟不来。对此，药老则只是说："静心等待，一切随缘。"

对于药老这些遮遮掩掩、神神秘秘的话语，萧炎也只得满脸无奈，不过后来，他也逐渐改变了每日用全部时间进行斗气修炼的做法，偶尔也会练一下斗技，再有一点空闲，便在药老的指点下，一株株地辨认谷中那些奇异药材。

在遍地珍稀药草的诱惑下，萧炎心头那想要练习炼药术的念头也就蠢蠢欲动了。于是，萧炎每天的时间中，便又分出了一小半，专门用来练习炼药术。

由于不想暴露自己炼药师的身份，萧炎将地址选在了谷中一处离地六七米的小山洞之中。每天到了烈日炎炎之时，他便会跃进山洞之中，安静地炼制着各种初级的丹药。

在炼丹时，萧炎有些惊异地发现，从自己体内灌注进药鼎之中的淡黄火焰似乎比以前的炽热了许多。经过仔细观察，他发现药鼎之中翻腾的淡黄火焰之中，好像隐隐多出了一抹紫色火焰。

萧炎双眼愣愣地盯着那若隐若现的紫焰，心头猛地一动，惊愕地轻声道："这是……那紫晶翼狮王的紫火？"

"它怎么跑我体内来了？"萧炎疑惑地眨了眨眼睛，眉头微皱，喃喃道，"难道是因为伴生紫晶源？"

想到此处，萧炎倒是缓缓平静了下来。紫晶源与小紫晶翼狮王同出一源，若说其中会蕴含着一点它们所特有的火焰，也并不是太稀奇的事。

萧炎的猜测的确没错。伴生紫晶源与小紫晶翼狮王一样，都是在母兽体内待了许多年，久而久之，自然会吸收一些紫火，而在机缘巧合下，萧炎又误打误撞将紫晶源吃了，所以这借助着药鼎催化出来的火焰自然拥有了一些紫火。

虽然这些紫火数量颇小，不过在质量上却比萧炎的普通斗气火焰要强上许多，萧炎能够有机会得到它，也算是一种不小的机遇了。

感知之力逐渐延伸进药鼎之中，萧炎缓缓地将那缕小小的紫色火焰包裹，将之从众多淡黄火焰中分离出来。

望着那缕在药鼎中摇曳生姿的紫色火焰，萧炎兴奋地舔了舔嘴，继续加大灵魂感知力，想要控制它温度的涨幅。

然而，就在萧炎尝试想要控制之时，那缕小小的紫色火焰中竟然传出了一股发自本能般的抗拒之意。

控制失败，萧炎愣了愣，旋即紧皱着眉头，目光死死地盯着那缕小小的紫色火焰，心神愈加集中，感知力不断地加强，不断地试探着紫色火焰抗拒的底线。

虽然紫色火焰颇为强横与桀骜，不过萧炎并不担心，不管怎么说，它现在也是无主之物，萧炎有信心将之慢慢占据！

药鼎之中，萧炎与紫色火焰互相僵持着，谁也不肯成为失败者。

这般僵持足足持续了十分钟，就在萧炎满头大汗即将支持不住时，那包裹着紫色火焰的灵魂之力猛然一颤，然后潮水般地涌进了火焰之中，迅速地掌控了它的一切。

灵魂之力灌注进紫色火焰之中，萧炎全身猛然一阵轻颤，这股颤抖犹如从灵魂深处散发出来一般，快速弥漫了整个身躯。那一霎，萧炎只觉得灵魂有种升华般的错觉，浑身的毛孔几乎在瞬间完全张开来，那种感觉极为玄奥与舒畅。

剧烈的快感，让萧炎再一次颤抖，不知何时闭上的双眼再次缓缓睁开，漆黑的眼眸之中竟然掠过淡淡的紫色。

紫色一闪便逝，萧炎再次将目光投向药鼎之中，由于感知力的分散，其中的淡黄火焰已经完全消失，只有那缕微小的紫色火焰还在微微摇摆颤抖。

目光盯着紫色火焰，萧炎心神微动，紫色火焰便飞速地蹿过药鼎火口，最后从萧炎的掌心中钻进了身体。

萧炎的手掌缓缓地脱离药鼎。他轻舒了一口气，右手逐渐握拢，然后伸出中指，轻声道：“现！”

萧炎中指轻颤了颤，瞬间，一缕细小的紫色火焰便悄悄地从指尖冒腾而出，缓缓地翻腾着。

实火！实质的火焰！以萧炎此时的一品炼药师实力，竟然生生地将至少需要四品炼药师的实力才有可能从掌心冒腾出的实火召唤了出来！

四品之下的炼药师，一般必须经过药鼎火口的奇异转化，才有可能将体内的火属性斗气转换成实质的火焰，而达到四品之上的炼药师则能够省略掉药鼎转化的那一步，直接召唤出实质火焰。

很多到了这一级别的炼药师，在与人战斗时，基本上是直接召唤实火攻击。并且，由于炼药师的灵魂属性天生便是火中夹木，因为那一缕木属性，炼药师召唤出来的火焰，远比同阶的斗者要炽热与强大许多。因此，能否不依靠任何外物便召唤出实火，便是辨别是否晋入四品炼药师的最关键条件。

当然，事无绝对。这个条件，是相对于普通炼药师而言，若是有人能够侥幸地炼化一种异火，那么就算其没有达到四品炼药师的级别，也同样能够召唤出实火，而且他们所召唤出来的火焰还远远比那些正宗的实火更加强大。毕竟，他们所掌控的，是天地间最具毁灭力量的异火！

因此，异火，永远都是每一名炼药师心中所向往的至高神物。然而，异火的那种狂暴毁灭力量，却让无数杰出的炼药师犹如扑火的飞蛾一般，葬身在其中！

萧炎有些震撼地望着指尖的那缕细微紫色火焰，半晌之后，方才吸了一口凉气，声音中泛着些许颤抖："老师，快出来看看！"

"嗯？"戒指之中，传出药老疑惑的声音，略微沉寂片刻后，一道光影猛地从戒指中闪掠而出，最后悬浮在萧炎面前。

"异火？不对，弱了许多……你这是……对了，紫晶翼狮王的紫火？"药老眼睛愣愣地盯着那缕紫色火焰，目光泛着疑惑与惊异，道，"原来那紫晶源竟然还有这等效果，居然能够在人体内形成紫晶翼狮王的本源火焰。"

"这能算是异火吗？"萧炎目光炽热地盯着那缕似乎随时都会消散的紫色火焰，急忙问道。

"呃……不算吧。"药老先是一愣，旋即摇了摇头，道，"虽然这也是一种奇异火焰，不过比起异火来，却要差许多，嗯……或许叫它为'兽火'要好一些。"

萧炎无语地摇了摇头，道："不管它算是异火还是'兽火'，我只想问，它应该比我用药鼎召唤出来的斗气火焰要强吧？"

"嗯，这点倒是毋庸置疑。"

"那么，我现在能算是它的主人吧？不会被它反噬吧？"萧炎再次谨慎地问道。

"这缕紫火太过微小，还不足以反噬你。"

"那……如果我把它吞噬了，我的焚诀能不能进化？"萧炎深吸了一口气，紧接着追问道。

"呃……"药老再次一愣，紧皱着眉头，迟疑了好一会儿，方才有些不肯定地道，"或许能吧。不过就算能够进化，那也进化不到高阶，毕竟这紫火还远远比不上真正的异火，而且，现在这紫火太小，此时就算你将它吞噬了，我想恐怕也没半点作用。”

萧炎微微点了点头，脸庞上有些苦恼，焚诀虽然奇异，可它的起始点实在是太垃圾了，那种制造斗气的能力以及储存效果根本不足以满足萧炎如今的挥霍。要知道,现在萧炎所精通的斗技,大多是玄阶级别的。所以,往往每次使用了斗技之后,他都得赶紧吞下回气丹，不然光凭黄阶低级功法制造斗气的速度，只能让他进入斗气不够的尴尬境地。

如果焚诀的等级能够进化到玄阶，那上次去狼头佣兵团争斗，萧炎根本不需要小医仙的帮忙，他一人便能轻易地将那上百人全部解决掉！

这便是玄阶功法与黄阶功法的最大差距！所以，现在的萧炎，迫切希望自己的功法能够快点进化，可异火不仅难得一见，而且就算见到了，那种毁灭般的力量，萧炎也不见得能够将之顺利吞噬！

所以现在出现的紫火，无疑犹如沙漠中的一口水井，让萧炎大为狂喜。

“如果你真想吞噬紫火，让它来促使焚诀进化的话，倒也有一个法子。”沉吟了片刻，药老忽然道。

“什么？”闻言，萧炎精神一振，赶忙问道。

药老目光紧盯着那缕细小的紫焰，微微一笑。

“将它炼化成本源火种，慢慢培养其成长，待它到达某个层次后，再使用焚诀，将之吞噬，以达进化之效！”

“本源火种？”听到药老的话，萧炎微微一愣，旋即哭笑不得地道，“我怎么觉得你是在说饲养家畜啊，等它们养肥了，然后再拖出去杀了。”

“呵呵，本来就是这个道理。”药老笑了笑，点头道。

萧炎垂下眼睑，目光直直地盯着手指之上翻腾的细小紫色火焰，这是他现在唯一能够进化功法的希望。对他来说，异火实在有些太过遥远，而这从紫晶源中得到的紫火，却刚好适合他现在的状况以及实力。

“怎么炼化？”轻吐了一口气，萧炎抬头问道。

“放心吧，这缕紫火本就是无主之物，所以不会对你产生多大的抗拒性，想要将之炼化成本源火种，也并不会有太大的危险。”药老笑道，旋即伸出手指，轻轻点在萧炎头上，道，“照我所说的去做吧！”

萧炎感受到脑海中涌进了大量信息，细细品味了一下，然后微微点头，缓缓地闭上双眸，双腿盘起了修炼的姿势，双手结出修炼的印结，眼观鼻，鼻观心，心神逐渐沉入身体之内。

心神在体内顺着经脉转了一圈，最后来到小腹处的气旋之外。此时的斗气气旋，体积较之以前，却要诡异地小上许多，不过虽然体积变小了，可只要细心观察便能发现，现在气旋之中所蕴含的斗气更显浑厚与凝练。

心神绕着气旋转了一圈，在并未发现有任何问题之后，萧炎这才按照药老所说的，开始了行动。

心神攀绕着气旋，然后缓缓地钻进其中，与此同时，萧炎的灵魂感知力不断地呼应着先前被他控制的紫色火焰。

随着萧炎心神仔细地在气旋中扫描而过，半晌之后，一缕紫色细小能量终于隐隐地现了身，紫色能量刚刚出现，萧炎便飞快地控制着心神，闪电般将之包裹。

“在气旋之中，开辟一个容纳紫火的小空间……”

脑海回忆着药老先前所说，萧炎的灵魂感知力迅速将整个气旋完全包裹，略微沉寂之后，感知力猛地推动气旋高速旋转了起来。

随着气旋的高速旋转，流淌在经脉之中的斗气也开始迅猛奔腾，不过此时萧炎并没有闲情去注意，他的心神已经完全放在了那因为高速旋转而出现在中心位置的一点点空洞。

此举果然有效，萧炎包裹着气旋的灵魂力逐渐地加大，气旋的旋转速度也是越来越快；到得最后，淡黄色的气旋几乎已经看不到旋转轨迹，“呜呜”的无形风啸声在气旋之外不断回荡着。

心神死死地观察着在那气旋中心位置越来越宽敞的空洞，待其面积足有一个拳头大小时，萧炎方才松了口气，缓缓地将灵魂感知力撤离气旋。

当灵魂感知力完全从气旋中退出之后，气旋的旋转速度逐渐减弱了下来，而那气旋中央位置的空洞，却因为有萧炎心神的控制，并没有随着气旋速度的减弱而消失。

望着那并没有消散的空洞，萧炎心中长长地松了一口气。他心神缓缓地包裹着那一缕紫色能量，穿过周围的斗气封锁，最后钻进了那小小的空洞之中。

紫色能量刚刚进入空洞之中，萧炎便感觉到整个气旋猛一颤，骇得他赶紧再次催动灵魂感知力将气旋稳固下来。

随着感知力的努力维持，气旋终于缓缓地平稳了下来，而且在气旋与中央空洞连接的位置，萧炎发现，一缕缕火属性斗气正在源源不断地从气旋中跑出，然后灌注进空洞之中的紫色能量内。

萧炎心神紧张地注视着那缕紫色能量，当越来越多的火属性斗气灌注于其内后，紫色能量忽然发出了轻微的低鸣，片刻之后，开始了蜕变。

只见紫色能量颜色越来越深，而当颜色深沉到某一地步时，紫色能量猛一阵颤抖，然后淡淡的火焰，竟然从紫色能量内部升腾而出，转瞬之间，紫色能量便被转化成了一缕细微的紫色火焰。

漆黑的空洞之中，紫色火焰独自摇曳，淡淡的温暖感觉从中散发而出，最后透进外面的斗气气旋之内。

当那股淡淡的热度侵进斗气气旋之后，萧炎能够发现，气旋的旋转速度竟然自动加快了许多。萧炎先是一愣，旋即心中涌上一股狂喜，气旋能够自动地加快速度，那也就是说以后就算萧炎不去特意控制它，天地间的斗气也将会源源不断地灌注入体内，让他几乎分分秒秒都在接收着斗气。这对于他的修炼来说，好处无疑是极为巨大的。

当紫色火焰出现在空洞中之后，萧炎体内的气旋犹如一台被激活的大机器一般，开始缓缓地运转着。

紫色火焰需要吸收气旋之中的火属性斗气来使得自己成长，而它所散发出来的温度也提升了气旋对斗气的吸收速度。这般精心合作，各取其利，为紫火与气旋都带来了不菲的好处。

萧炎心神再次仔细地观察了一下气旋，确信再没有任何问题之后，这才将之缓缓撤出。

山洞之内，萧炎缓缓地睁开了眼眸，漆黑的瞳孔中，紫华突兀地闪掠，瞬息之后逐渐消逝，那双眼瞳再次恢复了深邃的漆黑。

“怎么样？成功了吧？”瞧着萧炎睁开眼来，一旁早已等候多时的药老笑着询问道。

“嗯，已经炼化成本源火种了。”萧炎微微点了点头，伸出手掌，手指轻轻一搓，随着一道清脆的声响，一缕细小的紫色火焰从指尖上腾烧而出。

萧炎目光泛着好奇，把玩着这缕属于自己的紫火，片刻后，手指轻轻对着一旁的山壁之上点去，顿时，山壁上便被灼烧出一片焦黑。

“这东西，比起老师的骨灵冷火，似乎弱了很多啊……”望着紫火造成的痕迹，萧炎苦笑道。

“废话，我的骨灵冷火是正宗的异火，而且还在‘异火榜’上排行第十一，若是你这破玩意儿就能随随便便比上它，那我当年还冒着差点被烧成灰烬的危险到处去寻找它干吗？”闻言，药老顿时翻起了白眼，笑骂道。

萧炎无奈地摇了摇头，这话可真有些打击人，自己辛苦万分才侥幸得到的东西，到了老师口中，竟然成了个破玩意儿。

“好了，别郁闷了，你这紫火，现在才是初生阶段，能有多大的威力？等你将它培养起来之后，一定不会弱到哪里去。你没看见当日紫晶翼狮王驱使紫火攻击的威势吗？就连那叫云芝的斗皇级别女人也不敢轻易抵挡，足可见它的不一般了。”望着萧炎郁闷的脸色，药老笑着宽慰道。

萧炎叹息着点了点头，苦笑道：“想要将这丁点的紫火培养成紫晶翼狮王的那种强度，我看没个十几年，恐怕不可能办到吧？”

“按照常理来说，的确是这样。”药老微微点头，瞧见萧炎瞬间萎靡的神色，不由得无奈地道，“可你不是有伴生紫晶源吗？那东西可是催化紫火生长的最佳选择啊！只要你能抵抗住它所带来的一些疼痛，紫火便会以极快的速度增长。”

“伴生紫晶源？”

闻言，萧炎愣了一愣，旋即满脸狂喜，赶紧手忙脚乱地从纳戒中掏出一个小玉瓶。拔开瓶塞，一股温凉的异香便飘散而出。

深嗅了一口这充斥着浓郁火属性的香味，萧炎忽然发现，手指上的那缕紫火竟然也在香味之中升腾了许多。

“好浓郁的火属性啊！”感受到紫火的动静，萧炎不由得惊叹道。

“日后修炼之时，最好选择炎日之下吧。另外，伴生紫晶源不要服下太多。当然，你如果想像上次那般痛苦的话，可以当我没说过。”药老戏谑道。

回想起上次那种焚身的痛苦，萧炎便打了一个冷战。那滋味，他可不想再尝试第二次。

“以你现在的实力，修炼的时候，只需用手指沾上一点，然后吸收进体内便可，太多的话，恐怕又得再来一次自焚。”药老郑重地提醒道。

“嗯。”萧炎赶忙点了点头。他可不敢再拿这种事来开玩笑，那种痛苦，受过一次就够了。

“用伴生紫晶源来促使紫火快速成长，那个……需要多久时间，才能吞噬它？”萧炎紧握着手中的玉瓶，抬头苦笑道，“几年？如果我有那时间，我还不如去寻找异火算了。”

“有了紫晶源，倒用不了那么长的时间。再者，你又不是一定要达到紫晶翼狮王体内紫火的那种程度。以你的实力，如果真将紫火培养到了那地步，恐怕立刻就会被紫火烧成灰烬，没有足够的实力，玩火的下场就是自焚。”药老摇了摇头，沉吟道，“或许，一个月后，你应该便能使用焚诀，尝试着吞噬紫火。”

“一个月吗？”萧炎舔了舔嘴唇，轻声喃喃了一句，旋即重重地点了点头，“好，一个月之后，吞噬紫火，进化功法！”

萧炎将所有的东西收好，钻出山洞，此时外面正是晌午时分，在炽热的阳光的照射下，山壁被烤得滚烫。

从山洞口跃下，刚走几步，恰好遇见挎着花篮采药归来的小医仙。此时的她头上束着一条淡绿布巾，犹如一个美貌的小村姑一般，萧炎不由得暗自有些好笑，摇着头笑着和她打了声招呼。

看到萧炎，小医仙也冲着他甜甜一笑，目光扫了下山壁上的洞口，却聪明地没有开口询问，谁都有自己的秘密，包括她自己也不例外。所以，她也并没有好奇地探寻萧炎究竟在山洞里面做什么，只当未见一般。对于她的这种举止，萧炎嘴上虽然不说，不过心中也颇为喜欢。

“饿了吧？我来弄午餐吧。”

与萧炎缓缓地行至那处茅屋之外，小医仙偏过头，对着萧炎俏皮地笑道，然后蹲下身来，挽起长袖，在石灶之下生起了火，有条不紊地将要煮的东西摆放好。

萧炎坐在一旁的石头上，望着一边忙碌一边轻轻哼着歌的小医仙，不由得微微笑了笑。从厨艺上来说，她的确是一名心灵手巧的女子。但他也不会忘记，这位下得了厨房的清纯美人那双洁白如玉的双手，下起毒来，同样极为轻巧而诡异。

毒师，这种职业在斗气大陆上的名声并不是很好，很多人畏惧与毒师打交道，因为毒师们那神不知鬼不觉的下毒手段，能够让任何一名对手乃至朋友感到寝食难安。

若不是萧炎有着药老这位宗师级别的炼药师当“助理护卫”，他也不可能如此大胆地吃下小医仙给他的任何东西。毕竟，出门在外，小心谨慎尤为重要，无论如何，命，始终只有一条。

或许也正是因为萧炎对小医仙所准备的食物来者不拒，所以经过半个月的相处，小医仙对待萧炎的态度越来越和善，越来越温柔。当然，这里的温柔，全然没有男女间的情感，萧炎自己也能够察觉，小医仙只是将他当作一位可以视为知己的男性朋友。

在这位内心有些敏感的女子心中，她其实所需要的并不是很多，一点点信任便能够让她俏脸上泛起美丽的笑容。可惜，她的职业，注定她会很少得到这些东西。

对此，萧炎心中也略微有些惭愧，若不是依靠着药老的帮忙，他其实还真不可能得到小医仙的友谊。

坐在石头上，萧炎望着那为了两人的午餐忙碌的倩影，轻轻地吐了一口气，半晌后忽然开口问道："你打算什么时候离开这里？"

"嗯？"听到萧炎的问题，小医仙回过头，玉手撩开额前的青丝，美眸疑惑地盯着萧炎，轻声道，"怎么了？"

"别误会，这可是你的地头，我可不敢撵你走。"萧炎摆了摆手，先是笑了笑，然后道，"我或许还会在这里多待半个月到一个月的时间。我想，如果你有什么急事的话，可以……"

"没关系啦，随便你待多久，我其实也并没有着急的事，只是想有时间去斗气大陆上游历一下而已，不过这也不急……"心中松了一口气，小医仙这才转过身来，随意地笑道。

"游历大陆吗？这倒是不错的主意。"萧炎有些感触地点了点头。游历大陆，探险寻宝，同样也是他心中的一个梦想。

"你也有兴趣吗？那我们可以一起啊。"添了点木柴在火堆中，小医仙笑吟吟地道。

"呵呵，还有一些事情等着我去完成，所以短时间内，我是没有那个闲情与时间了。"萧炎摇了摇头，笑道。

"那可真是遗憾，好不容易才找到一个像你这样对胃口的朋友。"小医仙有些惋惜地摇了摇头，无奈道。

“出去游历……以朋友的身份劝一声，尽量隐藏你毒师的身份，不然你的旅途会很孤独。”沉默了一下，萧炎忽然认真道。

小医仙身体微微一僵，将花篮中的几朵无毒的蘑菇丢进小锅之中，然后盯着冒着水泡的锅内，轻叹了一口气，她也清楚自己的职业会惹来很多人的厌恶。

“其实，你也还不算是一名毒师啊。呵呵，你可以用医师的身份游历，至少医师容易得到别人的尊重。”望着小医仙沉默不语的模样，萧炎不由得干笑道。

“我迟早都会成为一名毒师的，而且，或许还会是最惹人讨厌的那种。”小医仙幽幽地叹了一口气，忽然轻声道。

“要不要成为毒师，其实全看你自己啊。这东西，至少不会有人逼你吧？”闻言，萧炎有些不解地道。

“唉，你不会懂的……”垂下的青丝遮住了小医仙的俏脸，她喃喃道，“如果日后再见，我希望你还能把我当朋友就好。”

萧炎被小医仙这神神叨叨的话搞得满头雾水，莫名其妙地挠了挠头。

“呵呵，好了……”小医仙轻甩了甩头，望着翻滚的小锅，忽然微笑道。她伸出玉手，从一旁取过小碗，然后盛了一碗蘑菇汤，小心翼翼地递向萧炎。

萧炎伸手接过，嗅了嗅那诱人的香味，不由得垂涎三尺。他咽了下口水，对着小医仙竖起大拇指，然后也不管汤还很热，一口喝了个精光。

望着端着蘑菇汤、没有丝毫犹豫直接一口灌进肚的萧炎，小医仙俏脸上扬起一抹笑容，她很喜欢萧炎对她的信任。

萧炎蹲在石头上，接连喝了好几碗蘑菇汤，这才意犹未尽地将碗递还给小医仙。他拍了拍有些发胀的肚子，笑眯眯地道：“好手艺，谁娶了你，那可真是有口福了。”

“娶我？”听到萧炎这话，小医仙不禁莞尔，掩嘴笑道，“你可要知道，毒师可是斗气大陆婚配最少的职业，因为没有多少人有胆量与一个举手投足间都能释放致命毒药的妻子同床共枕的。”

萧炎无奈地摇了摇头，总觉得小医仙有些太悲观了，虽然毒师的确让人畏忌，可是以她现在的实力，还远远未达到那种地步吧？那些能够让人闻其名便满脸恐惧得恨不得离其十万八千里的宗师级别毒师，可不是什么人都能当的。

“记住哦，日后若我们在斗气大陆相遇，你可不能讨厌我，不然，我会很伤心。”将碗锅收拾好，小医仙朝小茅屋走去，在即将进入的时候，脚步微微一顿，忽然转过身，对着萧炎轻笑道。说完，她便钻进了茅屋之内，留下萧炎一个人满头雾水地蹲在石头上。

萧炎愣愣地望着小茅屋许久，无奈地一笑，就算她日后真的成为一名毒师，那又能怎样？难道仅仅因为这身份，自己便会讨厌她吗？

萧炎坐在石头上胡思乱想了半晌，懒散地站起身子，来到一处山壁之下，抬头望着天空上的烈日，脚腕微微活动了一下，然后脚掌猛然踏在地面之上；随着一声清脆的能量爆炸声响，萧炎的身体犹如炮弹一般，往悬崖顶冲去，而就在其力将竭之时，脚掌再次猛踏山壁，暴响声中，萧炎的身体不断地沿着山壁直冲而上。

第五次爆响后，萧炎身体凌空一翻，双脚稳稳地落在了山谷上方的一处山顶之上。这里距离下方山谷中的小茅屋只有不足半个拳头大小。

由于此时正是晌午，烈日毫无顾忌地释放着炽热的光芒，裸露在外的岩石经过这般暴晒，几乎让人不敢用手触摸。

萧炎的落地点刚好是一处凸出的石台，在这里，刚好可以“享受”到最炽热的日光浴。

萧炎伸手抹了一把额头上的汗水，苦笑着摇了摇头，暗叹一声“修炼真是艰苦”之后，便一屁股坐在了滚烫的石板之上，顿时，屁股上传来的炽热感让他一阵龇牙咧嘴。

萧炎盘坐起身子，不再理会脸上不断滚落而下的汗水，双手摆出修炼的印结，然后缓缓地稳定着心神。

修炼状态刚刚调整好，萧炎便发现，周围空间中的火属性能量开始对着体内蜂拥而来。他心神熟练地将涌进来的能量经过经脉的炼化，最后灌注进入气旋之中，而当其在气旋之中旋转了一圈之后，又紧接着被灌注进了气旋中央位置的那缕紫色火焰之内。

接受到这股带着些许烈日气味的火属性斗气，紫色火焰顿时翻腾了起来，待他将之吞噬之后，细小的紫色火焰竟似乎长大了一丁点。

在心神的注视之下，紫色火焰的细微成长都被萧炎收入眼中，望着这般不错的修炼效果，他心中也有些惊喜。吸收了半晌外界的能量之后，萧炎缓缓睁开眼睛，然后从纳戒中掏出盛装着紫晶源的小玉瓶，手指小心翼翼地蘸了一点，放进嘴中，舌头飞快地一舔，然后咽进了肚内。

紫晶源刚刚被吞进肚内，萧炎脸色便猛然一片涨红，原本正常的肌肤也开始泛着些许红色。察觉到自己身体的变化，萧炎再次沉神，急忙运转体内的斗气，开始化解这股炽热而霸道的凶猛能量。

山岩之上，烈日之下，少年大汗淋漓地咬牙接受着体内炽火的考验，就犹如蝶蛹在忍受着破茧化蝶之前的痛苦一般。

痛苦过后，便是重生的蜕变！

第八章
# 厄难毒体

山谷中与世隔绝的安静修炼，在一日复一日之中缓缓度过。距离上次萧炎炼化紫火到现在，已经有足足半个月的时间了。

半个月以来，萧炎几乎完全放弃了斗气的修炼，所有吸收进入体内的能量全部被灌注进了那犹如无底洞的紫火之内。在这般疯狂催长之下，萧炎所取得的成效也十分显著。

以前那只有小指头般大小的紫火，到如今体积已经变大了几十倍。每次看着那逐渐长大的紫火，萧炎心中便升起一股满足的感觉。以这样的进度，顶多再有半月时间，紫火便能够到达供他进化功法所需要的能量界限。

又是一个烈日之下的修炼，萧炎盘坐在山岩之上，衣衫已经完全被汗水打湿。顶着烈日修炼了两个小时左右，待天空上烈日温度缓缓降下来时，萧炎这才从修炼状态中脱离而出，低头望了一下湿答答的衣衫，不由得无奈地摇了摇头。

萧炎活动了一下身子，闭目内视，发现紫火又成长了一点，便满意地笑了笑，站起身来，轻轻跳跃了一下身子。

经过半个月的暴晒，萧炎的皮肤变得黝黑；那张清秀的脸庞，也因为坚持不懈的苦修，多了一抹坚毅与成熟。

待有些麻木的双腿完全恢复后，萧炎伸出手掌，手指轻轻一弹，随着一声细微的轻响，大团的紫色火焰猛地自萧炎手掌上涌现而出，瞬间便将手掌完全包裹在紫焰之内。

经过半个月的修炼，那原本只是细细的一缕紫火，现在竟然已经能将萧炎的手掌完全覆盖。

望着包裹在紫焰内的手掌，萧炎咧嘴一笑，手掌缓缓紧握，然后猛然一拳击出，顿时，一股炽热的温度将面前的空间熏烤得有些扭曲与模糊。

“啧啧，这如果击打在人身上，恐怕效果很不错吧？”任由手掌上的紫焰缓缓升腾，萧炎笑眯眯地轻声道。

再次在山岩上把玩了一下紫火，萧炎这才意犹未尽地将之收进体内，身体微微一振，紫云翼顿时从背后弹射而出。偏过头来望着这对泛着紫色的黑翼，萧炎微微一笑，直接向着山谷中跃下。

猛烈的风在耳边狂刮而过，在离地还有二十几米时，萧炎双翼微振，急落的身体速度顿时降了下来。他手掌探出，对准地面，一股推力暴涌而出，竟然将他的身体托在空中。借着这股力量，萧炎身体凌空一翻，背后的紫云翼也是“唆”的一声化为文身贴在了背上。

双脚稳稳地落地，萧炎身体微颤，将所有的力量全部化解而去，片刻后，才直起身子，笑眯眯地向着谷中的小茅屋行去。

缓缓走近小茅屋，萧炎却微微一皱眉头，平日这时候，小医仙应该采药归来了吧？可今天怎么还如此安静？

心中闪过一抹疑惑，萧炎缓缓来到小茅屋前，轻敲了敲木门，里面却未有半点声响。他再次重重地敲了几下，却依然是相同的结果。

眉头紧紧皱起，萧炎心中掠过一抹不安。他站在门口踌躇了一会儿，忽然一咬牙，狠狠一脚踹在木门之上，顿时将门踢飞。

萧炎冲进房间，却被里面飘浮的一些烟雾呛得剧烈地咳嗽了几声。他右掌急忙探出，凶猛的劲气便自掌心中喷薄而出，顿时将屋内的烟雾排到了外面。

屋内烟雾逐渐消散，只见床榻上，小医仙正紧闭着眼眸，原本红润的俏脸，此刻泛起了诡异的七彩颜色。

瞧着小医仙犹如没有呼吸一般的模样，萧炎一急，刚欲冲过去，一道光影猛地自其手指上的黑色戒指中冲出，暴喝道："别过去！"

药老的喝声将萧炎震得骤然顿在原地。片刻后，萧炎方才从这震耳欲聋的喝声中恢复过来，疑惑地望向药老，满脸愕然。

"想死就去碰她吧。"药老脸色凝重地盯着小医仙七彩的脸色，沉声道。

"怎么了？"

第一次看见药老露出这般神色，萧炎也被吓了一跳。他目光再次扫向小医仙，忐忑地问道。

药老没有回话，飘浮起身子，围绕着昏迷的小医仙转了几圈，片刻后，摇了摇头，低声叹息道："果然是啊……"

望着药老那微沉的脸色，萧炎不由得心中略微一紧，小心地问道："她究竟怎么了？"

"喏，看她手上。"药老对着小医仙略微敞开的玉手指了指。

闻言，萧炎赶忙将目光投向小医仙的手掌，只见她手掌中似乎握着一小袋漆黑的药粉。萧炎疑惑地眨了眨眼睛，凑上身来，在距离小医仙手掌几尺之外，轻嗅了几口那药粉传出来的味道。顿时，脑袋猛然一阵眩晕，胸膛中一阵翻江倒海，一屁股坐在地上干呕了许久，方才脸色苍白地站起身来，惊骇道："好毒的药，这东西恐怕就算是一名斗师，一个不慎，也会被毒死吧？"

"嗯，连我也不得不说，这小女娃子对炼毒这东西，的确是天赋非凡啊。"药老微微点了点头，话语中蕴含着一点不知是赞叹还是其他的意味。

萧炎苦笑着点了点头，他也觉得小医仙似乎天生便是操纵毒药的能手，或许，称呼她为“小毒仙”更贴切一些。

“你再看看她嘴边。”飘浮在茅屋半空，药老再次提醒道。

萧炎的目光从小医仙手上移过，最后停在了小医仙的唇上，他瞳孔猛地一缩，只见在她唇边，竟然还残余着点点黑色粉末。看其颜色，闻其气味，分明便是小医仙手中所握的黑色毒药。

“她……她服毒自杀了？怎么可能？她无缘无故地自杀干什么？”萧炎傻傻地盯着那些残余的黑色，满脑子糨糊地喃喃道。

“谁说她自杀了？你见过死人还能这么漂亮吗？”药老翻了翻白眼，撇嘴道。

“她的本体实力不过才斗者一星啊，怎么可能抵抗住那即使是斗师也必然丧命的剧毒呢？”萧炎想要扑上去察看小医仙的气息，却因为药老先前的暴喝，只能急得胡乱走动。

“若是普通人的话，的确必死无疑，不过……”药老眼睛紧盯着床榻上睡姿优雅的小医仙，轻声道，“不过她却不会。”

“什么意思？”萧炎顿住脚步，愕然道，“她有什么不同？难道因为她是毒师？可就算是毒师，被自己所炼制的毒药给毒死，那也不是什么稀奇的事吧？毒师又不是万毒不侵。”

“没错，再高明的毒师，也有可能被自己炼制的毒药给毒死。”药老点了点头，沉声道，“可凡事都有例外，在斗气大陆上，有一种极其特殊的体质，这种体质，被人称为‘天生毒体’或者‘厄难毒体’，因为这种毒体的出现，基本上就会带来厄难。”

“天生毒体？厄难毒体？”陌生的词汇，让萧炎满头雾水。

“你常年缩在乌坦城，自然不知道斗气大陆上的一些隐秘。当年我肉体还在时，斗气大陆曾经出现过一个拥有厄难毒体的女人。这女人，曾经在一次暴怒中，生生将一个帝国变成了千里毒土；在那片毒土之上，足足有几十万乃至更多的亡灵在盘旋。”

闻言，萧炎倒吸了一口凉气，这女人也太狠辣了吧？几十万人的性命，便这般毫不怜悯地全部收割了？这是在杀鸡吗？

“你要知道，斗气大陆上，强者有强者的规矩，那女人这般作为，无疑是触犯了这种无形的规矩，毕竟，当时也有很多强者是从那个帝国之中走出来的。所以，一个接一个的强者前去找那女人报复，却一个接一个地陨落。对了，那些强者，级别最低的，至少是斗灵，高的甚至有一位即将进入斗宗级别的九星斗皇。”说着，药老摊了摊手，道，“可惜，全部挂在那女人手中了。”

萧炎艰难地咽了一口唾沫，抹了把冷汗，那女人也太彪悍了吧？当真是杀人如杀鸡狗啊！

“这事闹到最后，终于搞出了那些隐世的老不死。经过一场外人所不知道的惊天大战之后，这名实力仅仅是五星斗皇的女人重伤远遁，而老不死的一方，一名斗宗级别的超级强者，也为此足足排了十年毒素才完全康复。”

“强大！”

萧炎喉咙滚动了一下，以斗皇级别的实力，竟然敢和斗宗强者叫板，而且看起来似乎还给对方留下了深刻的痕迹，对于这种人，萧炎只得用这两个字来形容。

“在那女人远遁二十多年后，她又再次出现，不过那时的她，已经晋升斗宗级别，而此时，吃过一次暗亏的老不死们，也不敢再出来胡乱审判，所以只得装聋作哑。”

“二十年……从五星斗皇提升成斗宗，这速度也太快了吧。”萧炎摇了摇头道。

“嗯，这女人的确是那种天资惊艳之人。”药老点了点头，将目光转向床榻上的小医仙，轻声道，“在那之后，我在找一株灵草时，与那女人撞在了一起，并且发生了冲突，最后打了起来。”

萧炎眼瞳缓缓睁大，他第一次听到药老不经意间说起当年的事迹，当下便急忙问道：“结果如何？”

“结果……”药老轻笑了笑，抬起头来，浑浊的眼瞳中露出些许感慨的回忆，半晌后，方才淡淡地笑道，“结果，算是我小胜她一筹吧。”

萧炎深吸了一口气，感到无比震撼！

小胜一筹，虽然药老说得很简略，不过萧炎却依然能够感觉到这其中的分量。要知道，那位女人可是在斗皇级别时就敢与斗宗相抗衡的人物啊，而且在与药老交战时，其本身实力更是达到了斗宗级别，可结果，她却依然略逊药老一筹。看来，说当年的药老站在了斗气大陆强者的巅峰，也并不为过。

望着萧炎那满脸震撼的模样，药老不由得笑骂道："有什么好震惊的？你日后也能有此成就的！"

"或许吧。"

萧炎耸了耸肩，不置可否。那种等级，已经不是光靠天赋便能到达的，机缘与运气都是必不可少的一环。现在的他，只想快点将紫火养大，然后吞噬它进化功法，也好让自己快点成为一名斗师。至于那些什么斗皇啊、斗宗啊……这些光是名字就让萧炎喘不过气来的级别，他实在不敢好高骛远。

"照老师的意思，难道小医仙也是那什么厄难毒体？"萧炎的目光再次扫向躺在床榻上、俏脸显出七彩颜色的小医仙，试探地问道。

"嗯。"微微点了点头，药老脸庞上的笑意缓缓收敛，盯着小医仙良久，方才轻叹道，"我曾经与那女人战斗过，所以对这种厄难毒体印象颇深。"

"这种毒体的修炼方式很有些古怪，并不需要长年修炼斗气，想要变强，只需要……"说到此处，药老眼睛转向小医仙嘴角残留的药粉，面色略微有些古怪。

"吃……毒药？"望着药老的视线，萧炎先是一愣，紧接着脸庞猛地一变，惊骇道。

"嗯，没错，就是吃毒药，只要吃下毒药，修炼者的厄难毒体就会将毒药中所蕴含的毒力，以一种诡异的方法，转化成极为特殊的毒斗气。"药老惊叹地咂了咂嘴，继续道，"毒性越剧烈的毒药，对修炼者实力的提升便越有好处。所以，修炼者不需要苦修，只需要不间断地吃毒药，便能快速提升实力。"

"真是变态的体质啊。"萧炎轻叹了一口气，苦笑道。

“当然，世界上没有绝对完美的东西，这厄难毒体虽然能够靠吃毒药来快速提升实力，但毒药始终是毒药，修炼者可以止住毒力噬体，不过当修炼者服下的毒药越来越多，多到厄难毒体已经压抑不住体内毒斗气的地步，那时候万毒噬身之痛，便会让修炼者在最痛苦的折磨中缓缓死去。”药老摇了摇头，叹息道。

一想起那种生不如死的痛苦，萧炎身体便轻轻地打了个冷战，有些同情地望着床榻上犹如睡美人般的小医仙，黯然道：“难道没有解决的办法？”

“得到了快速增加的力量，自然要付出一些代价，世界上没有不劳而获的东西。”药老淡淡地道。

“那如果让她放弃靠服用毒药来获得力量的话，是不是可以避免这种结局？”萧炎眼珠转了转，问道。

“理论上来说，的确可以。”望着萧炎那略喜的脸色，药老叹道，“可惜，你要知道，对拥有厄难毒体的人来说，越是剧烈的毒药，对其吸引力便越大，甚至为了得到毒药而不惜杀人抢夺。在其眼中，剧毒，就犹如异火对炼药师的吸引力一般，千方百计也要得到，就算是飞蛾扑火，也会毫不犹豫地扑上去。想让其放弃服用毒药，你认为可能吗？”

“如果小医仙从没吃过毒药，那么这厄难毒体便不会开启，可一旦服用了毒药，就算是误服，那么厄难毒体便会真正开启。开启之后，便会出现我先前所说的状况，再没有任何机会可以挽回。总的说来，是我们发现得晚了，不然……”药老惋惜地叹道。

萧炎嘴巴微微张着，脸色一阵变幻。半晌后，他颓丧地垂下头来，照药老这么说，那些毒药就如同是毒品对瘾君子的吸引力一般，想要小医仙放弃，恐怕已经没多少可能了。

“现在她这厄难毒体还只是最初级阶段，所以在她清醒的时候，你与她有身体接触倒没什么，可一旦她陷入昏迷，或者日后毒体越来越成熟后，那可真的是碰什么，死什么。”

萧炎嘴角微微抽搐，终于明白，前段时间，为什么小医仙会说那种奇怪的话语了。看来，她应该知道自己具有这种诡异的厄难毒体吧？

“可她是怎么知道的？她一直待在这偏僻小镇里，怎么可能会知道这种即使是在加玛帝国也没有多少人能知道的秘闻？”萧炎疑惑地喃喃道。

药老略微沉吟，然后目光扫到小医仙怀中的七彩卷轴，眼睛微眯，手掌一招，便将之吸进手中。缓缓摊开卷轴，药老的目光从其中各种各样的剧毒配方上移过，然后停留在了最后一卷上，顿时，无奈摇了摇头，将之递向萧炎。

萧炎伸手接过七彩卷轴，目光一扫，也是满脸苦笑。

厄难毒体，一种奇异的毒体，能够以吞噬毒药来快速提升实力。厄难毒体的辨别方式是：小腹处生有一条细小的七彩隐线，此彩线会随着体内所蕴含的毒力浓度生长，而当七彩线条延伸到心脏位置时，便是厄难毒体的最强时刻，同时也将会受到万毒噬身之痛。

在这行小字下面，还非常详细地列举了厄难毒体会造成何种破坏，其中便包括药老先前所说的。

“原来她早就知道，继续这般下去，她迟早会成为剧毒的携带体。”药老扬了扬七彩卷轴，苦笑道。

“嗯。”萧炎叹息着点了点头，将卷轴递还给药老，眼睛盯着小医仙，轻声道，“厄难毒体不是万毒不侵吗？怎么现在她会变成这样？”

“毒力太浓，暂时昏迷了而已，应该很快就会苏醒了。”药老随意地道。

“哦。”萧炎轻轻点了点头，在小屋的桌边坐下，等待着小医仙的苏醒，而药老在再次提醒了他一声后，便回到了戒指之内。

萧炎坐在桌边，望着昏迷中的小医仙，叹息着摇了摇头。她本来的愿望是成为一名炼药师，可惜，因为天生属性，她只得退而求其次地成为一名医师，可按照她体质的发展，日后恐怕还真的会成为大陆上众多人恐惧、忌惮的宗师级大毒师。

到了那地步，或许当真会如同那天她自己所言，再没有人敢与她接触，更别说做能与她倾心谈话的朋友。原本她是想成为救死扶伤的医师，可似乎老天偏不喜欢这样，生生让一位善良的女人变成那人见人怕的厄难毒体。

“唉。”萧炎再次轻叹了一口气，发现小医仙脸颊上的七彩颜色正在逐渐减退。

“要苏醒了吗？”萧炎喃喃了一声，再静坐了片刻，床榻上小医仙紧闭着的双眸终于缓缓地睁开了。小医仙玉手微微动了动，眼角瞟着那漆黑的毒药，嘴角渐渐泛起一抹苦涩。片刻后，苦涩逐渐扩大，小医仙忽然拉过被子遮住脸，断断续续的呜咽声从被窝中传出。

“又没有克制住……我真是该死呢。”

坐在椅子上，听着那微弱的柔柔呜咽声音，萧炎心情也有些沉重。他缓缓站起身来，坐到床榻边，手掌轻轻地拍了拍小医仙裹在被窝中的身体。

察觉到有人，小医仙猛地掀开被窝，看见坐在床边的萧炎，她的美眸睁大了许多，赶忙抹去眼角的泪珠，轻声道：“你怎么进来了？”

“在你昏迷的时候就进来了。”萧炎柔声笑道。

闻言，小医仙俏脸微变，紧握黑色毒药的手悄悄地缩进被窝中，片刻后似是忽然想起了什么，急忙道：“你没碰我吧？”

“呃……认识这么久，我不是那种乘人之危的人吧？”萧炎干笑道。

“不是，我不是说这个……我是说……你没接触过我的身体吧？”小医仙连忙摆了摆手，辩解道。

“没。”萧炎摇了摇头。

见萧炎摇头，小医仙这才松了一口气，修长的玉腿蜷起来，雪白的下巴抵在膝盖上，轻声道：“我没事，只是配制药的时候出了点问题。”

萧炎没有说话，眼睛盯着小医仙，许久之后，忽然低声道：“真的……戒不掉那东西吗？”

听着此话，小医仙先是一愣，紧接着身体骤然绷紧，俏脸难看地盯着萧炎：“你……你知道了什么？”

“我看了《七彩毒经》，同时也知道，你吃了毒药。”萧炎盯着那对闪躲的水灵眸子，道。

“那……你也知道上面说的厄难毒体了？”见萧炎点头，小医仙凄然一笑，紧咬着红润的嘴唇，道，“那你也害怕我了吧？”

眼睛紧盯着泪珠滑过娇嫩脸颊的小医仙，萧炎心头有些触动。他摇了摇头，嘴角含着温暖的笑意，轻轻拍了拍她的脑袋，柔声道：“怕的话，刚才我就自己跑了，不管怎么说，我们可是共患难过的哦。”

闻言，小医仙明眸中的泪珠一顿，张大着嘴望着萧炎：“你真不怕我？那你以后还敢吃我煮给你的东西？”

“随时都可以。”萧炎笑眯眯地道。

望着萧炎那和煦的笑脸，小医仙心头淌过一抹暖流。她抹去脸上的泪珠，俏鼻抽了抽，心中轻轻呢喃道：“谢谢你，萧炎，或许，你会是我以后唯一的朋友。不管日后如何，只要你还将我当成朋友，即使我真的成了人人惧怕的大毒师，在你面前，我依然是青山镇的小医仙……”

## 第九章
# 魔核到手

萧炎在知道了小医仙的身份后，依然没有与她疏远，这让小医仙颇为感动，现在和萧炎几乎是到了无话不谈的地步。

看来，萧炎这原本是出于一些同情心的举动，却误打误撞地赢得了小医仙全部的信任，而对此，萧炎也是未曾意料的。

谷中平静的日子一天天地过去，萧炎体内的紫火也在顶着烈日坚持不懈地苦修之中，不断变得雄厚。当然，能有这般速度，自然全都依仗着紫晶源的相助。若不是有这神奇的东西，萧炎想要让紫火成长到现在这程度，没有个好几年的时间，是绝对不可能的。

又是一个炎日之下苦修结束，萧炎缓缓睁开双眼，漆黑的眼眸中，浓郁的紫华持续了好一会儿时间，方才逐渐消散。

此次修炼结束，萧炎并未如同以往那般起身躲避炎日，反而抬起头来，虚眯着眼睛，望着遥遥天空上的烈日，手掌缓缓抬起，轻喝道："现！"

随着轻喝声，萧炎手掌之上，紫色火焰猛地腾蹿而出。此时的紫火，不仅已经能够将手掌包裹，而且还能顺着手臂一路往上，直至肘处，方才缓缓停止。

萧炎低头望着被紫色火焰包裹的手臂，脸庞上涌上一股欣喜。他拳头紧握，旋即狠狠地击在地面之上。顿时，随着一道爆炸声响，一条条裂缝顺着他拳头的接触点向着四面八方蔓延，直到碰触到山壁方才停止。

“好强的威力。”望着这一拳所造成的破坏，萧炎忍不住惊叹道。

“还算勉强吧，不过现在紫火的力量已经快要到达你控制的极限了，如果再继续修炼下去，反噬恐怕也会来了。”药老从戒指中飘荡而出，瞟了一眼那包裹着萧炎半只手臂的紫火，笑道。

“的确快要到极限了，现在我控制气旋中的紫火，明显没有以前那般得心应手了，若是继续让它成长，恐怕它就该反客为主了。”萧炎点了点头，道。

“既然这样……”药老微微一笑，轻声道，“那你就抢在它反噬之前，提前吞噬它吧。”

低头望着手掌上翻腾的紫火，萧炎咧咧嘴，偏头问道：“什么时候动手？”

“明日晌午吧，今天，你需要准备一些东西。”药老微笑道。

“还需要准备什么？”

“吞噬紫火，进化功法，并不是你想象中的那般简单。这紫火虽然远远比不上异火，不过以你这九星斗者的实力，却极难顺利地将之吞噬。所以，你需要准备两种丹药，以备不时之需。”药老笑吟吟地道。

“护脉丹、冰心丹，这两种丹药是二品丹药，按照常理来说，以你一品炼药师的实力难以炼制成功，不过你现在拥有比普通斗气火焰强上许多的紫火，所以倒能提高一些成功率。护脉丹，顾名思义，有着保脉护体之用。你在吞噬紫火之时，便需要将紫火按照‘焚诀’的运功路线来运转，而这种实质紫火，可不比温和的斗气，其所过之处，造成的破坏颇为巨大，而经脉是修炼最重要的东西，万万不能损伤半点，所以这护脉丹是你必须准备的东西。”药老认真地说，“而且，由于紫火生性霸道狂野，在吞噬之时，那种紫火中所蕴含的狂暴之性将会随着吞噬的进行而沾染你的心神。若你心神被侵蚀，那么吞噬自然宣告破产，说不定还会给你留下难以抹去的后遗症。因此，这两种东西，是你吞噬紫火时必不可缺的。”

看到药老那凝重认真的神色，萧炎也不敢怠慢，赶紧点头。

“这是两种丹药的药方，其中所需要的药材刚好能够在这小谷中凑齐。除此之外，还需要二阶的木属性魔核以及冰属性魔核各一枚。”药老手指轻轻点在萧炎额头之上，将药方的信息传了过去，旋即又补充道。

“木属性与冰属性的二阶魔核？”

闻言，萧炎一怔，旋即无奈地点了点头，他的库存中只有一枚冰属性的二阶魔核，这还是上次在衡量自己实力时费尽心机猎杀了一头二阶魔兽方才得到的。至于二阶木属性魔核，他却拿不出来。看来，接下来的时间，他必须进入魔兽山脉猎杀拥有这种魔核的魔兽了。

萧炎闭上眼睛，回忆了一下两种丹药所需要的药材之后，再次望了望天色，然后跃下山岩，在山谷中找到正在安静研读《七彩毒经》的小医仙，向她说明了自己出谷的目的。

听到萧炎要出去猎杀二阶魔兽，小医仙顿时有些担忧地想要一同前往，却被萧炎阻拦了下来，毕竟以他现在的实力，还不能在一头二阶魔兽面前保证她的安全。

被萧炎阻拦，小医仙也只得无奈地放弃了一起去的打算，不过她依然有些不放心地递给了萧炎一枚她精心配制的毒药药丸。

由于非常清楚小医仙对毒药的制造能力，萧炎这次倒没推辞，便小心翼翼地收起了那枚漆黑的药丸，然后道了一声谢，飞快地冲至山壁之前，在小医仙的注视下，脚掌踏出炸响之声，身形犹如大鹏一般，直冲向山谷之巅。

站在山巅上，萧炎对着谷底的小医仙摇了摇手，然后身体微振，紫云翼便从背后舒展开来，在日光的照耀下，散发着点点紫色光泽。

站在谷顶，萧炎一抬眼，便能够看见小半个魔兽山脉的轮廓。入眼之处，碧绿的树木占据了绝大部分的视线，偶尔一阵狂风从山脉内部刮出，顿时在这片森林之上掀起一阵绿浪，颇为壮观。

萧炎抬头望了下烈日，抹了把汗，背后双翼微微一振，便纵身跳下了悬崖。双翼扇动间，借助着一股浮力，他快速地对着魔兽山脉之中飞掠而去。

魔兽山脉极为辽阔，要想在这么大的范围中寻找出一头二阶的木属性魔兽，还真有些困难。在寻找了接近一个小时依然无果后，萧炎只得无奈地请药老出手，依靠药老那强大的灵魂感知力，至少方圆千米内魔兽都难以逃过他的搜索。

虽然嘴上一直说进入魔兽山脉后什么都要靠萧炎自己，可如今这情况，药老并未找借口推辞。药老闭目半晌之后，缓缓睁开眼来，手指指向东南边的方向，笑道："那里有二阶的木属性魔兽，不过似乎还有点其他状况，去吗？如果不去的话，我们可以换其他的地方再搜索，只不过要再搜索一段时间。"

向着药老手指的方向，萧炎双翼一振，身形便迅猛地飞腾而去，同时飞快地往嘴里丢了一枚回气丹，含糊地嘟囔道："先看看吧。"

快速地飞腾过半空，在即将到达目的地时，萧炎眉头忽然微皱，下方的森林中，传出了惊慌的大喝声，听声音的大小，似乎人数还不少。

"老师，就是这里？"萧炎疑惑地问了一句。

"嗯，下面有些佣兵在猎杀魔兽，不过他们似乎在吸引魔兽时操作失误，多引了一头二阶木属性魔兽，现在正被魔兽撵得鸡飞狗跳。"戒指中传出药老的笑声。

萧炎无奈地摇了摇头，背后的双翼缓缓收拢，最后化为文身贴在了背上，身体凌空一翻，双脚稳稳地穿过茂密的枝叶，落在了一棵巨大的树之上，目光扫向下方。

下方是一处颇为宽敞的空地，此时有几十名佣兵正在狼狈地逃窜，而在这些佣兵身后，是两头二阶的魔兽正在锲而不舍地追杀着他们。以这些佣兵仅仅斗者的实力，自然不可能和两头二阶魔兽相抗衡，所以基本是被魔兽追杀。

萧炎仔细地扫过这些佣兵，忽然发现，这些人似乎都是隶属于一个佣兵团，而且看那有些熟悉的团徽，好像正是当日萧炎所遇见的卡岗等人所在的血战佣兵团。

"啊……"就在萧炎扫视之时，一道熟悉的惊恐尖叫声忽然在下方狼狈的人群中响起。萧炎微微一愣，只见那人群中的一位少女似乎被脚下的石头绊倒了，而此时，后面的一头二阶魔兽正大张着獠牙巨口朝她凶悍扑去。

目光盯着那名尖叫的少女，萧炎眉头微皱，这少女，正是卡岗小队中那名叫作苓儿的少女。

以萧炎此时的距离，就算是有心要去救援，也赶不过去，所以，他只得苦笑着摇了摇头。

就在魔兽即将扑杀苓儿之时，一声怒喝骤然响起："畜生，滚开！"

随着喝声的响起，一道壮硕的人影猛地自树林中暴射而出，手中巨大的宽剑泛起浓郁的斗气，狠狠地劈在二阶魔兽掌爪之上。顿时，双方都急退了一步。

"咦？"望着那忽然出现的人竟然能够与二阶魔兽硬拼而不落败，萧炎顿时惊叫了一声。

"费雷大叔！"本来俏脸惨白的少女，见到壮汉出现，小脸上顿时涌出劫后余生的欣喜，急忙道。

"苓儿，退后！"

被称为费雷的壮年汉子没有回头，低喝了一声，目光扫向那因为他的出现而聚到一起的两头魔兽，不由得满嘴发苦。以他二星斗师的实力，顶多只能够应付一头二阶魔兽啊。

"团长，怎么办？"一名中年人从佣兵群中走出，焦急地问道。他非常清楚费雷的实力。

"卡岗，先整合队形，千万别乱，否则会被它们逐个蚕食！"费雷沉声喝道。

"费雷大叔，你一人可打不过两头二阶魔兽啊。"苓儿急声道，刚欲向前走，一条修长的手臂便从后面伸出，一把抓住她。同时，一个女子清冷的声音传了过来："别去打扰团长！"

被女子抓住，苓儿可怜兮兮地转过头，望着身后的清冷女子，道："晴姐姐，我们去帮费雷大叔暂时抵御一下吧？"

被苓儿称为晴姐姐的女子，颇为高挑，不同于其他女子白皙的皮肤，她的皮肤是健康的小麦色。她穿着一身黑色的皮制衣裙，佩有一把修长的匕首，犹如一头森林中的母豹，充满了狂野与爆发力。

“我们这里这些人，若不整合好队伍，只能被二阶魔兽一个个扑杀，现在还是听从团长的吩咐，把队伍收拢吧。你也别再添乱了，先前若不是你捣乱，又怎会引出两头二阶魔兽？刚才我们可差点为此牺牲了同伴的性命！”被称为晴姐姐的女子微皱着柳眉，冲苓儿轻叱道。

被这番训斥，苓儿也有些委屈，却不敢再多嘴，只得乖乖地站在女子身边。

“晴叶，待会儿若是出现了事故，你带着苓儿先走吧，这里由我们来拦住。”一名身着白色衣衫的青年凑了过来，笑道。

被称为晴叶的女子瞟了眼青年，淡淡道：“团长未下令，我不会先走，而且，论起实力来，你可远远不如我。”

闻言，白衣青年尴尬地摸了摸鼻子，对着一旁正做鬼脸的苓儿无奈地摊了摊手。

见到木阑吃瘪，苓儿偷偷地笑了笑，若是以前她看见木阑对晴叶讨好，心中定然会暗暗地有些不痛快，可现在不知为何，这以前让自己颇为崇拜的木阑大哥，却再难让她有以前的那种感觉；并且偶尔，少女胡思乱想的小脑瓜中还会莫名其妙地跑出一位少年的背影，那位背负着巨大黑尺的少年……

“听说他竟然把狼头佣兵团的穆蛇也杀了，那家伙可是连费雷大叔也头疼不已的强者啊，真是个爱骗人的家伙，竟然说自己才八段斗之气……”小手抓着身旁晴叶的手臂，苓儿回想起那在青山镇传了一个月依然火爆的消息，心中不由得泛起莫名的意味。

“血战团员，结队！替团长拦住那头木系二阶魔兽！”

在苓儿胡思乱想时，一旁的卡岗已经快速将队伍整顿好。手掌一挥，几十名配合有序的佣兵顿时快步冲出，然后将正想对着费雷围杀而去的一头二阶魔兽拦截住。

被一群杂鱼拦住去路，这头体型不小的魔兽顿时发出一声愤怒的咆哮，巨大而锋利的爪子猛地挥舞而下，顿时将几块盾牌撕裂。

“拦住它！土系斗者排前，火属性斗者攻击它的要害！”望着刚一接触便落入下风的队伍，卡岗急忙喝道。

卡岗的喝声刚落，那头木系魔兽便仰天一声巨吼，顿时，浓郁的绿光自其体内暴涨而出，一条条由绿色能量汇聚的蔓藤铺天盖地地从其体内犹如利剑一般暴射而出，附近的一些佣兵躲闪不及，被蔓藤狠狠地弹飞了出去。

好不容易整合起来的队伍，在二阶魔兽的这轮攻击之下，脆弱得几乎不堪一击。

攻破了阻拦在身前的队伍，木系魔兽双眼赤红地开始了杀戮，几名躲避不及的佣兵顿时被砸得吐血狂退。

“团长，守不住了！”见二阶魔兽开始肆意杀戮，卡岗脸色苍白地朝那正与另外一头二阶魔兽苦战的费雷大喊道。

费雷手中的巨剑狠狠地将对面的二阶魔兽劈退，急退了几步，在众人的注视下，忽然抬起头来对着一处巨树高声喝道：“朋友，大家都是在魔兽山脉混饭吃，若是方便，还请能够出手一救，血战佣兵团感激不尽！”

见费雷这般举动，周围的血战佣兵顿时有些惊愕地面面相觑，纷纷将目光投向费雷所望之处。

在费雷喝声传出之后片刻，密林之中终于有所回应：“呵呵，帮忙可以，不过若这头魔兽体内有魔核……”

“归阁下！”闻言，费雷毫不犹豫地喝道。

“呵呵，团长真是豪爽。前段时间受了贵团几位朋友相助，今日便权当还个人情吧。”随着一阵轻笑声响起，树林之上，树叶一阵晃动，一道黑影犹如大雕一般迅猛扑下。

“叮！”晴叶咬着银牙，与那追杀而来的木系魔兽硬拼了一记，强大的力量，顿时让她俏脸微白地急退着。

魔兽击退晴叶，发出一声狰狞的咆哮声，然后再次猛扑而来。

就在晴叶打算再次相拼之时，半空之上，一道黑影猛地飙射而来，狠狠地砸在了地面之上，在传出一声暴响之余，溅起了漫天尘土。

灰尘缓缓散去，一道背后背负着怪异的巨大黑色铁尺的单薄身影出现在所有人的眼前。

“萧炎？！”背后那独特的巨尺标志立刻让卡岗等人失声叫道。

“呵呵，卡岗大叔，别来无恙啊。”萧炎缓缓转过头来，目光先是在身后的晴叶身上扫过，然后对着一旁的卡岗笑道。

“好了，叙旧的话，待会儿再说，先把这畜生解决掉吧。”萧炎向满脸狂喜的卡岗摇了摇手，转过身来，望着面前这头巨大的二阶魔兽，不由得微微一笑。他脚掌缓缓地抬起，然后重踏了地面一下。随着一声炸响，萧炎的身形化为一道黑影，闪电般地出现在魔兽左侧，手掌紧握着尺柄，猛然一抽，玄重尺离背而起，带起一股剧烈的破风声响，重重地轰击在了魔兽的头颅之上。顿时，巨大的力量，竟然将魔兽那庞大的身体击飞，在砸断了好几根大树之后，方才缓缓停下来。

“好！”眼角一直瞟着这边的费雷，瞧见萧炎这恐怖的一手，不由得失声赞叹道。

站在萧炎身后的晴叶，望着那被萧炎犹如打皮球一般打出十多米的二阶魔兽，玉手不由得捂上了红润的小嘴，满脸的惊愕。很难想象，这看起来身躯单薄的少年竟然拥有这般狂猛的力量，当真是人不可貌相啊！

不远处的苓儿，自从萧炎出现之后，视线便牢牢地锁在了他的身上，见到此时他这般大发神威，水灵的眸子中掠过一丝异彩。

“吼！”

远处，被击飞的魔兽再次爬起来，被人击飞的耻辱让它愤怒地咆哮了起来，汹涌的绿色能量逐渐缭绕浑身。它巨嘴一张，十几根布满毒刺的绿色蔓藤便朝萧炎飞射而来。

望着射来的蔓藤，萧炎手掌上紫火火焰腾烧而出，在尺身之上一抹，一缕缕淡紫火焰便留在了尺身之上。他手掌紧握着重尺，朝前一劈，那十几根蔓藤便被迅速焚烧殆尽。

“吼！”

见攻击无效，魔兽再次仰天发出怒啸，浑身毛发倒立，一阵碧绿色能量围绕在周身，瞬间之后，竟然凝固成了绿色的甲壳。甲壳将魔兽的身体完全掩盖，在日光照射下，反射着森冷光泽。

覆盖上绿色甲壳之后，魔兽再次迈开四蹄，犹如一辆坦克一般，对着萧炎冲撞而来。

抬眼望着那暴冲而来的魔兽，萧炎缓缓地舒了一口气，手掌竟然松开了重尺，拳头紧握着，紫色火焰腾烧而出，包裹了将近半条手臂。

低头看了一眼手臂上袅袅升腾的紫火，萧炎抬起头来望着那越来越近的魔兽。此时，魔兽压迫的劲气正迎面扑来。

萧炎轻吐了一口气，脚掌猛然重踏地面，身体犹如离弦的箭一般，在周围那目瞪口呆的视线中，居然选择了与魔兽硬碰硬。

“这家伙……疯了吗？”望着萧炎的举动，在场的所有人都惊愕地喃喃道。

“八极崩！”

就在双方即将碰撞之时，萧炎心中骤然一声轻喝，被包裹在紫火中的拳头猛然传出尖锐的破风之声，瞬间，夹杂着恐怖的劲气，狠狠地砸在了魔兽脑袋之上。

刚刚接触，魔兽身体之上的绿色甲壳便被萧炎的紫火摧枯拉朽般地灼烧出了一个巨大的空洞，露出了里面魔兽的头颅。

“嘭！”

拳头夹杂着紫火，重重地砸在魔兽脑袋上。一声闷响，萧炎的拳头竟然将魔兽的脑袋生生地洞穿了。

随着萧炎手臂的抽离，面前那将血战佣兵团几十名团员撵得四下逃窜的二阶魔兽终于在众人震撼的目光中轰然倒下！

萧炎蹲下身来，在魔兽身上翻找着。片刻之后，他眉头皱紧，无奈地摇了摇头，站起身来，对着正盯着自己眼睛眨也不眨的众人耸了耸肩：“看来我挺倒霉，什么都没有。”

听到萧炎这话，众人这才从震撼中逐渐回过神来。望着萧炎空无一物的双手，卡岗也只得惋惜地摇了摇头，然后一挥手，大声喝道：“各位，先帮团长解决另外一头魔兽！”

听到卡岗的喝声，众位血战佣兵赶紧抓起手中的武器，拥向费雷那边，将那头魔兽包围了起来，然后由费雷指挥着，开始对魔兽进行围杀。

萧炎手持着重尺，斜靠着树干，嘴中咬着草根，低头望着自己那因擦破了皮而不断滴着鲜血的拳头，目光中跳动着兴奋的神色。虽然说先前一拳击杀这头二阶魔兽是因为属性相克的缘故，不过紫火的威力还真的远远超出了自己的意料，这要是换作平常，即使是自己使用上了八极崩，也顶多只能伤到二阶魔兽；想要击杀，却依然有点不可能。

手指在纳戒上轻轻地刨了刨，萧炎从中取出一枚回气丹，然后不着痕迹地塞进嘴中，喉咙滚动了一下，将之吞了下去。

“唉，这破功法，如果再不进化，我可连回气丹都吃不起了。”感受着体内逐渐恢复的斗气，萧炎无奈地轻声道。

在萧炎无聊地斜靠着树干之时，不远处的两道倩影缓缓向他走了过来。

“喂，萧炎，你没事吧？”

少女娇脆的声音，让萧炎懒散地抬起头来，目光随意地瞟了一眼苓儿，随后视线在身旁那位女子身上停留了一会儿，便懒懒地收了回来。对于这位给他留下刁蛮印象的少女，萧炎实在没有多少想理会的心思，所以当下不咸不淡道：“没事。”

被萧炎这般冷淡对待，苓儿俏脸略微有些涨红，张着红润小嘴，欲言又止，却偏偏说不出半句缓和气氛的话语，想来她也知道自己上次给对方留下了什么印象。

“你手掌在流血，需要包扎一下吗？”见气氛沉闷，另一名女子只得无奈地开口，顿时，清脆的声音在萧炎耳边响起了。

抬眼望着这名模样颇为不错的女子，萧炎微微摇头，同样有些无奈地道：“不用了，真没啥事。”

萧炎和先前如出一辙的平淡模样也让晴叶微微一怔，不是她自恋，以她的容貌，还真的很少遇见这般对待她的人。不过，她也是心高气傲之人，见到萧炎摇头拒绝，也就不再继续询问。于是，三人间的气氛再度变得沉闷。

沉闷的气氛持续了半晌之后，终于被树林中的一阵欢喝声打破。三人抬起头，发现原来那头与费雷苦战的魔兽，已经被众人联手击杀，难怪他们会如此兴奋。

将魔兽尸体丢下，费雷吩咐几名佣兵寻找魔核，便带着卡岗等人大笑着向萧炎走来，豪迈的笑声将林间的鸟儿都震飞了许多：“哈哈，萧炎小兄弟，久闻大名，却一直未有幸亲会，今日还真是多谢了。”

萧炎微笑着摇了摇头，先跟卡岗打了一声招呼，这才对着这位看起来颇为豪爽的壮汉笑道：“我在青山镇能有什么好名声？”

“嘿嘿，小小年纪，连穆蛇那狡诈的家伙都栽在了你手中，这名声可不小，至少我这血战佣兵团没一人能比得上你。”费雷上下打量了一下萧炎，心中忍不住再次叹息着摇了摇头。看萧炎先前的出手，想来传闻中穆蛇被他击杀的消息应该是真的了。真不知道，这家伙是怎么修炼的，不过二十来岁的年龄，怎么就如此厉害？

萧炎随意地笑了笑，抬头望了眼天色，无奈地道：“抱歉了，那头魔兽体内并没有二阶木系魔核，所以我只能继续去寻找，恐怕不能陪你们继续聊天了。”

说罢，萧炎便将手中的玄重尺背在背上，准备再次进入森林寻找目标。

“十分抱歉，竟然让你白出了一次手。若你不介意的话，取另外一头魔兽的魔晶吧？虽然那是一枚土属性的。”费雷摊了摊手，歉意道。

“算了，我只需要木系的二阶魔核，那东西，你们留着吧。”萧炎笑着摆了摆手，转身向密林深处走去。

“等等。”

女子清冷悦耳的声音忽然从后面传来，让萧炎止住了脚步。他疑惑地转过身来，望着晴叶。

“你很需要二阶的木系魔核？”晴叶微蹙着柳眉，问道。

“嗯，有点急。”

闻言，晴叶略微踌躇了一下，然后伸出玉手将修长脖子上的挂坠缓缓取了下来。挂坠的一头，被藏在晴叶的皮衣之内，随着她的轻轻扯动，挂坠被完全扯了出来。原来挂坠吊着一枚浑圆的绿色冰珠。

“这是二阶魔兽葵木兽的魔核，你帮了我们血战佣兵团一次，那便用它做报酬吧。”晴叶有些不舍地摸了摸这枚漂亮的魔核，将它抛向萧炎。

萧炎下意识地伸手接住这枚魔核，入手处一片温凉。

“晴叶……”见到晴叶的举动，一旁的费雷不由得叫了一声，略微沉吟后，只得无奈地道，“既然你是自愿的，便随你吧，不过这是你的私物，待会儿回去之后，我们会用别的物品来补偿你，毕竟，这是团规。”

“不用了，若不是他出手帮忙，我们这里恐怕至少会折损一半的同伴。”晴叶摇了摇头，微笑道。

“果然是二阶的木系魔核。”略微感应了一下手中魔核内的能量，萧炎面露喜意，不客气地将魔核收好，抬头望着晴叶笑道，“多谢了，不过这是你的东西，我也不好让你吃亏，这样吧……”萧炎皱着眉头沉吟了一会儿，手掌一翻，一个小玉瓶出现在掌心中，然后将之掷向晴叶，朗笑道，“这里面有五枚回气丹，能够让你在危险关头迅速恢复斗气，论起价值来，并不逊色于你这二阶魔核，现在将它给你，算是一桩公平的交易吧。”

本来心中并未打算接受对方的东西，可当“回气丹”三字入耳，晴叶的俏脸便微微一愣，赶忙伸出手来，小心翼翼地接住玉瓶。她打开来一看，满是惊喜：“竟然真的是丹药！”

闻言，一旁的费雷等人也有些动容，在他们这种地方，很少见到真正出自炼药师手中的正宗丹药，所以当下见到萧炎居然能拿出五枚回气丹，都颇感震撼。

“这小家伙，果然背景不浅，看这手笔，多半是一些从大家族出来历练的少爷，那穆蛇也真是够倒霉的。”望着晴叶手中的玉瓶，费雷心中不由得暗道。

“各位，多谢了，萧炎尚有急事，不便久留，告辞！”

魔核到手，萧炎也有些迫不及待地想要回去炼制两种丹药以便吞噬紫火，当下对着费雷等人拱了拱手，脚掌在地面猛地一踏，身形迅速地飞射进密林之中，逐渐消失在众人视线内。

望着缓缓消失在密林黑暗中的萧炎，费雷忍不住叹了一口气，苦笑道："本来还想让萧炎小兄弟加入我们血战佣兵团的，不过看他这大手笔，我实在是没那脸开口。”

“走吧，别乱想了，以他的天赋，根本不可能屈居在我们这小小的佣兵团之内。照我猜测，他来魔兽山脉，多半还是历练吧。以他的修炼天赋与心计，外面广阔的世界才是他大显身手的舞台。我们还是安心地当小小佣兵吧,说不定十年二十年后,他再来青山小镇,就是一位大斗师甚至斗灵强者了。”晴叶收好玉瓶,转身淡淡地道。

“呵呵，也是。”

费雷有些自嘲地摇了摇头，手掌一挥，带着众多下属，大声唱着凯旋的歌，扛着两头魔兽尸体赶回青山小镇，虽然他们没有萧炎那种追求力量的天赋，不过，小人物同样有小人物的舒畅生活。

钻进了密林，萧炎急行了一阵之后，方才停下脚步，背间微微一颤，紫云翼缓缓舒展开来，斗气在体内流转几圈，最后灌注进背后的双翼之中。

顿时，萧炎的身体缓缓地飘浮了起来，双翼再次一振，身形便直接冲破地面的束缚，跃上蔚蓝的天空。在辨别了一下位置之后，萧炎展翅对着小山谷的方向急掠而去。

在飞行路途中，萧炎吃了三枚回气丹，方才逐渐看见那笼罩在浓雾之下的小山谷。萧炎当下精神一振，直接穿破浓雾，飞进了小山谷之中。在即将落地之时，他双翼微颤，化为文身，贴在了背上。

经历了一场大战，再次回到平静的山谷，萧炎忍不住松了一口气，快步来到谷中的茅屋处，见到了正焦急等待他的小医仙。看到萧炎安然无恙地归来，小医仙落下了心中的石头。

萧炎与小医仙打了招呼，又急匆匆地在山谷中将两种丹药所需要的药材全部采集齐全。将这些做完之后，他才抱着药材，跃进了山壁上的山洞之中，准备动手炼制这两种对吞噬紫火至关重要的丹药！

## 第十章
# 功法进化

盘坐在山洞之中，萧炎将药鼎从纳戒中取出，轻放在面前，然后将炼制护脉丹与冰心丹所需要的材料也全部摆放在身旁，细细地检查了一番之后，方才松了一口气。

见萧炎即将开炉炼丹，药老也摇摇晃晃地从戒指中飘荡而出，落在一处巨石之上，抱着双臂，笑眯眯地望着萧炎。

萧炎瞟了药老一眼，缓缓闭目，在脑海中再次将药老传送过来的两种丹药的药方、炼药时所需要的分量与火候温习了一遍，随后缓缓地睁开眼来，轻轻搓了搓手，手掌贴着药鼎的火口处，心神缓缓沉入体内，将那气旋中央的紫色火焰小心地抽调出来。

紫色火焰在斗气的包裹之中，飞速地穿过经脉，然后透过掌心，穿梭进了药鼎之中。

紫火冲进药鼎，“嘭”的一声轻响，紫色的火焰便在药鼎之内升腾燃烧起来。

萧炎透过药鼎表面的镜面，望着里面那些胡乱窜动的紫色火焰，待冰凉的药鼎温度逐渐高起来后，这才偏过头，对着药老笑了笑，旋即脸色再次变得凝重，灵魂感知力透体而出，顺着手臂钻进药鼎之中，将那些桀骜不驯的紫火顺利地控制了下来。

“可以开始了。”

望着药鼎内逐渐平静的紫火，药老微笑着点了点头，心中暗道：“这小家伙对灵魂力的使用越来越熟练了，竟然能够这般快速地压制着火焰的温度。”

萧炎微微点了点头，熟练地从身旁抓起一株通体碧绿的植物，此物名为常青花，其枝叶中所蕴含的温润能量，用来保护经脉，是最合适不过的药草。

萧炎眼角瞟了瞟手中的常青花，手掌略微停滞了片刻，便将之弹射进了药鼎之内。

常青花刚刚进入药鼎，汹涌的紫火便扑涌而上，转瞬间，碧绿的枝叶迅速变得焦黄。到了这一步，萧炎灵魂力努力地将紫火温度缓缓压低，淡淡的火苗带着一阵不热不冷的温度，缓缓地熏烤着悬浮在火焰上方的常青花。

随着烘烤的持续，常青花的枝叶表面竟然开始渗透出一滴滴绿色的液体，随着越来越多的液体渗透而出，其枝叶也在迅速地萎缩着。待常青花体内最后一滴绿色液体被压榨出，其本体化为漆黑的灰烬，沉落在了药鼎之底。

“嗯……不错，你这般出色的灵魂感知力，即使一些二品炼药师也有所不及。”望着萧炎第一步便顺利成功，药老忍不住赞叹道。

萧炎微微一笑，手掌一招，药鼎之内的绿色液体便被吸掠而出，最后被他小心翼翼地装进一个玉瓶之内，留着待会儿融合之用。

在取得常青花的能量汁液之后，萧炎又分别炼化出了三种颜色各不相同的液体以及从一种名为昙灵果中烘烤而出的淡青粉末。

在炼制这几种药粉时，由于是第一次炼制，对配这种丹药材料所需要的火候与分量不太清楚，因此即使是以萧炎出色的灵魂感知力，也足足毁坏了十二株珍稀的药草。若不是山谷中药材丰富，恐怕他还得面临药材枯竭的尴尬局面。

药老坐在石头上，一直安静地望着萧炎炼药。直到萧炎将所有需要的材料都提炼出来之后，药老才微微点了点头。虽然说萧炎在此期间毁坏了好多药材，但这点失败率对第一次炼制这种丹药的他来说，已经算是不错的了。

在将所有材料提炼出来之后，萧炎也长长地松了一口气，从纳戒中掏出一枚回气丹，丢进嘴中，盘腿恢复着体内斗气。

见萧炎这模样，药老也有些无奈地摇了摇头，难怪萧炎想功法进化都快想疯了，才这么一会儿，体内的斗气便消耗了这般多。现在他所炼制的丹药还只是二品，若是以后炼制三品，乃至四品，恐怕要让这家伙满嘴包着回气丹，才不会因为中途斗气告竭而导致炼药失败吧。

萧炎盘腿恢复了半晌之后，才睁开眼眸。望着药老无奈的神色，他也只得苦笑了一声，将先前所提炼出来的各种材料放在身前，手掌一翻，一枚通体雪白、不断散发着寒气的魔核出现在手中。

望着这枚二阶的冰系魔核，萧炎缓缓吐了一口气，屈指轻弹，便把魔核准确地射进了药鼎之中。与此同时，萧炎手掌迅速触摸上药鼎火口，灵魂感知力将压制的紫火温度猛然地全部放开。顿时，药鼎之内，紫火呼呼腾烧，弥漫了整个鼎内。

在紫火的腾烧中，那枚二阶冰系魔核开始散发着冰寒的冷气，努力挣扎着，想要避免被毁灭的结局。

药鼎之中，紫火与冰雾不断地僵持着，一片片白色的雾气从药鼎顶端渗透而出，不断地向周围扩散着。

抬眼望着山洞中越来越浓郁的白气，药老袖袍轻挥，凶猛的劲气便将白气席卷而出，顿时，山洞内再次恢复了清晰。不过，萧炎此时并没有闲情注意这些，他的全部注意力放在了那与紫火僵持着的冰系魔核之上。

体内的紫火源源不断涌进药鼎之内，而那冰系魔核也不甘落后，不断地释放出一股股寒气，拼了命地想要逃脱被毁灭的命运。

僵局一直持续到萧炎吞下一枚回气丹之后，才逐渐被打破。虽然冰系魔核中蕴含着颇为雄浑的冰系能量，但毕竟没有后援，所以在紫火那坚持不懈的烘烤下，冰系魔核的寒气屏障终于被攻破。

随着寒气屏障的破裂，紫火发出兴奋的翻腾之声，铺天盖地地汹涌而上，将冰系魔核包裹，然后开始煅烧。

随着火焰的持久煅烧，冰系魔核坚硬的表面之上逐渐出现了丝丝裂缝。再过半晌，随着一声清脆的“咔嚓”声，魔核表面竟然化为灰烬散落而下，待灰尘落尽，一小团雪白色的糨糊状能量团便出现在了药鼎之中。

望着那雪白色能量糨糊团，萧炎紧绷的脸庞上终于泛起一抹喜悦，再用紫火慢慢地熏烤了片刻后，才将之吸掠而出，用玉瓶装好。

提炼好魔核能量后，萧炎快速地抓起身前的几种早已经提炼出的材料，将其全部丢进了药鼎之中。

紫色火焰将进入鼎内的几种材料全部包裹，开始了最猛烈的煅烧。

随着烈火的不断熏烧，那几种颜色各不相同的药材开始逐渐融合。液体与粉末在火焰中缓缓翻滚着。随着时间的推移，丹药的雏形也隐隐地出现在药鼎之中。

此时的丹药雏形，表面上满是坑坑洼洼，形状上也全然没有规则，表面上的光泽也是青一块紫一块，看上去就犹如一个布满棱角的古怪物体一般，完全不像成品丹药那般圆润而富有光泽。

瞧着这枚丹药雏形，萧炎心头压着的重石终于完全落下。到了这一步，炼丹几乎已经成功了百分之九十，剩下的便是最后的凝丹步骤了。

萧炎手掌握着那被提炼而出的魔核能量，偏头望向药老，见他微笑点了点头，这才轻吸了一口气，不再迟疑，将瓶中的魔核能量倾倒进药鼎之中。

白色的糨糊能量刚刚进入药鼎，便被萧炎控制着覆盖在了那枚丹药的雏形之上，然后又缓缓地旋转了起来。而同时，萧炎的灵魂感知力也急忙压制着紫火的温度，将之控制在一个不温不火的地步，缓缓地熏烤着那被魔核能量包裹的丹药。

最后一步的凝丹足足持续了半个小时，那魔核的能量才被紫火熏烤进了丹药之内。此时，萧炎一直压制着紫焰的灵魂力猛然一收，顿时，紫火汹涌扑上，转瞬间，便携带着狂暴的温度，将丹药包裹在了其中。

萧炎一放即收，迅速地将紫火再次压制在最低点。随着紫火的退缩，一枚通体玉白的浑圆丹药便光彩夺目地出现在了药鼎之内。

望着这枚玉白丹药，萧炎忍不住咧嘴一笑。他手掌一招，将之从药鼎中吸掠而出，然后飞快地从一旁取过玉瓶，将之装了进去。

手掌抽离药鼎，紫火急速消退。片刻后，热闹的药鼎变得安静了下来。

萧炎摇了摇瓶中的丹药，轻嗅了一口散发出的药香，不由得满脸陶醉，半晌后，方才对着一旁的药老笑道："护脉丹成功了！"

"嗯，不错，虽然炼丹过程中出了一些小差错，不过你的表现也极为不错……"药老赞叹着点了点头。他看了一眼地面上炼制冰心丹的药材，微笑道："休息一下吧，接下来，你还需要炼制冰心丹，有了这次成功的经验，我想，下次你应该能少毁坏一些药材。"

萧炎点了点头，小心地将护脉丹收好，再次掏出一枚回气丹咽下，闭上双眼，静待着体内斗气的恢复。

半个小时之后，萧炎缓缓地睁开了双眸。此时的他，再次回到了巅峰状态。望着面前的药鼎，萧炎深吐了一口气，然后双手伸出，炼丹再次开始……

如同药老所说，有了炼制护脉丹的成功先例，此次炼制冰心丹极为顺利，除开始因为药材所需的火候不同，萧炎略微有些生涩外，后面的一系列步骤，几乎是行云流水一般流畅。此次萧炎炼丹，即使是颇为挑剔的药老也极为满意，可见萧炎这次的表现有多么出色。

开始炼丹两个小时之后，萧炎的脸庞上有些疲惫之色，不过更多的还是兴奋与喜悦。因为在他的手中，正紧紧地握着两只玉瓶。透明的玉瓶之内，正滚动着一白一青两枚圆润丹药，而这两枚丹药便是萧炎吞噬紫火必须准备的护脉丹与冰心丹！

望着萧炎疲惫的脸色，药老瞟了一眼外面已经暗下来的天色，微笑道："炼丹的时间和我预算的相差不多，白天因为烈日，紫火将会有一定的增幅，这将会为你吞噬紫火增加不少难度。所以，现在的时间最合适吞噬紫火，怎样？你还能坚持吗？"

萧炎揉了揉太阳穴，笑道："当然，不过是略微有点疲惫而已，继续坚持一晚上，并没什么问题。"

"呵呵，那就好。"药老笑着点了点头，沉吟道，"你身上还有多少回气丹？"

"十八枚。"萧炎手指刨了刨纳戒，回道。

"应该够了，等吞噬开始之后，万一察觉到斗气不支，就立刻服用吧，在那种关头，若忽然来个斗气枯竭，可不是什么好玩的事儿。"药老凝重地道。

"嗯。"萧炎重重地点了点头。他自然不敢拿自己的小命开玩笑。

"好了，现在，便看结果吧。说真的，我也很想看看这紫火能够让'焚诀'进化多少。"药老呼了一口气，也略有些期盼道。

"反正不可能直接蹦到玄阶。"对于这些，萧炎倒也还是有些自知之明的，虽然说紫火威力也是不俗，但与异火相比，无疑是差距巨大。

"我自然是知道不可能到玄阶，每一阶功法的跳跃都是天壤之别，紫火或许能够让焚诀进化功法等级，不过想要进化阶级，难！"药老翻了翻白眼，笑骂道。

萧炎苦笑了一声，不再说话，盘坐闭目，沉神静坐了片刻之后，眼眸乍然睁开，漆黑的眼眸中，精光掠过。待眼中精光消失之后，萧炎偏过头望向药老。

"嗯，开始吧，是时候了。"见萧炎望过来，药老微微一笑，点了点头。

萧炎重重地点了点头，目光在摆放在面前的两个小玉瓶上扫过，然后再次闭上眼眸，心神缓缓沉入体内。

在心神的控制之下，小腹处的气旋忽然开始高速旋转，而随着旋转的加速，气旋之内的紫火竟然被一簇簇地甩了出来。

被甩出来的紫火似乎还有些愣神，前些天还在一起合作的伙伴，怎么就忽然将自己驱赶出来了？紫火盘旋在气旋之外，将所有被甩掷出的紫火吸收到一起，最后化成一团剧烈的紫火。

就在紫火毫无意识地准备着冲击气旋之时，气旋之内，汹涌的淡黄斗气猛地铺天盖地地涌出，将紫火包围其中；然后在萧炎心神的控制之下，拉扯着它们，开始顺着焚诀的运行经脉流转着。

在斗气包裹着紫火之时，紫火便察觉到了危险，当下开始愤怒地冲击着周围的斗气能量。每一次它们的冲击，都会将大片的斗气能量烧成虚无，可气旋之内，源源不断的斗气正被输送而出，无论紫火怎样焚烧，都逃不出斗气的封锁。

在萧炎的斗气包围了紫火之时，他便彻底失去了对紫火的控制力，不过此时他也并不在乎，全神贯注地控制着斗气，将紫火拉扯成极为细长的火焰，然后飞快地钻进修炼焚诀的经脉路线之中。

斗气包裹着紫火，刚刚进入这条特定的经脉之内，萧炎浑身便猛地一颤，额头之上，密密麻麻的冷汗不断地冒出，最后犹如淌水一般，顺着萧炎的脸庞一路而下，滴滴答答地砸在山石之上。

萧炎咬紧牙关，体内经脉中传出的一波波抽搐般的剧痛几乎让他的脸庞有些扭曲了起来。他没想到，即使是有着斗气做初步防护，紫火所造成的疼痛依然这般强烈。

“服下护脉丹！”

在萧炎咬牙承受之时，药老的轻喝声在耳边突兀地响了起来。

听到喝声，萧炎手掌毫不迟疑地抓起面前的小玉瓶，然后将那枚玉白的丹药倾倒出，一把丢进了嘴中。

护脉丹一入口，便化成一股温润的暖流，从喉咙处飞快滚进体内，最后在萧炎心神的控制下，迅速地将修炼焚诀所必须经过的脉络全部包上了一层淡淡的白色能量膜。

虽然这层白色能量膜极薄，不过它所带来的效果却极为显著。在吞下护脉丹之后不久，萧炎紧绷的肌肉便缓缓地舒缓了开来，扭曲的脸庞也逐渐恢复了正常，虽然经脉中偶尔还是会传出一些灼热的痛感，不过这已经在萧炎能够忍受的范围之内了。

剧痛逐渐缓解，萧炎松了一口气。他很难想象，如果没有这护脉丹的相助，他身体内的经脉以后还能不能继续吸收容纳斗气。恐怕等紫火完全通过经脉后，自己也会变成废人了吧？

“果然是家有一老，如有一宝。”心头庆幸地嘀咕了一声，药老在萧炎心中的地位此时几乎是无限值地飙升着。

有了护脉丹的相助，萧炎轻松了许多，虽然斗气在紫火的焚烧中消耗得极快，不过在萧炎不间断地吞下回气丹的助力下，双方倒是勉强地拉平了。

体内的一切，都在紧张的氛围中有条不紊地进行着。虽然到目前为止，萧炎并没有发现什么出差错的地方，但他心中依然谨慎，因为药老曾经说过，吞噬之时，除经脉有会被烧毁的危险外，紫火中所蕴含的狂暴之性还会逐渐侵蚀心灵，使人失控。

心中牢记着药老的话，萧炎谨守心神，不敢出任何一点差错。

在萧炎用斗气包裹着紫火逐渐运转了接近一半的“焚诀”修炼脉络之后，萧炎脸色终于逐渐凝重了起来。因为他能模糊地感觉到，随着吞噬的加剧，一丝丝隐隐的烦躁逐渐攀上了心神。

察觉到自己心神的变化，萧炎顿时心中一凛，不用药老提醒，便将面前的冰心丹取出，丢进嘴中。

冰心丹入体，一股冰凉彻骨的感觉从喉咙处弥漫而下，心神感受到这股冰凉的感觉，萧炎轻轻打了一个哆嗦，那逐渐烦躁起来的心也犹如炽火遇残雪一般，飞快地平静下来。

有了冰心丹护卫心神，萧炎终于不用惧怕心灵失守，当下全力驱使包裹着紫火的斗气疯狂地运转在经脉之中。

随着斗气包裹着紫火运转在“焚诀”修炼脉络之中，萧炎忽然发现，那抢跑在最前面的一缕斗气与紫火竟然开始了诡异的融合！

不，与其说是在融合，更应该说紫火正在被“焚诀”的斗气逐步地吞噬！

望着这一幕，萧炎心头又惊又喜。看这般状况，他可以肯定一点，这所谓的“焚诀”功法，的的确确具有进化的神效！

在淡黄斗气与紫火即将要通过最后一道“焚诀”修炼脉络之时，两者几乎已经完全地融为一体，原本淡黄色的斗气此时竟然完全地转变成了淡紫色，而且在淡紫斗气的表面之上还升腾着淡淡的紫焰，不过此时紫焰已经不会再对经脉造成任何损伤！

望着那完全转变了颜色的斗气，萧炎心中充斥着狂喜，努力地指挥着斗气开始最后的运转。

斗气的运转速度越来越快。一刹那，已经转变了颜色的斗气终于冲出最后一道脉络，在体内完成了一道完美的循环之后，再度回到了小腹之处。

冲出经脉之后，紫色斗气直接源源不断地一头冲进了那不断旋转的淡黄气旋之内。

随着越来越多的吞噬了紫焰的斗气从经脉中凯旋冲出，气旋的颜色也开始逐渐由淡黄色转变向淡紫色。

当最后一缕紫色斗气从经脉中钻出之后，气旋几乎完全转化成了淡紫色。

小腹之处，旋转的气旋骤然停止，然后安静下来。

与此同时，山洞之中，双眸紧闭的萧炎，眼瞳骤然睁开，一阵刺眼的紫芒几乎犹如实质一般从眼中暴射出了半寸之余。片刻后，紫芒消逝，萧炎缓缓地偏过头，望着药老，傻傻地咧嘴一笑：“成功了？”

“成功了！”

药老重重地松了一口气，微笑着点了点头。他已经能够感觉到萧炎体内那比先前雄浑了好几倍的斗气。

见药老点头确定，萧炎嘴角一咧，刚欲狂笑出声来宣泄心中的狂喜，可脸色猛地一变，因为他忽然察觉到，天地间的能量忽然正向着自己拼命地涌来。

“老师？怎么回事？”萧炎偏过头，有些惊恐地问道。

突如其来的变故，同样让药老有些惊愕。他眉头微皱，然后闪身来到萧炎身前，手掌触着他的身体。瞬间后，苍老的脸庞上涌上笑意。

“当真是好事不来则已，一来则是接二连三。恭喜你，突破斗者、成为斗师的时候到了！”

## 第十一章
# 晋阶斗师

“要突破了？”

萧炎愕然地望着药老，片刻后方才从这番话中回过神来，有些不可置信地问道。

“嗯。”感应着周围天地间急速涌动的能量，药老微笑道，“准备突破吧，这是你的机缘，千万不可错过，不然下次想要突破，就不知道要等到何时了。”

萧炎激动地点了点头，根本还来不及测量自己焚诀进化后的功法究竟是何种等级，便赶紧再次盘坐而下，双手摆出修炼的印结，然后将心神沉入体内。

随着萧炎进入修炼状态，周围天地间涌动的能量也越来越迅猛，到最后，萧炎的身体几乎变成了黑洞一般，源源不断地吸收着那些疯狂涌进体内的天地能量。

心神沉入体内，萧炎急忙开始引导那些从毛孔中钻进来的天地能量。这些能量虽然数量庞大，不过其中蕴含了太多杂质，必须经过经脉的炼化与提纯，才能将之彻底吸收，要不然，搞不好还会污染自身辛苦修炼得来的斗气。

虽然萧炎已经拼命地控制着那些铺天盖地而来的能量，却始终难以真正地完全将之压制，毕竟，那些能量的规模实在是太恐怖了。

万般无奈之下，萧炎只得先行控制一小部分，先任由其他的能量在体内胡乱窜动，不过好在一些要害部位都已经被萧炎严密地防卫了起来，所以能量的胡乱窜动虽然会给萧炎带来一些疼痛，却暂时还未造成太大的伤害。

在萧炎悉心的引导之下，一部分涌进体内的天地能量在经脉之中运转了一圈之后，终于被完全提炼成了精纯的斗气能量，最后被萧炎灌注进那淡紫色的气旋之内。

这一波雄浑斗气的注入，犹如在平静的湖泊中丢下了一块巨石一般，溅起了巨大浪花。

那先前还悠闲旋转的气旋，猛然间高速旋转了起来。随着旋转的加剧，一股凶猛的吸力自其中暴涌而出。此刻，萧炎有些惊恐地发现，自己的心神竟然已经不能再控制那些入体的天地能量。

没有了萧炎心神的压制，那些散布在体内的天地能量以及正源源不断从外界涌进的能量，都在气旋的吸扯之下，开始疯狂地向他体内灌注。到最后，天地间斑驳的能量居然在萧炎周身几丈处形成了具有光泽的能量光幕，极为炫目。

药老悬浮在半空中，望着萧炎所造出的局面，眉头微微一皱："这小家伙在搞什么？如此斑驳的能量也敢直接纳进气旋之中？"

药老紧皱着眉头，缓缓地吐了一口气，压下心中的一抹焦虑，静静地注视着萧炎，打算随时出手抢救，因为看现在的局面，萧炎应该坚持不了多久。

在药老有些疑惑与焦虑之时，紧闭着眼眸的萧炎心中同样有些惊慌起来。因为他发现，随着外界能量的疯狂涌进，由于没有心神的控制疏解，自己的经脉竟然已经隐隐出现了胀痛之感，若再这般疯狂吸掠下去，恐怕难逃经脉胀裂的危险。

"浑蛋，给我停下来啊！"没有丝毫阻拦之力的萧炎，只能用心神不断地对着高速旋转的紫色气旋咆哮道。

不知是否咆哮起了作用，那高速旋转的气旋忽然微微滞了一滞，不过还不等萧炎惊喜，气旋以更加凶猛的速度再次疯狂地旋转。

"我晕！"见气旋这般举动，萧炎气得破口大骂，然而骂声刚落，他却猛然发现，随着高速旋转，那紫色气旋的表面竟然开始逐渐缭绕上一层紫色火焰。

气旋的速度越来越快，紫火也越来越浓郁，而此时，散布在身体各处位置的天地能量终于胡乱地穿过一些经脉，冲到了小腹位置，然后铺天盖地地对着气旋涌去。

萧炎心神愣愣地注视着那些汹涌而去的天地能量，在心中哀号了一声，若是被这些充满了杂质的能量冲进气旋之内，那身体里自己辛辛苦苦修炼而来的斗气便会全部被毁了啊！

在萧炎心神绝望的注视下，汹涌而来的天地能量终于开始接触到气旋，不过，就在它们沾染到那紫色火焰之时，异变陡起！

只见那原本不温不火的紫色火焰，此刻犹如被挑衅了尊严一般，轰然间，腾起接近半尺的紫火，那些蜂拥而来的天地能量，在接触到紫火之后，庞大的体型急速缩减。只是一眨眼的工夫，一团团庞大的天地能量竟然便被紫火煅烧成了一滴滴只有指甲大小的液体能量。

紫火在将这些能量中杂质煅烧完毕之后，居然犹如有灵性一般，对这一滴滴精纯的液体能量不再阻挡，任由它们直直地撞进气旋之中。

液体能量投射进入急速旋转的紫色气旋之中，顿时荡起一圈圈能量涟漪，萧炎忽然发现，紫色气旋的体积竟然在诡异地缓缓变小。

紫色气旋体积越来越小，萧炎却并未太过担心，因为他同样能够察觉到，气旋之内所蕴含的斗气越来越浓郁……萧炎这才缓缓地放下心中的惊恐，安静地望着气旋的举动。

在第一波天地能量被紫火炼化之后，其余的天地能量不仅未因此而消散，反而因为气旋所释放的狂暴吸力而像灌水一般，恶狠狠地向萧炎身体内部冲涌而来。

面对着这看似永无止境的灌注，紫色气旋更是直接敞开怀抱，来者不拒，不过只要进入紫火的攻击范围，不管是什么能量，都会被紫火凶猛地炼化成一滴滴精纯的液体能量，最后犹如在萧炎体内下起小雨一般，源源不断地滴洒进气旋中。

有了极为精纯的液体能量支持，气旋之中所释放出来的吸力一波强于一波，到后来，即使是外界的药老，也对这种狂暴的吸力微微动容了。

在这般天地能量的冲刷之下，萧炎忽然发现，体内的经脉以及骨骼也变得越加坚韧宽大了起来。

事情到了这一地步，萧炎几乎已经插不上手，一切全都由那紫色气旋操控着，好在这古怪的家伙并没有胡乱瞎搞，不然萧炎还真得自认倒霉了。

心神在体内徘徊着，萧炎能够清晰地感觉到，自己的肉体正在这一波波接连不断的天地能量的冲刷中逐渐变得坚韧起来，这种近乎升华般的快感几乎让萧炎舒畅地发出声来。

山洞之中，药老望着萧炎那略带着几分舒畅笑意的脸庞，也终于缓缓地松了一口气。他笑着摇了摇头，看情况，似乎这小家伙体内发生了一些外人所不知道的神奇事情，不然他也不会露出这般喜悦的神色。

在不知道吸收了多少滴精纯的液体能量之后，紫色气旋已经不足萧炎的巴掌大小，然而其表面上所覆盖的紫色火焰却越来越浓郁，丝毫不见减弱的趋势。

在萧炎心神的注视之下，萧炎能够模糊地发现，那气旋之内似乎隐隐地出现了一些液体状的东西。

萧炎继续贪婪地吸收了好半晌后，那高速旋转的紫色气旋猛然停滞，居然开始向反方向旋转了起来。萧炎在愕然之余，也只得在心中祈祷它千万不要乱来。

或许是听到了萧炎的祈祷，紫色气旋的反向旋转并未带来什么破坏力，不过那些本来要冲向气旋之内的精纯液体能量却在反旋的力量的作用下向四面八方弹射而出。

这些四射的液体能量被紫色气旋几乎甩遍了全身每一个部位，而每当液体能量沾染到经脉、骨骼、血肉之后，萧炎便发现，这些液体能量竟然缓缓地融入了其中！

“呼……”

萧炎轻呼了一口气，心中涌上一阵阵狂喜，他能感觉到，随着那些液体能量的侵入，他的每一块骨骼、血肉都犹如蜕变一般，逐渐地充斥着雄浑的力量。

气旋的反向弹射持续了十多分钟，方才缓缓停止。萧炎体内的狂猛吸力也开始减弱，直至消失。

在吸力消失的刹那，山洞中盘腿而坐的萧炎猛然睁开了双眸，霎时间，背后的黑色发丝无风自动，身上衣衫无风自鼓，一股比几个小时之前的他强横了好几倍的凶悍气势从其体内苏醒一般地散发而出！

感受到萧炎体内散发出的气势，药老微微一笑，笑吟吟地道："恭喜你，从今天开始，你便是一名真正的斗师了！"

身体之上鼓鼓的衣衫持续了好一会儿之后，方才缓缓地贴在萧炎的皮肤上，一口将从体内排出的浊气吐出，萧炎站起身来，转头望着一旁笑眯眯的药老，咧嘴一笑，脸庞上的喜意难以掩饰。一年左右的时间，他终于从斗者晋升成了一名真正的斗师，其中不知付出了多少汗水与努力，方才能够有今日的化茧为蝶。

成为斗师，代表着萧炎脱离了大众等级，虽然斗师这种级别在大陆上依然只能算作偏下的阶层，不过比起垫底的斗者来说，无疑要强横与高级许多，而且最重要的是，萧炎此时还年轻，还有大把的奋斗时间！

萧炎紧紧握了握拳头，一股前所未有的力量充沛之感流淌在身体的每一个部位。直到今日亲身踏入斗师阶层，萧炎才明白，斗者与斗师之间的差距究竟有多巨大。想起当日与穆蛇的战斗，此时的萧炎，心中不由升起些许庆幸，当初若不是有药老教导的地阶斗技，饶是自己再如何蹦跶，也绝对难以击败穆蛇，更别说将之击杀了。

萧炎立在原地，忽然平探出右掌，然后猛地一握，紫色的斗气猛然浮现在身体表面。斗气浮现出之后，忽然再次收敛，瞬间后，居然缓缓地贴在了萧炎衣衫之外，犹如是形成了一层斗气防御一般，而或许是因为萧炎吞噬了紫火，在这件斗气防御之上，还能够用肉眼隐隐地看见那上面所升腾的点点紫火。

斗气纱衣——斗师强者的招牌技能，同时也是最为实用的技能，在与穆蛇战斗的时候，萧炎便见识过它的巨大作用。以前的萧炎虽然也能够召唤出斗气纱衣，不过那只能覆盖局部身体，想要像此时这般完全地覆盖，却是不可能。

而且，以前萧炎所召唤出来的斗气纱衣，对速度、防御、攻击等等全然没有半点增幅作用，只有成为一名斗师之后，召唤出的纱衣才具备这种让每一位斗者都垂涎万分的战斗辅助功能。

望着身上这颇为威武漂亮的紫色火焰纱衣，萧炎满脸欣喜，虎虎生风地快速击打出几拳。经过先前对天地能量的洗刷强化，此时的他，仅仅凭借肉体的力量，竟然便能在拳头挥出时带出尖锐的破风声。

望着兴奋地不断试探着斗师力量的萧炎，药老笑着摇了摇头，待他逐渐平静下来后，方才问道："看看'焚诀'进化没有？什么级别了？中级还是高级？"

药老的询问声，让萧炎停下了急速挥击的拳头。萧炎点了点头，再次缓缓闭上眼眸，心神再度沉入体内。

心神沉进体内，迅速来至小腹丹田处，此时，这里原本硕大的淡黄气旋已经转化成了一个不足巴掌大小的紫色气旋。心神在这小小的紫色气旋之中扫过，他忽然发现，在气旋之内，竟然缓缓地流转着十几滴细小的紫色液体，这些紫色液体在气旋中盘旋而动，犹如是湖泊中的小鱼一般。

心神好奇地侵入紫色气旋，然后悄悄地包裹着一滴小小的紫色液体，略微感应了一下之后，萧炎心中逐渐泛起一阵狂喜。他发现，这些紫色细小液体之内竟然蕴含了充盈的雄浑能量。

萧炎发现了这些紫色液体的奥妙，心中对斗师与斗者之间的巨大差距再次清楚地了解了一些，当下一声感叹。

斗者级别的气旋犹如一个气球，而斗气便像空气一样储存在其内。这个气球有临界点，一旦里面所充斥的斗气达到饱和，便再也容纳不下多余的斗气。如果偏要强行塞进的话，气旋便会如同被空气胀破的气球一般，"嘭"的一声，爆炸开来。

从斗者晋升成斗师，最大的好处，便是气旋之内充盈的斗气，经过转换，化成一滴滴比单纯的斗气更浓郁、更复杂、更精纯的液体能量。

而当斗气被转化之后，这气球之内所蕴含的斗气数量便瞬间暴涨了许多……

所以，拥有这般巨大的斗气储存器的斗师，自然远非普通斗者可比，两者在斗气的等级之上更是天壤之别。

心神缓缓从气旋中退出，萧炎经过探测知道，尽管这些液体能量体积不足指甲大小，可若是转换的话，恐怕需要还未成为斗师之前的自己气旋内三分之一的淡黄斗气，才有可能转化出这么细小的一滴液体能量。由此可见，这小小的一滴之中蕴含着何种可观的能量！

注视着缓缓旋转的气旋，萧炎心神微动，一缕紫色斗气便从中流淌而出，然后顺着“焚诀”功法的运行路线开始了奔涌。

随着斗气在特定的经脉中流淌，萧炎发现，外界的周身空间中，也开始渗透出一缕缕火属性能量，透过萧炎的皮肤，最后钻进经脉之中，被紫色斗气携带着，完成一个功法的完美循环。

完成了一轮功法循环，萧炎察觉到，现在那缕从气旋之中分出来的斗气，比几分钟之前雄浑充盈了许多。

变得雄浑的斗气，在完成循环之后，再度钻进了气旋之中，而在它进入气旋的刹那，萧炎的身体微微一颤，终于缓缓地睁开了眼眸，望着满脸期盼的药老，不由得耸了耸肩，有些无奈道：“黄阶中级！只进化了一级。”

“黄阶中级了？呵呵，预料之中。”

听到萧炎的话，药老倒并未感到有什么失望，望着他那郁闷的脸色，不由得笑道：“功法的进化，需要能量极其庞大的异火，你这紫火本来就没有达到条件，能够让功法勉强地进化一级，已经算是很不错了，而且依靠‘焚诀’的特异，虽然功法只到了黄阶中级，可就算是比起高级功法，那也是不遑多让，该知足啦。”

闻言，萧炎只得苦笑着点了点头，虽然他也知道不可能，不过他心中依然期盼着奇迹出现，让功法直接跳到玄阶功法。现在看来，这奇迹，还真是够虚幻的。

“唉，异火……吞噬紫火便让我吃尽了苦头，可取得的成效并不显著，若是真正遇见了异火，究竟是谁吞噬谁还不好说呢。”萧炎无奈地摇了摇头。虽然并没有亲身体验过异火的威力，不过看药老炼药的时候，他依然能够隐隐地察觉到那白得近乎阴森的火焰究竟有多恐怖。

萧炎狠狠地甩了甩头，将心中的一抹颓丧丢弃，不管怎么说，功法是真的进化了，而自己的时间还很长，一步步地来吧。他相信，总有一天，他能够吞噬到真正的异火，将“焚诀”进化成那存在于传说之中的天阶功法！

见萧炎逐渐从郁闷中恢复过来，药老含笑道：“既然你如今已经成为一名斗师，那么我们魔兽山脉的修行也该结束了！”

“那便走人吧，反正我看这破山也实在是烦了。”

“嗯，明日便动身吧。”药老点了点头，沉吟道，“算算时间，距离去赴云岚宗的三年之约，已经只有不足八个月的时间了。”

闻言，萧炎身体微顿，目光扫向山洞外面的夜空，半晌后，皱眉道：“也不知道她如今到了什么级别……”

“呵呵，放心吧，剩下的时间，虽然不能让你成为一名大斗师，不过，在斗师的级别上，提升几星，却还不是太过困难。”药老淡淡地道，话到此处，微微一顿，接着笑道，“而且，就算到时候她真的因为一些其他不可预计的原因，而导致实力暴涨到远远超过你的地步，你也要相信，我这把老骨头，不只是光会说大话而已，这加玛帝国内，还真没几个能让我看上眼的人，即使那云岚宗宗主云韵的实力能够排在加玛帝国强者之列的前三。”

“嘿嘿，我可从没怀疑过老师的能力，您说行，那我自然是相信的！”被种下一枚定心丸，萧炎也轻松了许多，当下讨好地笑道。

药老白了满脸讨好笑容的萧炎一眼，挥手道：“明日便动身离开魔兽山脉，我们的下一站，是加玛帝国边境处的塔戈尔大沙漠。事先提个醒，那里的修炼将远远比魔兽山脉艰苦与危险许多，你还是事先有些心理准备吧。”

“塔戈尔大沙漠……我两位哥哥，似乎就在那附近，若有空的话还可以顺便去瞧瞧。”

萧炎咧嘴笑了笑，拍了拍胸口，对着药老道："只要能够让我没有任何后遗症地快速提升实力，任何苦修，都摞我身上来吧！"

"嘿嘿，好志气！"药老一笑，不怀好意地瞟了一眼萧炎，"希望你到时候不会打退堂鼓，不过到了那地步，你就是想打，我也会强行把你给踢回去！"

萧炎讪讪地笑了笑，明智地保持着沉默。

"好了，回去休息吧，明天一早便动身离开。"药老刚欲回到戒指之中，身体忽然一顿，沉吟了片刻，道，"当年我曾经去过塔戈尔大沙漠，因为我听说，那块大沙漠之中似乎隐藏着一种异火，不过可惜，当年我并未寻找到，如果此次你运气够好的话，说不定有点机会……"

话到此处，药老看也不看双眼猛然大亮的萧炎，身躯一晃，便钻进了戒指之中。

"异火……"

萧炎的拳头有些激动地紧握着，转身向着山洞外行去，尝试过紫火的威力之后，他对那更加凶猛与恐怖的异火也愈加渴望了起来。

"一定要得到它！"

山洞之内，少年坚定中夹杂着一丝贪婪的低语声，盘旋不散。

从山洞上跃下谷底，萧炎目光在谷中扫了扫，发现那小茅屋之中，灯火依然通明。在茅屋之外，身着素白衣裙的窈窕身影正坐在小椅上，斜靠着门板，借助着火光，低头沉迷在手中的七彩卷轴之中。

似是听到了不远处响起的脚步声，小医仙微蹙着柳眉，将视线从卷轴上移开，望着那在月光下缓缓走过来的少年，不由得微微一笑："修炼完成了吗？屋内还有热着的食物。"

听到这般温软细语，萧炎心头微微触动了一下。这番话，这番场景，就犹如那久待丈夫归来的小妻子一般，轻柔的话语中蕴含着等待与关切。

萧炎脸庞上的表情越加柔和，他一屁股坐在小医仙身旁，偏头望了望她手中的《七彩毒经》，然后目光在那张俏美的脸颊上扫过。片刻后，他似是发现了什么，眉头微皱，有些无可奈何地轻叹了一口气，伸出手来，将小医仙红润小嘴旁的一丁点难以察觉的黑色粉末抹去，苦笑着摇了摇头。

看小医仙这般状态，很明显，在他修炼的这段时间，她又服了毒……

望着萧炎的举动，小医仙俏脸先是一红，紧接着看见了他手指上的丁点黑色粉末，顿时怯怯地将目光移了开去，片刻后，她又赶紧从怀中掏出一条白色丝巾，小心翼翼地将萧炎手指上的黑色粉末全部擦掉。

“我明天或许就得走了。”望着擦拭着毒粉的小医仙，萧炎忽然道。

小医仙擦拭的玉手微微一僵，片刻后恢复了平静，微微点了点头，轻声道：“在这里停留了这么长时间，也的确该走了。”

“你离开这里后，打算先去哪？”沉默的气氛持续了一会儿，萧炎笑着将它打破了。

“我想，离开加玛帝国之后，我或许会去出云帝国看看，然后在大陆四处游历。”小医仙强作欢颜道。

“出云帝国……”

萧炎心中呢喃了一声，再次苦笑了一下，即使他从没去过那个帝国，也知道一些关于出云帝国的消息。在那个帝国之中，毒师的数量比其他任何帝国都要多。

“我会去塔戈尔大沙漠继续修行，那里在加玛帝国的东部边境，而出云帝国则是在加玛帝国的西部。所以，明天动身的话，我们便得分开了。”萧炎揉了揉额头，抬起头望着天空上的星星，说道。

“哦。”微微点了点头，小医仙情绪明显有些不高，低声道，“那希望你保重。明天一别，也不知道什么时候能够见面了，说不定，以后的日子，我不会再回来……嗯，不过也不一定，如果日后的我，走到那人神共愤的地步……呵呵，我会回到这个小山谷，然后，等着这厄难毒体的命运终结。”

望着小医仙有些悲哀的光洁侧脸，萧炎微微张了张嘴，想要说点什么，却吐不出话来。毕竟，听药老所说，当年那位拥有厄难毒体的女人便干出了令人惊栗的灾难事件。

沉默了半晌后，萧炎只得轻拍了拍她的肩膀，劝慰道："不会的，虽然厄难毒体成熟后会有些可怕，不过只要你能够自控，不要一怒之下施毒杀个十几万人的话，应该不会有谁不长眼地来招惹你。"

小医仙苦笑了一声，微微摇了摇头，却保持了沉默。她并没有告诉萧炎，厄难毒体一旦成熟，其体内的毒素会使主人偶尔间有些精神错乱，如果处于那种状态之下，小医仙也不能保证会不会做出什么恐怖的事情来。

小医仙轻甩了甩头，沉吟了一会儿，忽然在萧炎疑惑的目光中起身走进小茅屋内，片刻后，小心翼翼地拿出一个精心包装的香袋与一个小玉瓶。

"这里面的东西，名为'落魂散'，虽然名字有些吓人，不过并不是纯粹的毒药，这是我在《七彩毒经》中找到的，也是现今为止我能炼制的最高级药粉。"扬了扬香袋，小医仙笑道，"这落魂散，能够散发出极其刺鼻的气味，而且我在里面加了一些特别的东西，日后如果你遇到解决不了的强者，可以将它撒向对方，在出其不意的情况之下，即使对方是一名大斗师，也会被药粉所释放的刺激味道给暂时封闭视线感官，你就趁机逃生吧。"

萧炎有些好奇地接过香袋，想要打开，却被小医仙赶忙阻止了下来。同时，她又将手中的玉瓶递了过来，嗔道："这些毒药可不会分什么敌我，你在使用它的时候，最好把我配制的解药吃了，不然，你的视线功能同样会被暂时封闭，让你成为瞎子。"

萧炎讪讪地缩回手，小心地将两种东西收好，说不定在日后的某天还真会用上它们呢。

将这些东西递给萧炎之后，小医仙又从怀中摸索出一只玉瓶，将它丢向萧炎，道："塔戈尔大沙漠里面是美杜莎蛇人的地盘，他们最擅长的便是蛇毒。这是我炼制的解毒丸，虽然不可能完全抵御蛇毒，不过一些实力不强的蛇人的蛇毒倒是能顺利地解去。"

萧炎摩挲着还带着点温度的玉瓶，微微一笑，虽然这解毒丸对他这炼药师来说没多大的用处，可小医仙这番心意却实在是让他有些感动。

“好了，我也就这些东西了，全都给你了，别想再剥削我。”小医仙摊了摊手，冲着萧炎俏皮地道。

萧炎笑着点了点头，伸出手指在纳戒上刨了刨，同样是一个小玉瓶出现在掌心中，玉瓶中还装有七枚回气丹，是先前萧炎修炼时没用完的。

萧炎抬起手中的玉瓶，将它冲着小医仙扬了扬，笑道：“想必你在青山小镇还没见过真正的丹药吧？”

闻言，小医仙灵动的双眸微微一亮，紧盯着萧炎手中的玉瓶，惊声道：“这里面装的是丹药？”

“嗯，喏，送给你了。”萧炎笑着点了点头，将之抛向小医仙，她赶忙小心翼翼地接住。

“小心一点啊，摔坏了怎么办？”小医仙接住小玉瓶，嗔怪地白了萧炎一眼，然后赶忙揭开瓶盖，从中倒出一枚碧绿的圆润丹药，放在俏鼻下嗅了嗅。清新的药香让小医仙略微有些沉醉与心酸。这种味道，她曾经追求了很多年，可惜，到头来，她却只能闻毒药的腥味。

“这就是丹药吗？果然不是我用普通火焰将药材粗糙地融合在一起可以相比的呢。”望着丹药表面的圆润与光泽，小医仙叹了一口气，无奈地道。

“好了，送你丹药，又不是要打击你，丹药名为‘回气丹’，它能够快速地恢复体内所消耗的斗气，与人战斗时，有回气丹的相助，那可能省不少的力。”瞧着小医仙自怜自艾的模样，萧炎摇了摇头，道。

“难怪上次和穆蛇战斗时你能支撑那么久，原来是有这种宝贝。”小医仙不客气地收好玉瓶，笑吟吟地道。

萧炎笑了笑，不再在这问题上纠缠。他斜靠着门板，静静地抬头望着漫天星辰。

被安静的气氛所感染，小医仙也沉默了下来，玉臂环着修长的双腿，灵动的眸子与天空上的星辰同时悄悄眨动。

月色迷人的幽谷中，一男一女安静地仰望着夜空，直到天空上的月亮逐渐地暗淡之后，睡意涌来的两人才互相依偎着，靠着门板，缓缓地沉睡了过去。

当第二日萧炎醒来时，发现自己不知何时躺到了床榻之上。他眼光在空荡荡的房间中扫过，狠狠地甩了甩头，将睡意从脑中赶走，然后坐起身来，走出小屋。

出了小屋，萧炎发现，山谷的上空，蓝鹰正在缓缓地盘旋着，嘹亮的鹰啼一声接一声，似乎它也知道了今日要离开这里一般。

“你醒啦？”就在萧炎四处寻找时，清脆的女子声忽然从左边传来。

萧炎偏过头来，望着挎着花篮、采集了一篮子药材的小医仙，不由得笑着摇了摇头，伸手在怀中摸了摸，最后摸出一枚在乌坦城拍卖会所得的纳戒，上前两步，抓起小医仙的玉手，将之套了上去，笑道：“算是送别的礼物吧，有了它，你储存药材也方便一些。”

小医仙把玩着手指上的纳戒，微微一笑，虽然知道这种东西比较昂贵，不过她并未拒绝。她将花篮中的药材一株株地小心收进纳戒中，然后再把《七彩毒经》等等东西全部装进去。她抬头对着萧炎柔声道：“你不去准备点药材？出去后可再难寻到这种好地方了哦。”

“嘿嘿，前两天就准备好了。”萧炎得意地扬了扬手指上的纳戒，笑道。

小医仙的美眸盯着萧炎那灿烂的笑容，俏鼻一挺，吐了一口气，将手中的竹哨放进红润小嘴中，轻轻一吹，淡淡的声波穿过云霄。听到声音，天空上的蓝鹰顿时盘旋而下，双翼扇动间，将萧炎两人身旁的植物吹得匍匐在地。

“走吧，最后一次的同乘了哦。”

萧炎笑着点了点头，伸出手臂，揽住小医仙，脚掌在地面一蹬，两人的身形便猛地拔地而起，最后稳稳地落在了蓝鹰背上。

站在鹰背上，萧炎望着越来越渺小的谷中茅屋，轻轻叹了一口气，喃喃道：“再见了！”

## 第十二章

# 炼化异火的必备之物

魔兽山脉东部，某处边缘地带的山峦上。

站在一处山顶之上，萧炎抬头望着天空上盘旋的蓝鹰，对着鹰背上亭亭玉立的白裙女子扬了扬手，大声笑道："小医仙，就在这里分别吧，日后有缘再见！"

"保重，萧炎！"

小医仙低头盯着山坡上的少年，微微一笑，笑容中有些许不舍，在最后一次挥手之后，终于不再停留，驾驭着蓝鹰，调转身形，在嘹亮的鹰啼声中向着西方天空飞掠而去。

萧炎立在山顶，一直目送着那道淡蓝的影子消失在远远的天边之后，方才缓缓地叹了一口气，这一别，不知道下次再见又要等到什么时候了。而且，再见的时候，或许会有些物是人非的感觉吧。

萧炎脸庞上略微有些落寞，不过片刻后，他的神态就恢复了正常。

站在山顶许久，萧炎待心情平静了一些，这才背负着巨大的玄重尺，转身向山脚走去。

萧炎此时的所在地，并不属于青山小镇的范围。这种小镇，在魔兽山脉附近并不罕见。

距离萧炎最近的一座城市，是坐落在加玛帝国东部省份的一座大型城市，其规模比乌坦城还要大一些。算起总体实力，这座名为黑岩城的城市，在加玛帝国的所有大型城市中，都能名列前茅。

萧炎此行的首要目的，便是先赶到黑岩城，因为只有这种大型城市才配有民用的飞行运输队。毕竟魔兽山脉与东部边境相隔太远，若要让萧炎自己步行前去的话，恐怕至少需要四五个月的时间，然而此时的萧炎并没有这些时间来挥霍，所以他必须前去黑岩城，乘坐飞行运输队到达帝国东部边境。

当然，萧炎也能够直接使用紫云翼飞行。不过，虽然他现在已经晋升成为一名斗师，但凭此就想要横跨大半个加玛帝国，却还是不可能。

而且，使用紫云翼飞行，太惹人注目。加玛帝国这么大，隐藏的强者也并不少，他可不想给自己招惹一些不必要的麻烦。

走下山顶，萧炎来到最近的一座小镇上，略作休整之后，便雇了当地速度最快的一辆角马车，马不停蹄地向黑岩城奔驰而去。

虽说这座小镇是距离黑岩城最近的地方，马车也足足赶了大半个下午的时间，方才隐隐看见黑岩城那巨大的轮廓。

站在马车之上，萧炎望着那在夕阳余晖的照射下反射出淡红光泽的巨大城墙，微微松了一口气。

马车行驶得近了，萧炎才发现，这座城市的城墙竟然完全由一块块整齐的黑岩搭建而成。听驾驭角马车的老人说，这里的城墙曾经抵抗过两名斗王强者的合力硬轰，却未曾被撼动，由此可见这城墙的防御程度有多强了。

角马车在城门口缴税之后，便被放了进去，通过有些黑暗的城墙通道，片刻后，视线豁然开朗，喧哗鼎沸的人声铺天盖地而来。这让猝不及防的萧炎脑袋微微发胀。

头脑有些眩晕地在老人笑眯眯的目光中下了马车，萧炎将车钱付清之后，望着扬长而去的马车，愣愣地站在街头，迷茫地望着周围拥挤的人群。习惯了幽谷中安静的萧炎，竟然忽然间不知道该干些什么了。

“先找个地方住一夜吧，不知道这黑岩城有没有炼药师公会，如果有的话，最好去测试一下，看能不能达到二品阶级吧。”药老的声音，忽然在萧炎心中响起。

“去炼药师公会？”萧炎一愣，愕然道，“那不是会暴露我炼药师的身份吗？”

闻言，药老顿时有些无语，半晌后方才哭笑不得道：“我似乎从没叫你隐瞒炼药师的身份吧？是你自己喜欢隐藏起来。我知道你喜欢低调，可你要知道，炼药师最让人害怕的，并不仅仅是他们能够炼制丹药，而是因为他们有着一种极其庞大的关系网，而织就这关系网的线条，便是炼药师的身份。毕竟很多强者都需要丹药，就要请炼药师帮忙，一旦这人情欠了下来，日后这位炼药师遇到什么麻烦，这些强者不是最好的打手吗？”

“当年的我，曾经被人找上门来报仇，对方那次来了一名斗宗、三名斗皇、五名斗王……想知道后来怎样吗？”药老笑眯眯地道。

最重要的部分没说，萧炎无奈地摇了摇头，只得道：“怎么样了？”

“后来我发了灵魂通讯，呃，这东西你日后就能知道，然后就跑来了三名斗宗、八名斗皇、十二名斗王、十八名斗灵，再其他的那些，我就没记了，而那结果，你应该可以想象。”药老笑吟吟地道。

萧炎走动的脚步骤然顿住。他缓缓抬起头，轻吸了一口凉气，三名斗宗、八名斗皇、十二名斗王……这种恐怖的阵容，毁灭一个帝国或许都没问题吧？炼药师真的拥有这般巨大的能量吗？

“嗯，所以，有时候将炼药师的身份暴露一下，并没有什么害处。”

“似乎有点道理，那明天便去炼药师公会测测有没有晋升到二品炼药师吧。”

萧炎依然有点迷茫地挠了挠脑袋，点头应了下来。他不是那种过于强求的人，如果有机会让某位强者欠他人情，他自然会把握，不过实在没有的话，那也没啥好焦虑的。

“嗯，另外，若有时间，去此地的拍卖会看看，若是有三阶魔核的话，尽量买下来。”药老沉吟道，“虽然我们还并没有找到任何一种异火，却得事先将所有的准备工作做好，不然到时候万一侥幸遇见了，恐怕就会失去这千载难逢的机会了。”

“三阶魔核？是炼制血莲丹的最后一种材料了吧？”萧炎缓缓行走在街道之上，目光随意地扫过周围的一些店铺，询问道。

“嗯，想要吞噬异火，至少需要三种必不可缺的东西来辅助，而血莲丹则是其中之一。

“血莲丹，这是让你接近异火的必备之物，没有它的防护，别说是你这小小的斗师，就算是一名斗皇强者，那也不敢轻易地接触异火。

“冰灵寒泉，如果说血莲丹是保护外体的话，那么这冰灵寒泉便是护卫你的体内，它能够保护你在炼化异火的时候不会被异火那毁灭性的温度焚烧成虚无。

“最后一种，名为纳灵，这东西能够在你体内开辟一个特殊的小空间，而这小空间则是用来储存异火的地方。毕竟，以异火那种毁灭性来说，如果你没有将之彻底炼化，那么除了这种空间，其他的任何东西都会被它瞬间焚烧，包括你的气旋以及身体。

“不过纳灵比较少见，说起来，它还和纳戒有些关系，可这种纳灵，只有在最高级的纳石中央位置才有可能寻找到。你要知道，高级的纳石是制造高级纳戒的必备材料，所以它的稀少程度可想而知，并且纳灵存在于高级纳石中的几率也不是很高。嗯……你现在应该能知道纳灵的稀有程度了吧？”

萧炎张了张嘴，满脸呆滞，半晌后，苦笑着摇了摇头：“冰灵寒泉和纳灵，这两种东西我听都没听过，你要我去哪找？”

“纳灵，你倒不用担心，当年我在寻找异火时，刚好多备了一丁点，所以你现在还缺少的，便是冰灵寒泉与三阶魔核。”药老笑道。

“冰灵寒泉那东西在哪能得到？”萧炎干笑着问道。

“极冷之地或者极热之地……”药老笑道。

“极热之地也能有？物极必反？”萧炎眨了眨眼睛，有些惊奇道。

“正是这个道理。”药老点了点头，微笑道，“当然，你如果运气够好的话，说不定能从别人手中或者拍卖场中得到，不过我想几率应该不大，毕竟只要稍稍识货的人就知道那东西非常稀有，一般不会轻易拿出来。”

“如果凑不齐这些东西，可我们又好运地遇见了异火，那怎么办？”萧炎转了转眼睛，问道。

“那就撤，放弃此次机会。不管它有多难得，没有这三种必备的东西，面对异火，沾者即死！”药老淡淡道，声音中没有丝毫犹豫。

“难道就没有其他代替的东西？”萧炎有些不甘地问道。

“有，不过这三种东西是我经过无数次实验方才挑选出来的最适合炼化异火的辅助之物。可以毫不客气地说，如果你说你有能大幅度提升炼化异火成功率的材料配制，很多炼药师就会花让你目瞪口呆的价钱来换取！”药老的声音中有着些许自傲，想必这三种材料真的是费了他不少的心血。

萧炎苦笑地摇了摇头，在一处宽敞豪华的旅馆之外停下，叹道：“好吧，我尽量寻找一下三阶魔核与冰灵寒泉，不过至于究竟能不能得到，我便不能肯定了。现在，我们还是先歇息一晚吧，明天去炼药师公会之后，便逛逛此地的拍卖会，希望不会让我们失望。”

第二日，第一抹晨晖刚刚洒向大地，萧炎便早早地出了旅馆，并且在出来之时，还顺便打听了一下炼药师公会的位置。

行走在清晨的街道上，萧炎想起先前在打听炼药师公会位置时那老板露出的惊异与谄媚神色，便暗自有些好笑与感叹。看来，炼药师的这种高贵身份的的确确已经深入每一个斗气大陆人的心中了，不然，这些人也不会在提起炼药师公会时便露出那般敬畏的神态了。

黑岩城不愧是能够在加玛帝国名列前茅的大城市，虽然此时是清晨，大街之上已是一片繁华，人声鼎沸；而且偶尔还有护卫军整齐走过，铠甲互相碰撞的声音在清晨的上空清脆地响起，犹如晨钟一般。

顺着旅馆老板所说的路线，萧炎慢慢地转过几条颇长的街道，转了好半晌，方才缓缓地停下了脚步，抬头望着眼前这幢大气磅礴的建筑物。

这幢房屋，造型颇为别致，整个外形看起来，就像是一个药鼎，在房屋的周围，还设置了犹如药鼎通火口一般的窗户，高高的房顶之上，硕大的鼎盖将房间遮掩住。

萧炎的目光落在那建筑物外淡紫色的檀香牌匾之上，五个有些模糊的古朴字，闪烁着淡淡的毫光。

“炼药师公会！”

萧炎嘴中喃喃了一句，偏头四下望了望，发现所有路过这幢别致建筑物的人都会对牌匾投去一抹敬畏的目光；当然，也有一些路人，对着一直傻傻地伫立在炼药师公会外面的萧炎投去带着些许诧异的目光。

萧炎没有理会周围的目光，手掌轻轻地摸了摸背后的玄重尺，这才对着炼药师公会大步走去。

走近门口，两名早已经注意他很久的全副武装的大汉伸手将他拦了下来，瓮声瓮气地道：“小兄弟，这里是炼药师公会，你要进去？有自己导师的介绍信吗？”

“呃？介绍信？”闻言，萧炎一愣，心头有些疑惑地轻声问道，“老师，那介绍信，是啥东西？”

“这个，我也不知道，斗气大陆上每个帝国都有自己的炼药师公会，而且规矩也不一样，我以前很少来加玛帝国，所以也不知道这是什么东西。”戒指中，药老同样有些愕然道。

萧炎无奈地摇了摇头，就在他苦恼之时，一阵香风忽然从后面扑来，在他的感应中，这阵香风的主人似乎并没有闪避的意思。萧炎微微皱了皱眉，只得侧身让了让。

萧炎刚刚让开，一道娇小的倩影便急匆匆地停在了他先前站的地方，然后也不理会一旁的萧炎，回转过头，对着后面娇声道：“老师，你快点吧！”

“唉，丫头，大清早的，这么急做什么啊？说不定现在弗兰克那老家伙还没起来呢。”有些无奈的苍老的声音从后面传来。

萧炎微偏过头，目光扫向那名迈着懒散步子缓缓走过来的老者，眼睛转了转，最后停留在了他胸口的徽章上，只见在那古朴的药鼎图案上，精心绘制着四条银色波纹！

“四品炼药师。”

萧炎心头惊诧地呢喃了一声，再次偏回头，望着站在身旁不远处的紫衣女子。女子年龄在二十左右，也颇美丽动人，一头长长的青丝被一条紫带束着，穿着一套紫色的紧身炼药师服饰，显得很高贵，毕竟，炼药师的服饰可不能随便穿戴。不过虽然穿着炼药师的服装，但她胸前并没有任何代表品阶的徽章。

察觉到萧炎打量的目光，女子微偏过头，望着萧炎那身普通服饰，不由得柳眉微皱了皱，丢给他一个大白眼之后，对着拦在门口的两名大汉娇哼道：“让开吧，挡着好玩是吧？”

“嘿嘿，琳菲小姐今天是来考一品炼药师的吧？奥托大师不愧是号称黑岩城最强的炼药师之一啊，短短三年时间，竟然便让小姐成为一名真正的炼药师了。”虽然女子的声音有些不客气，不过那两名大汉却赶忙赔笑，身体侧开，让开了一条通道。

“放心吧，等我正式成为一名炼药师，一定不会亏待你们！”

女子笑吟吟道，旋即目光随意地瞟了一眼一旁衣着普通的萧炎。虽然她的老师与父亲经常教导她人不可貌相，不过她上上下下打量了这位少年，却依然没发现他有什么与众不同的地方。论帅气，黑岩城比他帅的有一大把；论实力，就算对方是一名七星以上的斗者，可在她眼中，依然没什么了不起。在这黑岩城，即使是一名斗师，看见她也要恭敬地叫一声“琳菲小姐”。

琳菲缓缓地收回目光，微微摇了摇头，将注意力从萧炎身上移开，初次见面，虽然谈不上什么不屑，不过却也并未将之放进心中，纯粹是当作路人甲乙丙看待吧。

“唉，走吧，丫头，今天可别丢我这张老脸啊，不然日后弗兰克那老家伙肯定会用这事来取笑我的。”此时，后面的老者终于懒懒地走了过来，冲着女子取笑道。

“奥托大师！”见到老者，两名守卫大汉连忙恭敬地弯身行礼。

“呵呵。”对着两人笑着点了点头，被称为奥托大师的老者向前行了一步，目光忽然停在一旁无聊等待的萧炎身上，不由得微微一愣，不知为何，他有些模糊地觉得面前的少年有点不同，不过具体是什么地方不同，却又说不出来。

“放心吧，老师，不就是炼制一枚成形的丹药吗，这还能难得住您的乖弟子吗？”琳菲娇拉住奥托大师的手臂，撒娇笑道。

奥托宠溺地拍了拍琳菲的脑袋，对着萧炎露出了善意的微笑，然后拉着琳菲向炼药师公会内部走去。

“老师，你怎么对那人如此和善啊？可不像你的风格哦。”走进公会，琳菲疑惑地道。

“呵呵，总觉得那小家伙有点与众不同的地方，却说不清，或许是幻觉吧……”奥托笑了笑，随意道。

闻言，琳菲无奈地摇了摇头，跟着奥托快步向着内部行去。

“小兄弟，找到导师介绍信了吗？”目送着奥托走进公会，一名大汉护卫再次对着萧炎笑道。只不过看他眼中的怀疑神色，似乎并不认为萧炎能够拿得出来，事实也的确如此。

“抱歉，那东西我没有。”萧炎无奈地摊了摊手，扬了扬下巴，“刚才那位小姐好像也没给你们检查介绍信啊？”

“琳菲小姐的导师可是四品炼药师奥托大师，你不会连这名头都没听过吧？”听到萧炎的问题，那名大汉看他的目光，犹如看傻子一般。

萧炎无奈地叹了一口气，忽然缓缓地伸出手来。

“你想干什么？”望着萧炎的举动，两名大汉顿时脸色一变，手掌霍然抓向腰间武器，大喝道。

没有理会两人，萧炎目光直直地盯着手掌，片刻之后，一股汹涌的紫色火焰猛然自掌心腾烧而起，紫火的炽热温度让那两人脸色大变。

“凝聚实火？四品炼药师？”

惊骇的声音从两人嘴中不可置信地吐出，以他们经常守卫炼药师公会的见识，自然知道，凝聚实火必须至少是四品炼药师才有可能办到的事情，不过……如果说对面召唤出实火的人是一名行将就木的老者的话，他们倒还能平静一些，可面前的人分明只是一个二十岁左右的少年啊！

“抱歉，我并不是四品炼药师，不过因为一些关系，我能召唤它们罢了。”目光瞟了下周围，发现已有不少人被两名护卫的喊声吸引了过来，一些眼尖的更是看清了萧炎手中的紫火，惊叹声顿时在炼药师公会外响起来。

望着这一幕，萧炎无奈地摇了摇头，只得甩了甩手，赶紧将紫火熄灭，对着两名护卫道：“现在我可以进去了吗？”

“可以可以，小兄……哦，不，大人，您里面请！”两名护卫相视了一眼，赶紧卑微地弯下身子，恭敬地道。

进个门都引出这些麻烦事，萧炎只得在心中苦笑了一声，谁叫自己总喜欢低调，现在搞得身上不仅没炼药师的徽章，而且连公会的等级徽章也不曾有一个。

萧炎叹了一口气，手指弹了弹袖袍，然后缓缓走进了这座居住着黑岩城内地位几乎是最高的一种职业人的建筑物。

第十三章
# 炼药师公会

走进炼药师公会，一股淡淡的药香迎面扑来，让人心旷神怡。

大厅中人员并不多，只有寥寥数人在安静地做着自己的事情。似乎是听到了脚步声，一些人抬起头，目光瞟了一眼斜负着几乎要拖到地面的巨大黑尺的少年，眼中闪过一抹疑惑之后，便再次埋头各做各的事。他们并不认为谁会有胆子在炼药师公会捣乱。

站在略微有些冷清的大厅内，萧炎无奈地摇了摇头，刚欲找个人询问一下取得炼药师等级徽章的程序，一名身着淡青色衣裙的女子急忙从柜台后走出，向萧炎快步行来。

“这位先生，看您有些面生，应该是第一次来我们黑岩城的炼药师公会吧？”微笑着来到萧炎面前，青衣女子美眸扫视了一圈之后，含笑问道。

“嗯。”目光打量了一下面前的青衣女子，明眸皓齿的模样颇惹人喜爱，萧炎笑道，“的确是第一次来，我来是想领一枚炼药师等级徽章。”

“哦？您也是一名炼药师？”闻言，青衣女子明显怔了怔，美眸在萧炎身上扫了扫，愕然道。

“嗯，能告诉我有什么程序吗？”萧炎并没有在意女子眼中的那抹惊诧，笑着点了点头。

“您请这边。”见萧炎点头确认，青衣女子微微一惊，俏脸上明显多出了几分恭敬，退后几步，来到柜台前。

青衣女子从柜台中拿出一张泛黄的古朴羊皮纸，素手颇为优雅地握着笔，抬头冲着萧炎盈盈笑道：“先生，请说出您的名字、年龄、导师的名字，雅涵需要替你登记。”

“萧炎，年龄十九，导师……药老。”萧炎略微沉吟，方才笑道。

“先生可真是年少有为。”

听到萧炎的年龄，雅涵心中不由轻轻惊叹了一声，微笑着小小拍了一下马屁，之后柳眉忽然一皱，顿下手中的笔，思索片刻后，有些尴尬地道：“先生，您的导师的名字，似乎并没有在我们炼药师公会的记录之列。”

“他老人家喜欢隐居，所以未曾登记过。怎么？必须有他记录才能领？这样的话，我看那还是算了吧。”眉头微皱，萧炎摇了摇头，然后转身欲走，他没想到领这东西竟然如此麻烦。

“先生，请等等。”见萧炎要走，雅涵急忙道，“虽然没有您导师的记录，不过，只要您能通过考核，一样可以领到等级徽章。”

闻言，萧炎这才停下脚步，心中松了一口气，转身笑望着雅涵。

快手快脚地收好桌上的东西，雅涵将登记表拿在手中，然后对着萧炎招手道：“先生，请跟我来吧，如果您能通过等级考核，便能顺利领到等级徽章，嗯……先生是考核一品炼药师吧？”纤手翻看着资料，雅涵随口微笑着问道。

“不是，二品。”萧炎摇了摇头，轻笑道。

雅涵走动的脚步骤然一顿，停下了身子。萧炎没注意差点撞了上去，不过好在刹车及时，当下便疑惑地望向前面身姿窈窕的雅涵。

“您说……您要考核二品炼药师？”雅涵偏过头来，微张着红润的小嘴，惊愕地盯着萧炎。十九岁的年龄，就想考核二品炼药师？这在加玛帝国炼药师公会可还是首例啊！

“嗯，有什么问题吗？”微微点了点头，萧炎淡淡地道。

“没……没有。”回过神来，雅涵急忙摇了摇头，看向萧炎的目光中，恭敬越加浓郁了一些，轻声道，“萧炎先生……”

“叫我萧炎就好。”萧炎笑着打断她的话。

“呵呵，好。”雅涵好歹也在炼药师公会待了一段时间，平日见的大人物也并不少，所以听萧炎这般说，也省去了那些绕口的称呼，笑吟吟地道，“你以前并没有领过职业徽章吧？”

“嗯。”

“既然这样，那你得先从一品炼药师开始考核，如果成功晋级的话，才能继续考核二品炼药师。”雅涵微笑着将考核的程序与萧炎说了一遍。

“唉，那便一个个地来吧。”闻言，萧炎一怔，旋即无奈地点了点头。

雅涵微微一笑，行走的速度缓缓慢了下来，片刻后在一处大门前停了下来，四名身形剽悍的大汉正全副武装地守在此处。

目光在四名大汉胸口上扫过，萧炎心头微感凛然。他发现这四人竟然都是九星斗者，而且看其中一人那平稳而悠长的气息，显然已经停留在此级别有很长的时间了，观其眼中偶尔掠过的精光，进入斗师级别似乎指日可待。

“特亚大叔，里面的考核开始了吗？”雅涵将手中萧炎的资料递给那名实力最强的大汉，笑吟吟地问道。

“呵呵，还没有，不过快了，你又带了新人进来吗？看起来似乎挺不错啊。”那名被称为特亚的大汉目光在萧炎身上扫视了一圈，心头升起一股惊异，以他的实力，竟然看不出面前少年的底来。

“嗯，好了，进去吧。”

特亚仔细地检查了一下登记表上面的资料以及印章，这才从怀中掏出一个黑色臂章，臂章上面绘有一个大大的“五”字：“这是你的考号，别弄丢了。”

萧炎接过臂章，将之套在手臂上，对着特亚感谢地笑了笑。

“萧炎，下面便只能你自己进去了。按照规定，我们是不能随便进入里面的。”见手续已经齐全，雅涵轻笑道。

“嗯，多谢了！”萧炎笑着点了点头，对着几人拱了拱手，这才闪进大门之内。

亮堂的灯光将宽敞的大厅内照得犹如白昼。此时的大厅内正簇拥着不少的人，窃窃的笑声偶尔响起。

萧炎的目光在这些人胸口处扫过，惊异地发现，他们之中竟然大多是真正的炼药师。

在人群中，萧炎居然还发现了两名四品炼药师，其中一名正是先前萧炎所看见的那位被称为奥托的大师，而另外一位同样是一名老者，听周围人的称呼，萧炎方才知道，这老人便是黑岩城炼药师公会的会长弗兰克。

在大厅的中央位置设置了十几个石台，石台上摆满了各种各样的炼药器械。此时，在这些石台内正站着七位有些迫不及待的年轻人，而那名叫琳菲的女子也正在其中。

“弗兰克，雪魅呢？怎么还不见出来？考核时间快到了！”奥托目光扫了扫桌面上的沙漏，偏过头，对着身旁正与旁人笑谈的弗兰克道。

“别急，别急，这可是雪魅第一次考核，她自然要准备齐全。”弗兰克摆了摆手，望着等得有些不耐烦的奥托，苍老的脸庞上露出一抹笑意。

闻言，奥托撇了撇嘴，哼哼道：“还有十分钟，再不出来，就算你是会长，也不能无缘无故地推迟开考时间。”

弗兰克笑了笑，转过头，视线在大厅内扫过，最后微微一顿，望着那不知道何时进来的少年，目光扫过他手臂上的臂章，不由有些诧异地道：“小家伙，你也是来考核炼药师的？”

生平第一次看见这么多同行，萧炎心中正有些兴奋，听到弗兰克询问，微微一怔，旋即点了点头。

见萧炎点头，弗兰克老眼中更是多了一分惊异，笑问："小家伙的年龄？"

"十九。"搞不清楚这位看起来明显地位不低的老者想干什么，萧炎只得如实答道。

"哦？"听到萧炎的回答，不仅弗兰克惊咦了一声，就连那奥托也将目光转了过来。当他望见萧炎之后，不由得一愣，旋即含笑道："我就说这小家伙似乎有点不平常，原来你也是一名炼药师，不过为什么刚才我竟然没有感应到？按道理，实力在我之下的人，很难在我面前掩饰身份啊。"

听到奥托这话，萧炎也只得满脸茫然地摇头故作不知，有药老的守护，以老者那四品炼药师的实力，又怎可能发现萧炎的真正实力。不过好在奥托并没有追根究底，见萧炎一脸茫然，便停止了询问。

"啧啧，十九？老奥托啊，这小家伙的年龄可是比我们两人的弟子都要小上好几岁啊。"弗兰克啧啧赞道。

"还是待会儿等这小家伙顺利通过再赞叹吧，虽然话有点损人，不过前两年琳菲十九岁时，不也来考核过吗？"奥托摇了摇头，笑道。虽然他并没有看不起萧炎的意思，不过十九岁便想一举考取炼药师，这在黑岩城的炼药师公会中似乎从未有过成功的先例。

"你那丫头，那时候纯粹是来捣乱的好吧？那时候的她，可差点把药炉给炸了。"弗兰克摇了摇头，笑骂道。虽然先前他嘴上夸赞萧炎，不过他也清楚，十九岁便想考取炼药师，难！

毕竟，想要成为一名真正的炼药师，除开先天灵魂属性，还必须要是一名真正的斗者，并且在成为斗者之后，至少还需要在导师手把手的教导下初步学会炼药术，而这个学习阶段至少需要一年的时间！

总的说来，十九岁想要成为一名一品炼药师，那么他就必须是在十八岁，甚至十七岁之前成为一名斗者，可这种让人有些恐怖的修炼天赋，算起来，可是比炼药师的独特灵魂属性还要少见！

所以，即使弗兰克与奥托见多识广，也并不看好面前的少年能够成功通过考核。

“得了吧，别以为我不知道，你当年私下给雪魅开小灶考核，她不也一样把药鼎给炸了嘛。”

见面前两人互相揭老底，萧炎无奈地摇了摇头，刚欲开口询问，一个带着些许冰冷的淡淡声音忽然在身后响起。

“老师，抱歉，我来迟了。”

突如其来的声音，犹如那雪山上雪岩互相敲击的清脆空灵声响，颇为动听。萧炎发现，在这声音响起之后，大厅内至少有一大半的青年将有些炽热的目光投向了他身后。

萧炎抿了抿嘴，也有些好奇地缓缓偏过头，望着从大门处优雅行进的银袍女子，眉尖微挑，目光中隐隐掠过一抹惊艳。

这位女子身材修长，眉眼如雪山上的清泉一般清澈，精致的脸蛋，细长的秀眉，穿着一套紧身的银色裙袍，银色的衣物与那如温玉般的肌肤互相映衬，更是让女子多出一分难以掩饰的特殊金属般的冰冷风情，最让人诧异的还是这位银袍女子竟然拥有一头长长的垂腰银色发丝。

这种银色，并非那种因为某种病症而变异的苍白银色。轻柔银丝随风飘扬，让银袍女有种奇异的吸引力。

萧炎目光细细地打量了一番，心中惊叹不已，难怪此女能让大厅内的大多数人眼光火热，这般风情与气质，倒还真算个上品佳人。

与她相比较，那位叫琳菲的女子则少了一分空灵的气质，特别是那头纯银却又不失光泽的柔软银丝，更是让一些女子心中忍不住嫉妒。

萧炎微微侧过身子，非常自觉地让开了一条路。

银袍女子缓缓走来，目不斜视地从萧炎身旁走过，径直走向弗兰克。

“老师！”来到弗兰克面前，银袍女子精致的脸颊上露出一抹淡淡的笑意，刹那间的笑容，就犹如冰山上盛开的雪莲，让人大生惊艳之感。

“呵呵，你可终于来了，奥托这老家伙早就等不及了。”目光柔和地盯着面前的得意门生，弗兰克欣慰地笑道。

“奥托大师！”银袍女子微偏过头，向一旁翻着白眼的奥托微微行了一礼。

“雪魅丫头还是这么懂礼貌，比我那……好了，好了，来了就快开始吧。”奥托笑着点了点头，回过头来望着自家学生那噘起的小嘴，不由得摇了摇头，赶忙改口道。

雪魅微微点了点头，在众人的注视下，也走到石台后面，她与琳菲之间刚好隔了一个空台子。

两人目光对视，都隐隐有些火花闪烁，看来她们两人之间似乎也并不是一团和气。

“哼，待会儿可不要又炸鼎了，你自己失败没关系，可别打扰到我。”琳菲玉手拍了拍面前统一型号的药鼎，俏鼻一挺，轻哼道。

“我想，即使没有干扰，你失败的可能性也应该不小。”雪魅淡淡地笑道，虽然她表面上看似有些冷冰冰的，不过对于这和自己竞争了好几年的对手，她依然难以保持绝对的平静。

“好了……”对于考核还未开始，两人之间火药味便已经很浓的情形，弗兰克无奈地摇了摇头，然后对着一旁的萧炎笑道，“小家伙，你去那里吧，我可是很期待你的表现哦，呵呵，若是失败了也没关系，你还有大把的时间呢。”

听他话中的意思，似乎对萧炎顺利通过考核的期望并不大。

萧炎耸了耸肩，顺着弗兰克的手指看去，不由得无奈地摇了摇头，因为他发现，他的位置正好处在那两位火药味正浓的女人中间。

针锋相对的两女听到弗兰克的安排，都不由得拿眼睛瞟了一眼萧炎，虽说萧炎算不上是那种英俊得会让女人看上一眼就会倒贴的绝世美男，至少不会让人看着心生厌恶，所以两人倒未出口反对，随意地瞟了眼后，便收回目光，开始检查石台上的炼药器械。

萧炎无奈地摇了摇头，无视后面那几位年轻同行射来的嫉妒目光，慢吞吞地走进石台后面，眼角往两边扫了扫，二女那各不相同的美丽风情倒让他心里自我安慰了一番，然后也开始检查石台上的工具。

一品炼药师的基本条件，是必须单独地成功炼制出成形的丹药，而至于是何种丹药，可以由炼药师公会来设定。

萧炎拿起石台上的一张羊皮纸，看了看，这是一种名为蓄力丹的丹药药方。这种蓄力丹的效果，能够让服用之人在短时间内增加一点力量。这种丹药，在一品丹药中，虽然只能勉强算是中等，不过对于第一次参加考核的新人来说，无疑有些难度。

萧炎手拿着蓄力丹药方，目光向左右瞟了瞟，发现似乎每个人所拿到的药方都不相同，而看旁边两女的神色，似乎对自己所要炼制的丹药颇有信心。

“这老头难道是故意刁难我不成？”萧炎心头嘀咕了一声，瞟了一眼笑容满面的弗兰克，然后无奈地摇了摇头，再次看向石台。

在石台上，这种蓄力丹所需要的药材整整齐齐地备了三份，也就是说，如果谁在炼制中将这三份药材用尽还炼不出丹药，那么考核就宣告失败。

药材一旁，还摆放着几只色泽不错的玉瓶，想来应该是装丹用的。

大致看了看石台上的东西，萧炎心中有了底。以他现在的炼药术，想要成功炼制出这蓄力丹，并不会花费多大的气力；而且有紫火的帮助，他炼药更是如虎添翼，区区一枚刚刚跻身一品行列的丹药，还真是难不倒他。

由于此时还未宣布考核开始，萧炎的目光便随意地扫了扫两女石台上所摆放的药材。萧炎抿了抿嘴，经过药老的指导，现在他只是略一扫过这些药材，便能模糊猜到她们究竟是想要炼何种丹药。

“复伤丹，凝火丹……为什么就我的药方要困难些？”萧炎心中不满地嘟囔道，他的蓄力丹与雪魅、琳菲的药方比起来，无疑是最为困难的一种。

“这两个老家伙以权谋私……”无奈之余，萧炎只得在心头狠狠地将弗兰克与奥托两人诽谤了一番。

“检查完毕了吧？如果没问题的话，那么考核开始！”

目光在石台中扫过，见无人发言，弗兰克手掌一挥，一股劲气便透掌而出，最后砸在大厅顶部的古朴铁钟之上。顿时，清脆的钟声在大厅内响了起来。

听到钟声响起，除了萧炎，所有的考生都将手掌迅速贴在了药鼎的火口之上，体内斗气狂涌而出。随着“噗噗”的几声闷响，药鼎之中都烧腾起了火焰。

当药鼎内的火焰腾烧起来之后，石台的外部竟然缓缓升起一圈透明的光幕，光幕呈正方形，将考生全部包裹在其中。

随着光幕护罩的开启，大厅内完全安静了下来，所有人都全神贯注地紧盯着石台中考生的动作，偶尔瞧见控制力颇为不错的新人，则会暗暗地点头。

萧炎站在石台处，转头四处望了望，发现药鼎之内的火焰，除了雪魅以及琳菲两人的斗气火焰要深沉一些之外，其他人，无一例外全部都是淡黄之色，显然，他们的真实实力应该都是在四星斗者之下。

所有人都开始了炼药，唯独萧炎还在傻傻地望着周围，这种模样犹如鹤立鸡群一般，不惹人注意都难。

“那小家伙……在干什么？”弗兰克皱眉望着萧炎，疑惑地道。

“这个……不知道。”奥托摊了摊手，同样有些迷惑。“这小家伙不会连怎么生火都不知道吧？如果是那样的话，那也太喜剧了吧？”

“他有导师介绍信吗？我看看是谁培训出来的学生……”弗兰克挥手叫来一名手下，说道。

“会长，他似乎没有导师介绍信，不过他的记录上，写的是一名叫作药老的炼药师……”那名手下翻了翻萧炎的资料，苦笑道。

“药老？”弗兰克茫然地眨了眨眼睛，偏头望着奥托，“你听过这名字没？”

“我在加玛帝国混了几十年，从没听过哪位有资格收学生的炼药师叫药老。”对于这个陌生的名字，奥托同样是满头雾水。

“算了，等考核结束后详细问一下吧，看现在的情况，我觉得我们似乎被那小家伙消遣了。”

将手中的资料愤愤地丢给身旁的手下，弗兰克脸色有些不好看，毕竟在他所管辖的分会中，竟然发生这种搞笑事件，若是传出去，说不得会被其他城市的炼药师公会取笑。

在外面的弗兰克等人对萧炎的举动心生愤愤之时，光幕之内，雪魅与琳菲也有些愕然地望了一眼这举止与众不同的少年，这家伙以为现在是在玩耍吗？

萧炎自然不知道他的踌躇惹得这么多人关注，沉吟了半晌，轻叹了一口气，手掌缓缓地贴在火口之上，心中无奈道：“算了，火焰独特一点就独特一点吧，反正他们又不可能把我抓去切片研究……”

心中这般自我安慰一番之后，萧炎体内斗气开始奔涌，快速地穿过经脉，然后顺着手掌，一声轻响，传进了药鼎之中。

“嘭！”随着一声闷响，汹涌的紫色火焰猛然间自药鼎之中腾烧了起来。

与此同时，光幕外，弗兰克正有些气愤地从手下手中接过茶杯，刚刚喝了一口，眼角突然扫见了萧炎药鼎中升腾而起的紫色火焰，当下眼瞳骤然睁大，“噗”的一声，口中的茶水喷了一地……

茶水将衣襟打湿，可弗兰克却管不了这些，只见他手指颤抖地指向光幕中的萧炎，惊骇地失声道：“紫色火焰？异火？”

闻声，满厅瞬间死寂，一道道目光，霍然转向光幕中的萧炎……

“那家伙竟然召唤出了紫色的火焰？难道是异火？怎么可能？！”

大厅之内，所有的炼药师震惊地望着那在药鼎之中翻腾的紫色火焰，由于有着光幕护罩的隔离，所以他们也不能确定。不过，那种火焰的颜色可绝对不是普通斗气凝练而出的斗气火焰啊！

“异火？”弗兰克与奥托对视了一眼，旋即微微摇了摇头。

“有点不像……而且，凭这小家伙的实力，根本不可能如此熟练地控制这么浓郁的异火！”奥托双眼死死地盯着那随着萧炎感知力的控制而不断升腾的紫火，沉声道。

“的确有点不像，异火可不是这般容易控制……”弗兰克抹了抹胡须上的水迹，脸庞上的表情同样极为凝重。

“可为什么他的火焰会是紫色的？”弗兰克与奥托眉头紧皱，心中有些茫然，他们还从未听说过，除了异火，有什么火焰会呈紫色。

“这小家伙不简单呐，难怪如此年纪便敢来考一品炼药师，原来是有这个底子，看那紫火的浓郁程度，我想，这小家伙的实力，定然是在斗者五星之上，当真是可怕的修炼天赋啊！”缓缓平息下心情，弗兰克感叹道。

“我就说为什么第一次见到他时有种古怪的感觉，没想到，他竟然还真的在我眼皮底下隐藏了一些实力，这小家伙，挺神秘的啊……”奥托手掌捋着长长的胡须，冲着弗兰克笑道，“我忽然间很想见识一下他的老师，我想知道，究竟是什么人，居然能够调教出如此优秀的学生。唉，与他相比起来，雪魅与琳菲都是要差好多啊。”

“嗯。”弗兰克微微点了点头，笑道，“亏这两丫头争了这么多年，如今这位叫萧炎的少年却给了她们当头一棒，也让她们知道什么才叫‘天外有天，人外有人’啊！”

“向其他城市的炼药师公会发一个通报，请他们帮忙查一下，究竟有没有一位叫药老的高级炼药师……能够培养出这种学生，不该是无名之辈！”弗兰克挥手将一名炼药师叫过来，低声吩咐道。

那名炼药师恭敬地点了点头，然后悄悄地退出了大厅。

一旁，奥托见状只是微微笑了笑，然后再次将目光投进光幕之中，嘴中轻声道：“他虽然能够操控这种有别于其他火焰的紫火，不过炼丹并不是光靠火焰，灵魂感知力以及对火候的把握，各种药材需要成分的多少，凡此种种，都是颇为重要的。现在，还是继续看下去吧……”

弗兰克点了点头，身为四品炼药师的他，自然知道这些，所以当下也不再说话，目光注视着光幕之内正全神贯注地炼制丹药的少年。

他们两人安静下来，大厅内也再次陷入了平静，只不过这一次，目光都一直停留在萧炎身上。很多人想知道，这位能够操控疑似异火的少年在别的环节上是否依然能够表现杰出。

处于光罩之中的萧炎，自然是没有闲心关注外面那因为紫火而骚动的大厅，目光粗略地在石台上扫过，然后不急不缓地拈起几种药材，有条不紊地丢进药鼎之中。在灵魂感知力的压制之下，凶猛的紫火犹如绵羊一般温顺，将那丢进药鼎中的药材温柔地包裹住，然后将炼制蓄力丹所需要的各种精华材料从中提炼出来。

在萧炎这般平缓的炼制之下，药鼎之中，蓄力丹的雏形正缓缓形成。

虽然光幕之中，每个石台都被更小的方形光幕隔了开来，不过萧炎的紫火实在是太过另类，所以在他将之释放出来后不久，他左右两侧的雪魅与琳菲便有所察觉地偏过头来。当她们的视线瞟见那升腾的紫火之后，美眸猛然睁大，随着一声轻微的闷响，两人药鼎之中正在提炼的药材顿时在她们分心之下被烧成了灰烬。

没有理会化成灰烬的药材，两人微张着红润小嘴，愣愣地望着那在萧炎的控制下似急似缓、似热似温的紫色火焰，片刻之后，皆是不由得在心中轻吸了一口凉气。

虽然她们并不知道萧炎的那种紫火是什么东西，不过从火焰的汹涌程度上来看，绝对要比她们的深黄斗气火焰更加难以控制一些。

然而，从面前少年那从容的举止来看，对于这紫火的控制，他得心应手，即使雪魅与琳菲心高气傲，也有些自愧不如。

两女的目光从药鼎上移开，最后犹如心有灵犀一般，将目光投向了那将所有心神都投注在药鼎之内的少年。

此时的少年，清秀的脸庞上并未有丝毫紧张之感，脸庞因为紫火的腾烧而被映射出淡淡的紫色，他那股风轻云淡的从容气质让两女恍惚觉得，他并非是一个不足二十岁的青涩少年，而是一个有着丰富炼药经验的高级炼药师。

这种平缓而从容的气质，雪魅与琳菲都只是在自己老师炼药时方才能够看到；此时，面前的少年却让她们再次重温了一次。

两女的目光略微在半空中交错了一下，都瞧出对方脸上的一分苦笑与挫败。

“唉……”雪魅的目光再次在萧炎身上转了一圈。她轻叹了一口气，玉手捋了捋额前的银丝，然后收回注意力，再次将心神投注进药鼎之中。

“这家伙，隐藏得还真深……我竟然又走眼了……”再次瞥了一眼萧炎，琳菲小嘴轻轻嘟囔了一声，先前还在她心目中是路人甲乙丙的萧炎，此时已经升格为那种拥有恐怖的天赋，值得她极为重视的高等人物。

琳菲摇了摇头，想起这身份转变的速度，也苦笑着叹了一声，然后将第二份药材丢进了药鼎之中，开始重新炼制。

将所有心神投注在药鼎之中的萧炎，自然没有察觉到身旁这二女对自己的注视，目光紧盯着药鼎之内。

在萧炎的凝神之中，时间过得飞快，药鼎内的丹药翻滚了多少次之后，终于变得圆润了起来。望着丹药表面的色泽，萧炎微微一笑，手掌缓缓离开了药鼎，药鼎之中的紫色火焰也缓缓消散。

屈指轻弹，药鼎之上的鼎盖被一缕劲风弹了下去。手掌一招，一枚淡黄色的丹药便从鼎中飞落到萧炎手中。

萧炎抓起一只玉瓶，飞快地在身前一扬，那枚淡黄丹药便被准确地收入其中。

萧炎缓缓地将玉瓶放下，抬起头，竟然发现周身的光罩不知何时已经撤了，而且周围的一道道视线正在紧紧地注视着自己。

“呃……考核时间到了？”萧炎偏头望了望，发现雪魅与琳菲也正注视着自己，不由得讪讪问道。

望着萧炎那有些尴尬的神色，雪魅微微一愣，旋即微笑着点了点头，清冷的声音较先前多了几分柔和：“刚到几分钟，不过老师看你似乎还未完成，所以等了片刻，放心吧，不会因此取消你的考核资格。”

萧炎冲着雪魅感激地笑了笑，抬起头，望着笑眯眯走过来的弗兰克与奥托。

缓缓走到石台面前，弗兰克颇有深意地瞥了一眼萧炎，笑吟吟道：“小家伙，隐藏得很深嘛。”

萧炎摊了摊手，没有说话。

弗兰克与奥托先是交叉着将一旁雪魅与琳菲所炼制的丹药取过，然后细细地观察了一下丹药的成色以及光泽等等，微微点头，笑道：“还不错，虽然丹药依然有些欠缺火候，不过也达到了通过审核的标准。”

闻言，雪魅与琳菲都松了一口气。

将两女的丹药检查完毕之后，弗兰克与奥托并未立刻检查萧炎的，反而是绕过他，将后面六位新人的丹药拿起来审核了一遍。这六人之中，只有两人达到了要求，其余四人都垂头丧气地低着头。

“呵呵，你们也不用丧气，今年不行，那就明年吧。年轻人，别的没有，时间倒是最多。”望着那四人的模样，弗兰克笑着劝慰了一声，然后与奥托对视了一眼，两人再次来到萧炎面前。

瞧见弗兰克与奥托的举动，大厅内的目光都缓缓停在了萧炎身上。

一旁，雪魅与琳菲也好奇地盯着萧炎。她们同样想知道，这能够操纵神秘火焰的家伙，炼出的丹药会是何种等级。

顺手拿起萧炎石台上的那张羊皮纸，弗兰克瞟了一眼，老脸微微一变，惊愕道：“蓄力丹？”

“呃……”闻言，奥托也是一愣，旋即恍然地笑道，“难怪小家伙用的时间要长一些，原来你竟然拿到了这个药方。”

听到“蓄力丹”的名字，雪魅与琳菲便无奈地摇了摇头，别的不说，光是在这药方的等级难度上，她们便逊色了一筹。

“啧啧，小家伙有能耐啊，竟然连蓄力丹都能顺利炼制出来，这丹药即使是一些真正的一品炼药师也难以炼制出来啊。”弗朗克惊叹地咂了咂嘴，将玉瓶倾倒过来，顿时，一枚淡黄色的圆润丹药便调皮地滚了出来。

丹药约有拇指大小，通体淡黄，隐隐有一圈碧绿波纹夹杂其中，犹如扩散的涟漪一般，看上去颇为奇异。

“丹纹……”

望着那一圈碧绿波纹，弗兰克与奥托再次惊叹地咂了咂嘴。一般当丹药的成色与光泽达到顶峰时，才会出现这种丹纹。

“丹纹”二字入耳，雪魅与琳菲便知道，这场考核，她们两人是绝对比不上身边这少年了。

“恭喜你，萧炎，你通过了一品炼药师的考核。”

将丹药装回玉瓶，弗兰克缓缓地吐了一口气，对着少年笑道。

闻言，满厅的人都将羡慕与惊叹的目光投向石台中的幸运少年。

“呃……那个……”听到这话，萧炎眨了眨眼睛，挠着头，轻声道，“那个……我能不能继续进行二品炼药师的考核？”

听了少年这句话，满脸笑容的弗兰克与奥托脸庞骤然呆滞……

## 第十四章
# 最年轻的二品炼药师

“继续申请考核二品炼药师？”

萧炎的话语，不仅让弗兰克与奥托两人满脸呆滞，就连一旁的雪魅与琳菲两女也骤然顿住手上的动作，抬起头来，满脸惊愕地望着石台后的少年。

大厅内所有视线都傻傻地盯着少年，如果说先前萧炎顺利通过一品炼药师的考核让他们心中充满惊叹的话，那么现在他的再次申请却是让众人目瞪口呆了。

十九岁的一品炼药师，虽然稀罕，不过在加玛帝国并不是绝无仅有，可十九岁的二品炼药师，那可真的是凤毛麟角了啊。要知道，即使是加玛帝国内的丹王古河，在这个年龄时，也不过刚刚才是一品炼药师而已。

如果萧炎今日真的顺利通过了二品炼药师的考核，那岂不是说他日后的成就将会比丹王古河更大？

“天哪……我们似乎看见了一个怪物从黑岩城炼药师公会崛起了。”大厅内，众人面面相觑，旋即苦笑着轻声道。

“你这家伙……可莫要太小看二品炼药师的考核条件了，想要通过二品炼药师的考核，不仅要炼制出二品的丹药，而且本身实力必须达到斗师级别！斗师，你达到了？”偏过头，琳菲望着少年微笑的面孔，不由得皱着黛眉道。

“斗师吗？……”萧炎笑了笑，望着琳菲那张美丽动人的俏脸，笑吟吟地道，“我只是想试试而已，能不能过，也没太大的关系。”

“你真的想考核二品炼药师？”望着那听了琳菲的话后依然没有放弃的萧炎，弗兰克与奥托对视了一眼，沉声询问道。

“应该没什么问题吧？”萧炎挠了挠头，笑着道。

“你有几分把握？”

奥托的脸色此时也是略微有些凝重，如果面前的这小家伙真的通过了二品炼药师考核，那可是一个了不得的人才啊！说不定日后的加玛帝国炼药界将会出一个比丹王古河更强横的炼药师！这对于帝国的炼药界来说，无疑是一个颇为轰动的大消息啊！

“呃……五分吧。”萧炎抿了抿嘴，在分析了一下他对炼制二品丹药的成功率之后，这才报了一个数据，由于怕把话说得太满，数据略微有些保守。

然而，即使这数据在萧炎心中有些保守，可奥托与弗兰克的身体依然同时微微震了震，而其他的一些人更是脸色大变。

炼制二品的丹药，有着不小的失败率，即使在场的一些炼药师也不敢打包票说自己炼制二品丹药能够达到五成以上的成功率！然而，面前的少年却是脸带笑容地说出了这话。顿时，大厅内的几位二品炼药师心中都是掠过一抹质疑。显然，他们并不相信萧炎所说，即使他拥有那种有些奇异的火焰！

“五分……”雪魅心中喃喃了一声。她微微偏过头，望着石台后少年那颀长的身子，不由得在心头轻声道，“这家伙，是不是有些太猖狂了？”

“怎样？能继续考核吗？如果实在不行的话，那便算了吧，反正我只是暂时停留在黑岩城，如果有机会，下次再去别的地方考吧。”见弗兰克与奥托没有应话，萧炎无奈地摇了摇头，说道。

“等等！”

听到萧炎这话，弗兰克急忙道。开玩笑，这可是一个能够让黑岩城炼药师公会在同行面前露脸的大好时机，他可不会让萧炎跑到别的城市去考核，那样岂不是白白地将这个机会送给别人了吗？

“来人，立刻准备二品炼药师的考核程序！”弗兰克再次与奥托对视了一眼，两人都从对方眼中看出一抹兴奋，于是手掌一挥，轻喝道。

闻言，身后的几名炼药师赶忙出列，快步走进大厅的一处侧门之内，在那侧门之上写有“二品炼药师考核场”的字样。

“好，我就让你接着考核。小家伙，你可千万别忽悠我们两个老家伙啊。”弗兰克拍了拍手，转头对着萧炎笑道。

“我尽力吧……对了，听说通过考核之后，会在公会登记，之后就能够享受到一些公会的特权？”萧炎走出石台，笑问道。

“呵呵，没错，炼药师炼制丹药，总需要一些千奇百怪的奇珍异草，而一个人又不可能每天四处奔波将这些东西收集齐全，所以你在我们加玛帝国炼药师公会登记之后，便能享受到一种交换的权利……比如说，你炼制某种丹药，缺少一种药材，而别的炼药师手中正好有这种药材，那么在双方心甘情愿的情况下，我们公会可以帮你们完成交易，当然，前提是你必须拿出让对方满意的交易物品。”弗兰克点了点头，笑眯眯地道，“当然，你的品阶越高，能够享受到的权利越多。所以，为了能够在别人手中不受阻碍地交换到自己所需要的物品，你便要努力地提升自己的品阶。”

“真是不错……”萧炎有些欣喜地点了点头。炼药师公会的这一措施，无疑会让很多炼药师省去四处奔波的时间。而他此时手中正好缺少一些珍稀的东西，等考核通过之后，一定要让弗兰克帮忙查上一查，如果别人有的话，那可要竭尽全力交换过来！

“好了，二品炼药师的审核已经设置完毕，跟我来吧。”弗兰克偏过头，望着从小屋中陆续走出来的几名炼药师，见到他们对自己点了点头，方才笑道。

“嗯。”萧炎点了点头，然后紧跟着弗兰克向小屋行去。奥托也是紧随其后，进门的时候，转身对着外面伸长脖子的众人笑道：“二品炼药师的审核不同一品炼药师，所以你们不能随便进入，就在外面等等吧，很快就会有答案了。”

“老师，让我进去看看嘛。”听到奥托这话，琳菲急忙冲上来，拉着奥托的袖子撒娇道。

“这是炼药师公会一直以来的规矩，我也没办法，你就在外面等等吧。”无奈地摇了摇头，奥托袖袍轻震，便将琳菲震得小退了一步，然后飞快地钻进门后，将门“嘭”的一声关得死死的。

“哼，有什么了不起，不看就不看嘛。”望着关得死死的大门，琳菲娇哼了一声，不满地嘟囔道。

转过身来，琳菲望着古井无波般的雪魅，走过去在她身边低声道：“你说那家伙能不能成功？”

“我怎么知道？他先前不是说了嘛，五成的把握，这似乎算是不错了吧。”雪魅瞟了一眼琳菲，淡淡地道。

琳菲撇了撇嘴，轻轻一跃，坐在了石台上，让大厅内的某些男人目光忍不住飘了过来。

“唉，还以为我们两年时间能够成为一名一品炼药师已经很了不起了，没想到，这忽然冒出来的家伙更变态，年龄比我们小也就罢了，竟然还要考二品炼药师，这也太打击人了吧？”偏过头，琳菲望着这竞争了好几年的对手，无奈地道。

闻言，雪魅淡淡的脸色也浮现一抹别样的意味，轻叹了一声，低声道：“的确挺打击人的。”

“当初你不是说在这黑岩城的年轻一辈没人能超越你吗？现在这人出现了，我记得你当初说的，似乎是陪……”琳菲乌黑的眼珠转了转，忽然道。

“抱歉，他并不是黑岩城的人。”俏脸上浮现一抹淡淡的绯红，旋即美眸中掠过一抹狡黠，雪魅冲着琳菲嫣然笑道。

“算你狠！”轻哼了一声，琳菲玉手捋过额前的青丝，笑道，“不过以这家伙的天赋，你配他也不掉身价，虽然你的老师是黑岩城数一数二的大人物，可你也要知道，能教导出这么变态的学生，他的老师该会是如何强悍。”

“没兴趣，你喜欢，就自己去找他，奥托大师不也是和我老师齐名的著名炼药师吗？而且你父亲还是黑岩城的城主。”雪魅微笑道。平淡的话语，却让一旁的琳菲银牙紧咬。

“喊……”琳菲娇俏地翻了翻白眼，娇笑道。

过了好一会儿，雪魅淡淡地笑了笑，柳眉微挑，目光转向小门处，玉手悄悄地紧握了起来，轻声道：“他们出来了。”

“审核结束了？”闻言，琳菲精神也是一振，赶忙将目光投向小门处。

随着“嘎吱”声，木门被缓缓地拉开，弗兰克与奥托率先走出，两人互相对视了一眼，然后轻叹着摇了摇头。

见到两人这模样，琳菲与雪魅眉头微皱，失败了？

“这小家伙的炼药天赋实在是太惊人了，不佩服不行啊！”

弗兰克抬起头来，摊了摊手，笑道：“看来我们黑岩城炼药师公会会出一名近百年来最年轻的二品炼药师了……”

望着弗兰克与奥托那满脸的惊叹，大厅之内，众人的喉咙都不由自主地轻轻滚动了一下，看两人这模样，那位少年的二品炼药师考核通过了。

“真是个可怕的家伙！”众人面面相觑，皆在心中轻叹了一声，十九岁的二品炼药师，这算是刷新加玛帝国的纪录了吧？

“这家伙竟然真的成功了？他才十九岁，就到了斗师级别？这怎么可能！”琳菲微张着红唇，惊愕地轻声喃喃道。

一旁，雪魅也微微点了点头，这家伙也未免太变态了吧？

瞧着大厅内满脸震撼的众人，弗兰克与奥托也是互相苦笑了一声，近距离地观察萧炎炼制丹药，两人也实在是不得不对他所表现出来的炼丹天赋惊叹。

虽然萧炎是第一次炼制考核的药方，不过他那对火候的杰出控制力绝不会比任何一名真正的二品炼药师逊色，而且炼药时，对于各种药材精华部分的提炼也拿捏得极为精准。如果换成一名有着丰富炼药经验的二品炼药师能有这般表现，弗兰克与奥托倒不会感到有多惊异，然而面前的家伙才仅仅十九岁啊……

他们当年在这个年龄时，还只是在自己导师的教导下，初步地学习辨认药材呢……

“真是个让人大受打击的家伙……现在我越来越好奇，究竟是哪位大师能够教导出如此杰出的学生？”弗兰克苦笑道。

“嗯，虽说这小家伙炼药天赋极为优秀，可再出色的璞玉，未经精心雕琢，也难以成大器。他的那位神秘导师很是了不起啊！至少，如果换成我俩来教导萧炎，绝对取不到这种效果。”奥托自叹不如道。

“不过，他那种紫色火焰倒的确不是异火，虽然较之普通火焰要强上许多，却并没有异火那般霸道与妖异……”弗兰克想起先前萧炎的炼药，微皱着眉头，有些疑惑地道。

“呵呵，的确不是异火，不过这也没什么，斗气大陆奇人奇事数不胜数，总有一些不被人发觉的神奇东西。那紫火虽然挺强，不过只是比起同阶炼药师的斗气火焰强上一些而已，与异火相比，无疑是相差太远。”奥托笑道。

“嗯。”点了点头，弗兰克偏过头，望着屋内，笑道，“小家伙，东西收拾好了，那便出来吧。”

随着弗兰克的话语，萧炎缓缓地从屋内走出，轻拍了拍那身普通衣衫上沾染的一些药粉，目光在众人面庞上扫了扫，微微笑了笑。

见萧炎望来，大厅内的众位炼药师也都回以和善的笑容，虽然以他们的身份，在这黑岩城几乎处于顶尖的地位，平日谁见了都得恭敬地打声招呼，然而面前少年所表现出来的炼药天赋却让他们丝毫不敢有所怠慢，日后，可能这少年便是一位比弗兰克与奥托成就还要高的炼药大师。

见萧炎出来，弗兰克对着一名手下挥了挥手，后者赶忙快步行出大厅，片刻后，用玉盘托着一套精致的黑色长袍走进来。

“这是二品炼药师的特制服饰。这种长袍的材料，在制作之前，会被放进公会培育的药池中浸泡，所以可别小看了它，穿上之后，布料中所吸收的药液会与空气接触而逐渐散发出奇异的味道。这种味道，能使其主人时刻保持清醒状态。并且，在这种味道的刺激下，人体的肌肤会变得有些敏感，而这样则能使得炼药师在炼制丹药时对火候的控制更加容易一些。”接过玉盘，弗兰克有些得意地将这长袍的功能详细地介绍出来，“同时，它还具备对一些毒性免疫的功能，再有，经过公会的特殊制作，这种炼药师长袍的防御力可比一般的铠甲还要坚固许多，若不是由于造价昂贵，不可能大批制造，早被帝国抢过去当军用装备了……”

听着弗兰克这般介绍，萧炎也是有些愕然。他可没想到，这一件外表看似华丽的衣袍竟然还拥有如此众多让人眼馋的功能。

“难怪很多炼药师喜欢加入炼药师公会，这种种待遇实在是很让人心动啊……”接过黑色的精美长袍，萧炎目光在其上扫过，只见在胸部的位置粘贴着一枚炼药师徽章；徽章之上，古朴的药鼎图案表面，两道犹如水银般的波纹，如同活物一般，不断地微微扭动着。

“啧啧……炼药师，不愧是斗气大陆最高贵的职业啊，光是这件长袍，恐怕造价就不会低于十万金币。”萧炎爱不释手地上下翻看着黑色长袍。他脱去那件普通的粗布外衫，然后将之套在身上。顿时，被黑袍贴着的皮肤就如同浸入水中一般凉爽舒适，而且一股淡淡的异香也悄悄钻进鼻内，让他略微有些疲惫的精神为之一振。

经过近一年的苦修，萧炎的身材逐渐变得颀长，虽然脸庞看上去依然有些消瘦，不过如今穿上这一身得体的漆黑长袍，竟然隐隐有几分飘逸的感觉，脸庞上那最后一抹稚嫩也被完美地掩盖了下去。

望着穿上炼药师长袍后焕然一新的萧炎，一旁的弗兰克与奥托也微笑着点了点头，显然，他们对萧炎现在的形象颇为满意。

大厅内，一直紧盯着萧炎的雪魅与琳菲，见他这般变化，俏脸上也是闪过一抹诧异，目光流转间，不可察觉地在萧炎含笑的脸庞上多停留了一下。

“好……”亲身体验着炼药师袍所带来的好处，萧炎赞不绝口地点了点头。

看着萧炎满意的模样，弗兰克微微笑了笑，炼药师能造成的影响力实在太过巨大，为了能够将这些具有强大能量的人聚集在一起，炼药师公会真是费了不少心思。

“好了，考核已经完毕，诸位也就散了吧。”

弗兰克对着大厅内的众人挥了挥手，然后转身对着萧炎笑道：“有时间吗？如果有的话，我想我们或许可以聊聊。”

闻言，萧炎笑着点了点头，微笑道：“也好，正好我也有事情想要请会长帮帮忙。”

“呵呵，雪魅，琳菲，你们和其他几位通过审核的小家伙先去领一品炼药师徽章与衣袍吧，我们还有点事，便不陪你们过去了。”弗兰克对着雪魅笑了笑，随后与奥托对视了一眼，然后两人带路向大厅之外行去。

望着这明显差了一截的待遇，琳菲只得无奈地点了点头，不满地冲着弗兰克的背影做了个鬼脸，嘟囔道：“偏心！”

“走吧，别抱怨了，人家有让老师偏心的资格。若不服气，你也马上去考核二品炼药师吧。”雪魅起身对着大厅外行去，轻笑道。

“哼，有什么了不起嘛。”琳菲轻哼了一声，虽然脚步跟了过去，不过话语中明显没有多少底气，考一品炼药师便已经有些勉强了，还二品……她又不是没有自知之明。

“萧炎，请坐吧。”安静整洁的书房之中，弗兰克笑眯眯地对着萧炎道。

随意地在椅上坐下，萧炎开门见山地笑道：“两位大师，有问题便问吧，只要不涉及我的底线，我都不会隐瞒。”说到此处，萧炎眼中掠过一抹狡黠，这底线在哪，便是随便他设置了。

“呵呵，真是个狡猾谨慎的小家伙。”弗兰克笑着摇了摇头。他活了好几十年，自然明白萧炎话语中的意思。

“既然如今你也在公会登了记，那我们自然也要履行一些公事，嗯……你先前登记的资料，关于导师这一项似乎有点不对吧？在我的记忆中，加玛帝国中似乎并没有一名炼药大师名字叫‘药老’。”手中扬了扬萧炎先前所登记的资料，弗兰克笑问道。

“抱歉，在出来之时，我的老师说过，不能暴露他的信息，不过他的确没在公会有过记录。”萧炎摊了摊手，道。

闻言，弗兰克与奥托都无奈地摇了摇头，看来想从这小家伙口中得到他老师的信息，是有些不可能了。

“好吧，既然你不想说，我们也不为难你，加玛帝国的确有一些隐士强者，并不喜被人得知。”奥托叹了一口气，沉吟了一下，问道，“最后一个问题，是关于你操控的那种紫色火焰。你或许也知道，你那种火焰并不是异火吧？”

“呵呵，如果是那倒好了……”笑着摇了摇头，萧炎半真半假道，“这紫火是我在一次机缘巧合下，从紫晶翼狮王那里搞来的。我偶然在魔兽山脉遇见它，被它莫名其妙地喷了一口火，要不是有点保命的东西，或许当场就被焚烧了，在事后，我才发现体内多了一点紫火。”

“紫晶翼狮王？”

闻言，弗兰克与奥托都是一愣，旋即恍然地点了点头：“难怪……原来是紫晶翼狮王的紫火，我说怎么看上去隐隐有些狂暴的野性。你倒真是好运，竟然能侥幸得到这种东西，当初也曾经有不少炼药师想要打它的火焰的主意，可惜，最后都失败了。”

“唉，算了，问了半天，基本上你这家伙没有吐出半点有用的消息。”弗兰克挥了挥手，无奈地道，“你有什么事，说说吧。”

“嘿嘿。”萧炎咧嘴笑了笑，抿了抿嘴，目光紧紧地盯着两人，轻声道，“我需要一种东西，不知道两位大师能不能帮忙查查是否有别的炼药师拥有？”

“什么东西？”

“冰灵寒泉！”

“冰灵寒泉？”听到从萧炎嘴中蹦出的名称，弗兰克与奥托明显愣了一愣，旋即满是惊异地道，“小家伙，这冰灵寒泉可是极为稀少的天材异宝啊，而且以你现在的实力，似乎根本不可能需要那种东西吧？”

萧炎笑了笑，有些含糊地道：“我的确很需要这东西，两位大师，你们可知道在炼药师公会的药师中可有人拥有？如果谁有的话，我可以花高价与他交易。”

“高价？萧炎，你要知道，冰灵寒泉可不是光用金币便能衡量的奇珍，而且就算别人有这东西，也很难拿出来与人交换啊。”弗兰克摇了摇头，说道。

“呵呵，这我自然知道，还请两位大师帮忙查上一查，若是真的有人拥有的话，我或许可以拿出让他满意的东西。”萧炎笑着点了点头，颇为客气地道。

见萧炎坚持，弗兰克老眉皱了皱，然后与奥托对视了一眼，无奈地点了点头。

“你等一下吧。”奥托站起身来，对着萧炎说了一声，然后转身走进了书房的内侧。

“这老家伙是黑岩城炼药师公会的副会长，虽然平日极为懒散，很少管理公会事务，不过这种负责交易的东西，一般是他出手负责。”弗兰克目送着奥托走进后屋，对着萧炎笑道。

萧炎微笑着点了点头，手掌轻轻地搭在椅背上，手指却是不由自主地轻轻敲打着，看似平静的脸庞上隐隐有着一抹迫切的期待。

弗兰克缓缓地端着茶杯浅浅地抿了一口，随意地抬了抬眼，见萧炎强装镇定，心中不由得有些疑惑：“那冰灵寒泉对他真的很重要？”

在安静地等待了好半晌之后，奥托这才抱着一本厚厚的古朴书籍从内屋走出来，将书轻放在桌面上，转过头来对着萧炎摇了摇头，无奈地道：“抱歉，我找了加玛帝国最新记录的一次交易存货，并没发现有谁拥有冰灵寒泉……”

“那东西实在太稀有了，而且它对保存的要求也是极为严格。我记得以前曾经有一位四品炼药师在一处极寒之地侥幸寻找到了一些冰灵寒泉，不过最后因为保管不当，竟然让它生生地化成了白雾消散……”奥托有些遗憾地道。

闻言，萧炎叹了一口气，满脸失望，轻甩了甩头，苦笑道：“如果没有的话，那便算了吧，真是麻烦两位了。”

看着萧炎那失望的神色，弗兰克无可奈何地摊了摊手，侧过头，对着奥托轻声道：“真没有？”

奥托拍了拍手中的厚实书籍，摇了摇头，道：“的确没有！”

“如果这里没有的话，我建议你去拍卖会看看吧，如果运气好的话，说不定能够遇见。”弗兰克安慰道。

萧炎苦笑着点了点头，心中非常清楚，如果连炼药师公会都没有这东西，那么即使自己运气再好，也难以在拍卖场寻找到这种异宝。

“唉，既然没有我需要的东西，那在下便告辞了。”有些丧气地站起身来，萧炎对着两人拱了拱手，便欲转身走出书屋。

瞧着萧炎垂头丧气的模样，奥托无奈地摇了摇头，沉吟了一会儿后，忽然出声道：“等等。”

“嗯？”微微一愣，萧炎疑惑地转过身，望着沉思中的奥托。

“你很需要那冰灵寒泉？”奥托皱眉询问道。

“嗯，很需要！”重重地点了点头，瞧着奥托那深思的模样，萧炎心头微动，声音中略微带上了一些狂喜，“奥托大师，难道您有冰灵寒泉？”

一旁，弗兰克也有些诧异地盯着奥托，显然，他同样不知情。

“呵呵，我自然不可能有那东西。”笑着摇了摇头，奥托望着脸色又变得失望起来的萧炎，不由得笑道，“不过我似乎在某个古怪的家伙那里见到过这种东西。”

“哦？”闻言，萧炎眼睛猛地一亮，急声问道，“他是谁？在哪？”

“呃……我得事先提醒你一声，想要从那家伙手中得到你所需要的东西，你若不准备大放血的话，多半是没可能。”奥托笑道。

“呃……我尽力吧……”萧炎迟疑道，在不知道对方究竟要开出什么条件之前，他自然也不敢将话说得太满。

“老家伙……你说的不会是那视宝如命的古特老变态吧？”紧皱着眉头的弗兰克忽然惊愕地出声道。

“嗯，就是那老变态，上次我去他那里，听他提起过冰灵寒泉，不过那老家伙实在是太小气，连看都舍不得给我看一眼……”奥托笑眯眯地道。

“如果他真的有冰灵寒泉的话，我可不认为萧炎能够从他手中换来。”弗兰克无奈地摇了摇头，看向萧炎的目光中有着几分同情。

“那古特是什么人？”被弗兰克的目光盯得有些不自在，萧炎有些忐忑地问道。

“那家伙也是一名炼药师，虽然才三品，不过他的丰富收藏足以让加玛帝国内任何一名炼药师眼红。”奥托称赞道。

“他不是炼药师公会的人？”萧炎诧异地问道。

“不是，那家伙性子实在是太过怪癖，明明炼药天赋不错，却偏偏迷恋收藏各种天材异宝，导致他一直停留在三品阶段。这种迷恋几乎达到了病态的地步，一旦发现别人有好东西，那家伙会立马死缠烂打，让人烦不胜烦，头疼得很。”弗兰克苦笑了一声，看他的模样，似乎曾经历过这种情况。

“嘿嘿，谁让你当年闲得发慌，竟然把自己好不容易得来的紫血灵芝拿出来炫耀，啧啧。不过古特那老家伙也真是有耐心，竟然为此烦了你整整一年时间，哈哈……”似是想起了当年的趣事，奥托幸灾乐祸地道。

“唉。”弗兰克无奈地摇了摇头，满脸郁闷。

“你们品阶可比他高，他还敢如此放肆？”望着两人都有些无奈的神色，萧炎疑惑地问道。

“我们品阶的确比他高一些，不过这老家伙有个了不得的兄弟啊，在这加玛帝国，谁敢去招惹他？”弗兰克苦笑道。

“兄弟？谁啊？”闻言，萧炎大感稀奇，什么人在加玛帝国拥有这般能量，居然让两名四品炼药师都不敢招惹。

“还能有谁，丹王古河呗。”奥托翻了翻白眼，撇嘴道，“要不是有这个兄弟罩着，那家伙的藏宝室早不知道被人光临了多少次了。”

“古河？难怪。”萧炎微微一愣，恍然地点了点头，在加玛帝国，丹王古河的确拥有极为庞大的能量。

“不过好在那老家伙虽然很烦人，可毕竟心性不坏，就是有些迂腐顽固，而且他最讨厌别人在他面前提起古河。虽然他也知道自己能走到今天离不开古河的帮助，可一旦有人在他面前提起古河，他立马会暴起撵人。所以，你可得小心点，不然惹恼了他，就算你拿出再好的异宝，也难以换到冰灵寒泉。”弗兰克提醒道。

“他是否在黑岩城？”萧炎紧张地问道。

“嗯，在。”笑着点了点头，奥托瞟向萧炎，笑道，“你真的打算去找他？”

“没办法，我真的很需要冰灵寒泉，就算他狮子大张口，如果我拿得出，恐怕也只能任他宰割了。”萧炎无奈地点了点头，苦笑道。

“可怜的小家伙，别人躲他都躲不及，你竟然要自己送上门去。”奥托同情地拍了拍萧炎的肩膀，转头对弗兰克道，“那就由我带萧炎去找那老家伙吧，而且我想，你恐怕也不太想见到他。”

“去吧，去吧，见到他顺便帮我带一句话，最好别来我们炼药师公会，我可不想我所管理的分会变得一个人都没有，那样的话，就算有古河罩着，我也要找他的麻烦……”弗兰克挥了挥手，撇嘴道。显然，他对那烦人的家伙还真是有些惧怕。

“嘿嘿。”幸灾乐祸地笑了笑，奥托对萧炎道，“走吧，我带你去找那家伙，不过最后能不能成，便看你自己的了。”

闻言，萧炎赶忙感激地点了点头，同时心中有些庆幸，幸好自己顺便来考核了炼药师，不然的话，让自己满世界地去寻找冰灵寒泉，那要找到什么时候？

…………

出了书屋，萧炎紧紧地跟着奥托，出了炼药师公会。一路上，不断有人恭敬地对着脸色淡然的奥托大师打招呼，而当他们的视线瞟到后面紧跟的萧炎时，却是微微一愣，目光在那代表着二品炼药师的漆黑长袍上扫过，最后有些震惊地停在萧炎那年轻的脸庞之上。显然，对于一名如此年轻的二品炼药师，他们心中颇感震撼。

没有理会那一路的诧异眼光，萧炎跟着奥托在黑岩城内转了十几条让人有些脑子发昏的街道之后，方才在靠近城南的一处偏僻角落中的古怪建筑物前面停了下来。

奥托抬头望着面前的古怪建筑物，松了一口气，转过头来对着萧炎笑道："这里便是古特那家伙的居住地，在进去之前，再次提醒你一声，你最好有大放血的准备！"

闻言，萧炎只得苦笑着点点头。

第十五章
# 冰灵寒泉

奥托对着萧炎招了招手，上前两步，推开房门，然而人还未走进，一股凶猛的劲气便携带着铺天盖地的黑色粉末从房间内喷涌而出。

突如其来的变故，让萧炎心头微微一惊。他谨慎地退后了几步，右掌迅速地握在了后背的玄重尺之上，身体微弓。

在房间内的黑色粉末即将喷出房间之时，奥托撇了撇嘴，袖袍猛地一挥，更加凶猛的劲气凭空浮现，然后将那些黑色粉末全部掀飞回去。

黑色粉末逐渐消散，这才露出里面那又脏又乱的房间。奥托拍了拍手，偏头对着谨慎的萧炎笑道："这老家伙总喜欢搞这些整蛊人的东西，刚才那黑色粉末虽然不至于让人中毒，不过若是沾到皮肤上，就会痒得难受。"

萧炎手掌缓缓地松开尺柄，苦笑着摇了摇头，这老家伙果然有些变态。

"走吧，跟在我身后，别乱碰什么东西。"奥托笑了笑，率先走进房间之中。萧炎在略微踌躇了一会儿后，紧紧地跟了上去。

走进昏暗的房间，房门自动地狠狠关拢了，响亮的声音让萧炎再次无奈地摇了摇头。目光在这些犹如垃圾堆的房间中扫过，跟着奥托走过几道摇晃得犹如马上要倒塌一般的木梯，最后再经过几波乱七八糟的攻击之后，终于来到了建筑物的最上层。

走完最后的楼梯，萧炎松了一口气，抬起头来，望着那走廊尽头的一扇木门，偏头对着奥托问道：“应该就是这里了吧？”

奥托点了点头，低头瞟了一眼身上被楼梯旁一盆腐蚀性液体融化出了几个小洞的衣袍，嘴角微微抽搐，咬着牙道：“这老浑蛋，正经的炼药不学，尽玩这些见不得光的玩意儿……”

听到他的抱怨，萧炎嘴角一咧，也只得在心中闷笑了几声。

“屁的正经炼药，老子这些东西哪里不正经了？你个老泼皮，别以为你是炼药师公会的副会长，老子就不敢撵你出去！”在萧炎闷笑之时，那走廊尽头的房间之内忽然传出苍老的怒骂声。

“你才是老泼皮。”奥托翻了翻白眼，悻悻地挥了挥袖袍，带着萧炎穿过走廊，来到房间之外，对着那似乎是木质的房门狠狠踢了一脚。

“铛！”

脚掌踢上房门，一声清脆的钢铁声音忽然从房门上传出。萧炎见状，眼角微微一抽，偏过头来，望着老脸几乎扭曲在一起的奥托，非常识趣地赶紧退后了几步。

“哈哈，老家伙，上次被你踢坏了一扇门之后，老子就专门找人换了一扇精钢铁门，哈哈，好玩吧？”房间内再次传出那苍老的爆笑声，只不过这次的笑声中多出了些幸灾乐祸。

“老王八蛋……”奥托脸庞扭曲，吸了一口凉气，脸色逐渐转变成铁青，身体之上强猛的斗气缓缓升腾而起，最后将犹如火人一般的奥托包裹在其中。

“好强的斗气……他的实力起码在斗灵级别吧？”瞧见奥托身体之上翻腾的深黄斗气，萧炎急忙再次退后两步，心中惊叹道。

身体被斗气笼罩，奥托再次猛地一脚对着精钢铁门狠狠踢去。

“嘭！”随着一声沉闷的声响，那道房门竟然被踢得飞进了房间。

“啊，老浑蛋，你竟然来真的！”瞧见房门被踢飞，里面顿时传出一道怪叫声。

“哼。”奥托脸色铁青地冷哼了一声，双脚有些不协调地走进房间，目光在里面扫了扫，最后停在房间内一位极为邋遢的老者身上，冷笑道，“古特，你信不信哪天我把你藏宝室里的东西写成条子，然后全部公布出去？”

“嘿嘿，别别……开个玩笑嘛。”闻言，邋遢的灰衣老者急忙摆了摆手，凑上前来赔笑道。

“哼。”奥托甩了甩袖子，转头对着门外道，“萧炎，进来吧。”

“呃，你还带了别人来？想干什么？”瞧见奥托的举动，古特眼睛一瞪，满脸谨慎道。

奥托撇了撇嘴，懒得理会这神经兮兮的家伙。

萧炎缓缓走进屋内，目光习惯性地在房间内部扫了扫，当其视线在房间内柜台上的一些水晶台中扫过时，一抹惊愕的神色浮现在脸上。

“火心七叶花？血晶草？蓝岩心石？……”

望着那每一种都算是难得一见的奇珍，竟然被汇聚在此处，萧炎嘴巴不由得缓缓地张大了。这里的收藏也实在太丰富了吧？

“嘿，嘿……小子，你看什么呢？想打我宝贝的主意？”瞧见萧炎的神色，古特急忙跳了过来，满脸凶狠地怒视着萧炎。

“呃……”萧炎尴尬地笑了笑，急忙收回目光，眼睛盯着面前的邋遢老者，很难想象，这么一位瘦弱的老者竟然会是名震加玛帝国的丹王古河的亲哥哥。

“抱歉，古特大师，我长这么大，还从未见过这么多奇珍。这么丰富的收藏，恐怕在这加玛帝国再没有一个人能够与您相比了。”萧炎微笑道。

“小子，嘴巴倒很甜，不过说的倒是实在话。”听到萧炎这隐隐有些拍马屁的话语，古特苍老脸庞上的凶巴巴神情这才柔和了一点。他点了点头，毫不客气地将这话接了下来。

“来我这里有什么事？快说吧。我忙得很！”古特转身来到一处堆满破东西的桌边坐下，翘着腿问道。

“是这小家伙有事找你。”奥托翻了翻白眼，瞟了一眼旁边那布满灰尘的椅子，无奈地摇了摇头，站着说道。

“哦？我又不认识他，找我干什么？难道你有什么异宝想要转卖给我？嘿嘿，好啊好啊，只要能让我满意，我一定也给你一个满意的价格！”古特双眼微微放光，紧紧地盯着萧炎手指上的纳戒，笑道。

“不是，古特大师，我并不是来卖宝贝的，我来是想询问一下……”萧炎摇了摇头，目光锁定在古特的脸庞上，轻声道，“我想问一下，您手中是不是收藏着冰灵寒泉？”

闻言，古特先是一愣，然后将头颅摇得跟风车一样：“没有没有，你找错人了，我没有那东西！”

看着古特这无赖的模样，萧炎苦笑着摇了摇头。先前在自己说出“冰灵寒泉”之时，萧炎分明地瞧见古特脸庞上一闪而过的愕然，或许，他是在奇怪这小家伙如何得知他有冰灵寒泉的消息吧。

“老家伙，别耍赖了，上次你不是跟我说了吗？你从别人手中换来了一小瓶冰灵寒泉，我可记得牢牢的呢。”奥托笑道。

“滚，你个老浑蛋，以后别来我这里了。”被揭穿了谎言，古特顿时有些恼羞成怒地骂道。

奥托摊了摊手，对着萧炎道：“我已经带你来见他了，如何让他将冰灵寒泉交换给你，就看你自己的了，我在外面等你。”说完，奥托便向房门外走去。走到门口，手掌在墙壁上的某处拍了拍，顿时，一扇木门缓缓地从门口处升起，片刻后，将门口遮掩住了。

萧炎无奈地对奥托点了点头，手掌一挥，将座椅上的灰尘吹去，然后坐在了古特对面。

古特老眼看了一下紧闭的房门，又瞟了一眼对面的萧炎，哼哼道：“小子，别想了，我不可能将冰灵寒泉交换给你的。”

“古特大师，我相信这世界上没有完不成的交易，交易未能成功，只是因为没有拿出让对方心动的交换之物。”萧炎微笑道。

“哦？既然你都知道，那还在这里做什么？别和我说你需要冰灵寒泉救命什么什么的，我这人可没那些无谓的同情心。”古特有些漆黑的眉头挑了挑，瞥了一眼萧炎，笑容中颇有点戏谑的味道，想必他并不认为萧炎能够拿出让他动心的物品。

萧炎手掌缓缓摩挲着下巴，嘴巴紧抿着，似乎是在思考着什么东西才能够打动面前的古特。

“嘿嘿，小子难道还真有点存货？不过事先说好，功法斗技，就别拿出来了，虽然它们也很珍贵，不过我并不感兴趣，我最喜欢的……是这些天材异宝。”瞧见萧炎的模样，古特也来了一点兴趣，用手指着满屋的异宝，笑眯眯地道。

萧炎手指在桌面之上轻轻地敲打着，沉默了好一会儿之后，方才轻轻地摩擦着纳戒，手指轻弹，一个小玉瓶出现在了掌心中。

望着萧炎手中的翡翠玉瓶，古特挑了挑眉，眼中隐隐地露出一抹好奇。

萧炎有些不舍地抚摸着小玉瓶，缓缓揭开瓶口，然后轻放在桌上，顿时，一股紫气从中袅袅升起，而这片小空间的温度也骤然上升了许多。

感受到周围逐渐变得炽热的空气，再盯着那缕缕犹如紫色火焰的气体，古特眼瞳微微一缩，浑浊的老眼紧紧地盯着小玉瓶。半晌之后，古特舔了舔嘴唇，小心翼翼地伸出手来，抓起玉瓶，放在鼻下，轻嗅了一口那浓郁的紫气。顿时，他便察觉到体内那本来犹如乌龟爬行般运转的火属性斗气变得活跃了许多。

“啧啧，好东西。”感受到体内斗气的变化，古特苍老的脸庞上浮现一抹讶异，惊叹着咂了咂嘴。沉吟了一会儿，他忽然转过身，在一旁的垃圾堆里翻找了一阵，最后抽出一个水晶碟子以及一支空心的细针。

古特将细针探进玉瓶之中，轻轻一捏，吸满一针管的紫色液体，然后谨慎地滴在水晶盘中。

随着紫色液体滴在水晶盘中，萧炎与古特都能够看见，那滴紫色液体之中隐隐有着紫色火焰在跳跃。

“这东西……”紧皱着眉头，古特沉思了片刻，忽然转身从一处隐蔽的石板后取出一本厚厚的书籍，快速地翻看着，似乎在寻找着什么。

看到古特这般举动，萧炎心头不由得有些诧异，这看上去其貌不扬的老家伙，难道还能辨认出伴生紫晶源不成？

目光瞟了瞟桌上的小玉瓶，萧炎心痛得脸皮抽了抽，要不是冰灵寒泉对他来说实在是太重要了，他绝对舍不得拿出伴生紫晶源来交换，这东西可是修炼火属性功法的最佳辅助物啊，有了它，能够节省不少苦修的时间！

当初在魔兽山脉，萧炎总共只得到六瓶伴生紫晶源，曾经在修炼之时，一滴滴地舔了小半瓶，所以现在萧炎手中的紫晶源只有五瓶多一点了，可如今，为了得到冰灵寒泉，他不得不拿一瓶出来。

这紫晶源，可以说是无价之宝，就其稀有程度来说，绝对不会比冰灵寒泉逊色，毕竟，伴生紫晶源的获得极为不易，光是那斗皇级别的紫晶翼狮王，便让无数人心有余而力不足。

“找到了，找到了！”在萧炎心中肉痛之时，不断翻看着书籍的古特忽然兴奋地大喝道。

好奇地将目光投向那古朴的书籍，萧炎模糊地看见，在那页面之上，画着一头全身包裹在紫晶中正在仰天长啸的巨大生物，这巨兽正是紫晶翼狮王。

“伴生紫晶源，紫晶翼狮王所产，与小兽同生，产出率极微，百年难得一见，对于修炼火属性功法者，当属万金难求之宝！啧啧，小家伙，看不出啊，你竟然能够搞到伴生紫晶源这种奇物……”将书页上介绍伴生紫晶源的资料阅读了一遍，古特忍不住惊讶道。

“偶然得到而已。”萧炎淡淡地笑了笑，抬了抬眼，望着视线一直没有离开过小玉瓶的古特，轻声道，“怎么样？古特大师，我拿出来的东西，你可满意？”

闻言，古特眼珠转了转，仰天打了个哈哈，手中的细针轻轻敲打着水晶盘，笑眯眯地道：“小兄弟啊，还不知道你的名字呢？”

“萧炎。”萧炎微笑道。

“嘿嘿，萧小兄弟，嗯……那个……既然你是在寻找冰灵寒泉，那么它是如何的稀奇，想必你也清楚吧？”古特含笑道。

“呵呵，自然是知道，如果不知道的话，我何必将伴生紫晶源这种奇物拿出来。”萧炎微微一笑，心中却是冷笑着撇了撇嘴，这老家伙还真当他是小孩吗？

“唉，这么和你说吧，你的伴生紫晶源的确也算一件奇物，不过你也清楚，这东西只对修炼火属性功法的人有效，这可是限制了它的价值啊。”古特瞟了一眼萧炎，说道。

萧炎淡淡笑了笑，缓缓地伸出手来，将摆放在古特面前的小玉瓶抓了过来，然后小心翼翼地盖上瓶盖。他抬眼望了望冲着自己干笑的古特，微笑道：“古特大师，您也别把我当傻瓜忽悠，我都清楚伴生紫晶源对修炼火属性功法有多么巨大的效果。很多炼药师为了得到它，甚至不惜倾家荡产。呵呵，您也别急着反驳我，它的价值究竟如何，您收藏了几十年的宝贝，应当最清楚！”

“您这般贬低这伴生紫晶源，无疑是想提价，不过我也把话放在这，这紫晶源，我只有这么一瓶，您换也好，不换也罢，我就只拿得出这么多，全身上下，也属它最值钱，如果您依然觉得这不够分量的话，虽然我很需要冰灵寒泉，那也不得不放弃了……”萧炎摇了摇头，似乎是有些惋惜地叹道。

“呃……”惊愕地望着忽然变得行事干脆的萧炎，古特嘴巴微微张了张。他没想到，耍了一辈子无赖，今天竟然也遇见了一个在他面前耍无赖的后辈了。

浑浊的老眼眨也不眨地盯着萧炎微笑的面孔，半晌之后，古特摇了摇头，同样是无奈地道：“既然这样，那么我不得不遗憾地告诉你，这笔交易，或许做不成了。”

闻言，萧炎脸色不变，笑着摊了摊手，惋惜地摇了摇头，手掌一翻，便将手中小玉瓶收进了纳戒之中。他站起身来，拍拍屁股，对着古特微笑道：“那么便打扰大师了，这是我最后一天在黑岩城停留，明天我便要离开加玛帝国了，希望日后有机会再交易。”

说完之后，萧炎毅然转身，颇为潇洒地向着房门大步走去。

在听到萧炎即将离开加玛帝国的话后，古特放在大腿上的手掌明显颤了一颤，不过他并未立刻开口，一双眼睛死死地盯着萧炎的背影，嘴唇微微哆嗦着。

房间之内，一片寂静，只有萧炎踏在地面的轻微闷响。

背对着古特，萧炎望着那越来越近的房门，保持着微笑的脸庞上也浮现了些许冷汗。他真的很需要冰灵寒泉，然而现在的局面，只要他一表现出迟疑，那犹如老狐狸一般的古特绝对不会放弃狠宰自己一通的机会。到时候，仅有的五瓶紫晶源恐怕将再次缩水了，这对萧炎来说无疑是一种极为肉痛的结果。

所以，为了尽可能地压低交易条件，他只能表现得如此决绝。

“这老浑蛋定力也太强了吧？难道紫晶源对他真的一点吸引力都没有？”房门已经近在咫尺，然而身后依然是一片安静，萧炎不由得在心中紧张地怒骂道。

“四步，三步……两步……”

心中默数着距离房门的脚步，到最后一步时，萧炎心中缓缓地吐了一口气，手掌也有些颤抖地摸在了门把之上。

手紧握着门把，萧炎略微沉默，然后猛地一咬牙，心中一狠，就欲开门而出，然而此时，身后终于传来了让萧炎如卸重担的苍老声音。

“唉，小子，回来吧，你赢了！我这一生还从未见过伴生紫晶源，因此你很幸运，如果用其他东西换的话，或许你今天还真的要空手而归了。”

苍老的声音，犹如一道怒雷一般，将那紧紧压在萧炎心中的巨石砸碎了，而萧炎在松口气的同时，却愕然地发现，自己后背竟然不知何时已被冷汗打湿，若不是这炼药师长袍质地颇为不错的话，难保不会被后面的古特发觉什么。

萧炎手掌不着痕迹地抹去脸庞上的冷汗，缓缓地转过身来，踏着轻松了许多的步子，在古特那无奈的目光注视下，再次来到桌旁，一屁股坐了回去。

坐在椅子上喘了几口粗气，萧炎抬头对着古特笑了笑，全身无力地从纳戒中取出小玉瓶，将之轻放在桌面上，笑道："古特大师，多谢成全了。"

"唉……"古特无奈地摇了摇头，抓过小玉瓶，旋即满脸迷恋地将之捧在手心，嗅了嗅那股气味，满脸的陶醉，"当年听某个浑蛋说过这伴生紫晶源，不过却从没亲眼见过，今日算是有幸了啊！"

瞧见古特那迷恋的模样，萧炎微微有些恶心，这老家伙对什么都没兴趣，却偏偏对这些奇物有着变态的喜爱，这就犹如暴虐好色的君王对绝色美人的喜爱一般。

"古特大师……能否将冰灵寒泉拿出来给我看看？"萧炎轻咳了一声，无奈地提醒道。

古特有些不耐烦地瞟了萧炎一眼，哼哼道："给我等着，不准乱碰东西。"见萧炎点头答应，他这才拿着紫晶源，转身在一处墙壁上胡乱地敲打了一阵，随着轻微的闷响，一个洞口出现在了墙壁后面。

"坐在那里不准动！"再次对着萧炎恶狠狠地嘱咐了一声，古特这才弯身钻进洞中。

坐在椅子上，萧炎倒未有所异动，有着药老灵魂感知力的封锁，这老家伙绝对搞不出什么花招。

在静等了片刻之后，古特手捧一物钻了出来。

将墙壁上的洞口堵死之后，古特转身将手中那足足有脸盆大小的白玉盒子放在桌上。

白玉盒子被密封得极好，除了上方的开启口之外，没有丝毫的空隙。

虽然隔着一层白玉，萧炎依然能够察觉到从里面隐隐渗透出的冰冷。

古特有些不舍地拍了拍玉盒，小心翼翼地将玉盒密封的盖子揭了开去，一股冰寒的雾气顿时便缭绕而上，屋内的温度骤然下降。

没有在意温度降低，萧炎目光急忙投向玉盒，只见在那玉盒中整齐地码了一层冰块，而在那冰块中央摆着一个小小的胭脂玉瓶。

在那玉瓶周围，寒气缭绕，冷入骨髓……

望着那渗透着寒气的小玉瓶，古特叹了一口气，将之推向萧炎，淡淡地道："拿去吧，这便是你想要的冰灵寒泉……"

萧炎目光紧紧地望着面前的白玉盒子，脸庞上涌现些许激动，手掌有些颤抖地伸进其中，想要将那小玉瓶握在手中。

见萧炎这般举动，对面的古特浑浊的老眼中掠过一抹戏谑。

萧炎手掌刚刚接触到小玉瓶，心头便猛地一紧。那触手处，冰冷彻骨，只是眨眼时间，手掌上竟然被覆盖了一层薄薄的冰层，而且看这架势，还有迅速蔓延的趋势。

突如其来的变故，让萧炎脸色微微一变，心头微动，体内一缕缕紫色斗气便飞快地穿梭过几道经脉，最后涌至手臂处，顿时，淡淡的紫色火焰从萧炎手肘处升腾而起，与那冰冷的寒气僵持了片刻，将之缓缓融化。

萧炎手臂微震，将上面的水渍甩去，手掌被淡淡的紫色火焰包裹，再次对着小玉瓶抓去，此次，却是脸色不变地将之拿了起来。

一旁，望着萧炎手臂上腾烧而起的紫火，古特脸庞上闪过一抹讶异，失声道："异火？不对……"再次感受了一下紫火的威力，古特又是微微摇了摇头，深看了面前的少年一眼，心中轻声道，"好家伙，我竟然看走眼了，这小子看来也不是一盏省油的灯啊。"

萧炎没有理会古特的目光，自顾自地细细打量着手掌上那不断散发着冰冷寒气的小玉瓶，小心翼翼地揭开瓶盖，露出了里面那约有半瓶的乳白水液，在那水液之上，还能隐隐地看见有着些许冰状的东西。萧炎轻吸了一口从中渗发而出的寒气，身体顿时剧烈地打了个哆嗦，体内紫火斗气急速运转了片刻，方才将那缕冰寒之气从头顶上逼了出去。

萧炎伸手摸了摸脑袋上的头发，愕然地发现，上面竟然已经覆盖了一层薄薄的冰晶，当下有些骇然地咂了咂嘴。这冰灵寒泉不愧是难得一见的异宝，难怪在吞噬异火时必须有这东西的相助，而由此思彼，萧炎也能够模糊地感受到那异火的威力究竟有多恐怖……竟然必须要好几种奇物的配合，才有可能增加一丁点成功率……

萧炎谨慎地打量了这冰灵寒泉好一会儿，直到药老在其心中将之确认之后，这才赶忙将之放进白玉盒子之中。

“东西你已经拿到了，没事就快走……”心疼地望着被萧炎装进纳戒的冰灵寒泉，古特脸皮一抽，直接挥手撵人。

得到了最需要的东西，萧炎心中也是松了一口气，对着古特拱了拱手，笑道：“多谢大师成全了，日后若是有机会，一定再来您交易。”

“哼哼，等你有拿得出手的宝贝再来吧，不然老子可不见人。”古特撇了撇嘴，不客气地道。

“自然，若是没有拿得出的东西，小子也不敢来打扰您。”萧炎笑眯眯地点了点头，在房间里四下望了望，随口问道，“古特大师，您这里还有没有三阶的魔核？若是有的话……”

“三阶魔核？”古特翻了翻白眼，颇为鄙夷地道，“你认为我会收集那种等级的东西？”

望着满脸不屑的古特，萧炎无语。

“小子，你需要魔核？三阶的我没有，不过五阶的魔核，倒是珍藏有一枚，怎么样？想要吗？嘿嘿，只要你再拿一瓶，哦，不，半瓶伴生紫晶源，我就换给你！”古特搓了搓手，脸庞上的不屑骤然收敛，含笑的模样，犹如一只奸诈的老狐狸。

“呵呵……古特大师真是爱说笑，那瓶紫晶源真的已经是我全部的存货了，再多，我也拿不出来。”萧炎干笑着摇了摇头。他可不是傻瓜，虽然五阶魔核同样极为珍贵，可那东西只要有实力，大多都能得到，不过伴生紫晶源这种只有靠运气的奇物可不是你光凭力量便能得到的。再说，现在他萧炎拿着一枚五阶魔核屁用都没，留在身上招苍蝇啊。

“既然古特大师这里没有三阶魔核，那小子还是顺便去一趟拍卖场吧，呵呵，告辞了。”冲着古特笑了笑，萧炎缓缓转身，然后在古特不爽的目光注视下，拉开房门，径直走了出去。

“小浑蛋，老子才不信你的话呢……”古特一屁股坐在椅子上，眉头有些茫然地皱了皱，“萧炎？这名字好像在哪听过？在哪呢……”

房间之中，穿着邋遢的老者苦恼地抓着满头发丝，苦思冥想着。

走廊之中，听得忽然响起的脚步声，奥托回转过身，望着脸带笑容走出来的萧炎，不由得有些愕然道：“到手了？”

“呵呵，嗯。”微笑着点了点头，萧炎向奥托拱手感谢道，“今天若不是奥托大师帮忙，恐怕我真的要满世界去寻找这冰灵寒泉了。”

“举手之劳而已，这宝贝放在这老家伙这里，以他的本事，也只是当摆设看，用不到需要的地方去。能使它落在需要的人手中，也算是做了件好事。”奥托笑着摇了摇头，目光在面前的少年身上扫过，心中忍不住有些惊叹。与古特相处了这么多年，他自然知道这老家伙是个不见兔子不撒鹰的主，本来他带萧炎过来并没有抱多大的期望，毕竟谁能够期盼一个刚晋二品的炼药师能拿出什么样的奇物……

然而，面前那微笑的少年却亲口告诉他，东西已经到手，这实在是让奥托有些好奇，好奇他究竟是用什么东西打动了里面的吝啬鬼。

不过虽然心中颇为好奇，奥托却并未问出口来。他不是初出茅庐的菜鸟，混了这么多年，自然是知道一些交易的忌讳。所以，即使心中好奇心犹如猫抓一般，他还是明智地选择避开这个问题。

奥托没有问，萧炎当然不会闲着没事去提。于是，两人都是心知肚明地互相笑谈着走出了这所脏乱的古怪建筑物。

“你还需要一枚三阶魔核？”走出房间，听得萧炎无意中透露的话，奥托偏头笑问道。

“嗯。”萧炎微笑着点了点头，轻声道，“今天我就会离开黑岩城，去帝国东部的边境一趟，因此我需要在这里将我所需要的东西准备齐全。”

“去帝国边境？”闻言，奥托一愣，旋即笑着点了点头，沉吟道，“这样吧，你先随我去炼药师公会等等，至于那三阶魔核，我直接派人去拍卖场帮你找那里的管事取一枚过来，这样可以省去你拍卖的时间。”

听到这话，萧炎有些意外，当下也不再做作，笑着点头道：“那就麻烦奥托大师了。”

“呵呵，你既然是在我们黑岩城炼药师公会登记的，自然也算是自己人，这点忙，不算什么……”奥托摇了摇头，似是随意地笑道。

奥托的话语之中明显有着一种示好的意思，对此，萧炎只是略微迟疑了一下，便点了点头。在这加玛帝国，炼药师公会无疑是一个不逊色于云岚宗的庞然大物，与他们搭上线，对自己并没什么坏处。而且，日后炼药，总需要一些稀奇古怪的东西，而炼药师公会的交易系统极为方便，所以，对于这件事，萧炎并没有抗拒。

当然，最让萧炎没有太多犹豫便答应下来的，还是这炼药师公会没有太多的约束，平日里各干各的事，互不打扰，只是偶尔炼药师公会需要的时候，会发帖子邀请一些炼药师前来相助，而且相助还不是免费，完成得好，公会会给一些不错的补偿。

两人刚回到炼药师公会，奥托便将替萧炎购买三阶魔核的任务吩咐了下去，然后将萧炎请进客厅之中，静心等待着。

宽敞的客厅之中，奥托将一杯茶水端在萧炎面前，沉吟了半晌，忽然问道：“萧炎，你此次去帝国边境，大概会去多长时间？”

“或许半年吧。”

“半年嘛……”奥托手指轻轻地敲打着桌面，笑道，“半年后，你会去加玛帝国的都城吗？”

“都城？”闻言，萧炎一愣，抿着嘴微微点了点头，心中冷笑道，“当然会去，云岚宗就在都城外，怎能不去？”

“呵呵。”听得此话，奥托脸庞上的笑意明显多了几分，望向萧炎的目光，也是愈加地柔和。

“奥托大师，有事吗？”瞧见奥托这模样，萧炎有些奇怪地问道。

“的确有点事。”

奥托笑着点了点头，轻声道：“半年之后，这一届的炼药师大会将会在都城举行，我想，如果那时你有空闲的话，倒可以去参加一下，这对你颇有好处。”

“炼药师大会？”这名字让萧炎满脸茫然。

“这炼药师大会不仅云集了加玛帝国的众多炼药师，就连大陆上别的帝国的一些炼药师也会赶来凑热闹。这是加玛帝国炼药界的盛事，错过了可是有些遗憾啊。”

“哦？”

“如果到时候你打算参加的话，可以到都城的炼药师总会来找我与弗兰克，那时我们都会在那里。”瞧见萧炎那微微动心的脸色，奥托微笑道。

“呵呵，好，如果到时我有空的话，一定会去看看。”萧炎笑着点了点头，算是应下了奥托的邀请。

见萧炎点头答应，奥托这才含笑点了点头，再次与他说了一些关于炼药师大会需要注意的问题。

在两人畅聊之间，那前去拍卖场收购的人也赶了回来，将三阶魔核恭敬地送到了萧炎手中。

一枚三阶魔核，算上价值，不会低于二十万金币，不过这些钱却被奥托笑着摇头拒绝了，以炼药师公会的财力，支付这点费用，只是九牛一毛而已。

对于这白得来的三阶魔核，萧炎也只得无奈地接受。两人再次聊了片刻，萧炎终于起身告辞。今天，他便要起程离开黑岩城了。

笑着将萧炎一路送出炼药师公会，望着那逐渐消失的背影，奥托微笑着轻声道：“萧炎，我在炼药师大会等着你，希望你能在那种场合大放异彩……”

## 第十六章

# 飞行途中

走出炼药师公会，萧炎四下望了望，然后大步向位于城中心位置的飞行运输队走去。

穿过几条陌生的街道，顺便问了下路，十几分钟后，萧炎终于见到了那耸立在一处宽敞广场上的飞行运输队。

在偌大的广场上，十几头体型颇为庞大的飞行鸟正停留其中。这种鸟名为“厚翼鸟”，并不属于魔兽的行列，而是一种地地道道的飞鸟，性子极其温和，最容易被人类驯服，不过由于数量较少，因此一般只有帝国才有实力构建这种飞行运输队。

这些厚翼鸟，虽然速度比不上魔兽飞鸟，不过持久力极强，只要吃饱一顿，便能以平稳的速度飞上将近四五天的时间。而且此鸟驮负能力颇为出色，一只成年的厚翼鸟，能够搭载超过自己体重五六倍的东西进行长时间的飞行。

若是在帝国战争期间，这些厚翼鸟将会被帝国军部强制收回，直到战争停止，才会返回民间，所以它们之中很多曾经历过惨烈的战争。

走进广场，喧闹的声波犹如洪水般猛地灌入萧炎耳中，让猝不及防的萧炎耳朵“嗡嗡”地响了好一会儿，方才缓过来。

萧炎狠狠地甩了甩脑袋，抬头望着那人群拥挤的广场，发现在每一头厚翼鸟的身旁都排着长长的队伍。在厚翼鸟那边木梯旁，萧炎看见一个身着制服的家伙正在收着乘坐飞鸟的票。

萧炎愕然地望着这一幕，半晌后，苦笑着摇了摇头，拉过一位路人，问清购票地点之后，这才踱着步子来到广场东南角落的售票台。

此时，售票台之前正排着长长的队伍，萧炎见状，也只得无奈地排在队伍后面安静地等待着。

等待期间，耳边喧闹的嘈杂声一直未曾停歇过，萧炎手指揉着太阳穴，忽然有些羡慕小医仙。现在他才知道，有一个飞行坐骑有多方便！只要吹起竹哨，偌大的斗气大陆随你闯荡……

"以后一定也要搞个飞行宠物……"萧炎咬了咬牙，在心中恶狠狠地道。

"先生,你是要到哪？"萧炎正自顾自地想着,一道女子的声音在前面响了起来。

萧炎微微一愣，抬起头来，发现原来已经轮到自己了。在面前的柜台内，一位身着制服的艳丽女子正带着职业化的笑容询问着自己，不过萧炎怎么看都觉得那笑容中带着几分不耐烦。

"帝国东部边境，靠近塔戈尔大沙漠的城市。"萧炎瞟了一眼面前略有几分姿色的女子，淡淡地道。

闻言，女子微微撇了撇嘴，嘀咕了几声，然后扯出一张用特殊的魔兽皮毛制作而成的票单。不过，就在她将票递给萧炎之时，目光忽然停在了萧炎胸前的那枚炼药师徽章之上，伸出的手掌骤然停滞。在萧炎眉头微皱的注视下，她将票单快速抽了回去，同时脸颊上堆起甜甜的笑意，小心翼翼地询问道："大人，您是炼药师？"

"嗯……有问题？"萧炎皱眉道。

"呵呵，没有没有，只是按照帝国的规矩，炼药师可以免费享受飞行运输的服务，所以请您跟我来，我们有为炼药师专门准备的飞行坐骑。"女子连忙摇了摇头，恭敬地笑道。

闻言，萧炎再次一愣，片刻后，不由得有些感叹，这炼药师的身份当真是高贵得让人有些咂舌啊，竟然连这种小事情，帝国都吩咐得妥妥当当，难怪很多人只要一见到炼药师就毕恭毕敬。这种职业的珍稀与高贵，远远超出了萧炎的意料。

在周围那些羡慕与敬畏的目光注视下，萧炎轻拍了拍背后的玄重尺，便跟着那名女子行去。

走过一条走廊之后，一头体型不比厚翼鸟小上多少的巨型鸟兽出现在萧炎面前。

萧炎目光扫了扫这头外形有些凶悍的巨型鸟兽，略有些惊讶地发现，这竟然是一头飞行魔兽。

观其气息，它的级别似乎只停留在一阶左右，不过萧炎却能感受到它周身流动的风属性能量，显然，这是一头风属性的飞行魔兽，这种魔兽的飞行速度相当快捷。

在飞行魔兽的背上，牢牢地搭建着一座用特殊木头制作的房屋。这种木头极为轻灵，而且还很牢固，就是产量稀少。

房屋之内，又分了几个小房间，萧炎目光略微扫了一下，发现其中的两个房间中竟然已经有人，而且，看他们身上的袍服，明显也都是炼药师。

“大人，这便是飞往加玛帝国东部边境漠城的飞行兽，那里是最接近塔戈尔大沙漠的城市。”在这头飞行魔兽前停下身子，那名制服女子恭声道。

“嗯。”萧炎微微点了点头，脚尖在地面轻点，身形便飘上了巨鸟宽阔的背上，然后在背后那道幽怨的目光中走进一处空着的小房间。

在萧炎上了飞行兽之后不久，又有一位炼药师登了上来。如此再等了片刻，萧炎终于感觉到，巨大的飞行兽双翼缓缓地振动了起来，一缕缕风属性能量也在其身下缭绕着，将那庞大的身躯驮负上了天空。

随着嘹亮的尖鸣声，飞行魔兽在驯兽师的指挥之下，猛然冲天而起，向着帝国的东部飞掠而去。

坐在房间中的窗台处，萧炎望着外面那飞掠而过的淡淡云雾，脑袋里忽然冒出

“飞机”这个有些遥远的词来。萧炎苦笑着摇了摇头，将之甩出脑袋，随后盘坐在椅上，缓缓地进入修炼状态。

黑岩城离帝国边境很远，即使以这飞行魔兽的速度，也至少需要飞行足足三天时间方才到达，所以萧炎可不愿意浪费时间。

明亮的天色逐渐地变暗，然而修炼之中的萧炎忽然被隔壁的笑闹声惊醒了。

萧炎缓缓地睁开眼睛，发现房间之内的那枚月光石已经开始散发着淡淡的光芒。

萧炎无奈地摇了摇头。这种状态，他可不敢再继续修炼。他叹了一口气，从纳戒中将血莲精、冰灵焰草以及那枚三阶魔核取了出来，小心翼翼地轻放在桌面之上，然后手指弹了弹漆黑的戒指，顿时，药老摇摇晃晃地从中飘了出来。

“怎么？现在就想炼制血莲丹了？”药老瞟了一眼桌上的三种材料，笑道。

“嗯，提前准备好吧，老师当初不也说过嘛，若是运气好的话，指不定什么时候就忽然遇见异火呢。”萧炎笑着点了点头。

闻言，药老笑了笑，倒没有推辞，身形飘到桌面之上，微微点了点头，笑道：“也好，这血莲丹可是能够跻身五品级别的高阶丹药，炼制时间也的确需要两天左右，既然现在有空闲，那便抓紧时间吧……”

“五品丹药？”闻言，萧炎微微一惊，他没想到血莲丹竟然会达到这种级别。五品丹药，在整个加玛帝国，恐怕也就丹王古河能够炼制出来吧?

“好好观摩吧，近距离观看如何炼制高阶丹药，对你好处可不小。”对萧炎提醒了一声，药老缓缓地探出手掌，顿时，森白的火焰便袅袅地从其掌心中升腾而起。

望着那簇簇森白火焰，萧炎忍不住舔了舔嘴，这便是那让他日思夜想的异火啊……

淡淡地望着手掌之上的森白火焰，待它逐渐升腾起来之后，药老轻吐了一口气，将那枚三阶魔核丢了进去，而血莲丹的炼制便在这高空之上正式启动!

飞行的三天时间，萧炎一直在飞鸟之上度过，虽然途中曾经在两处休息站停过，但他并未出去，一直待在小房间之中，将药老炼制丹药的每一个步骤仔仔细细地收进了脑中。

此次的炼制丹药，费去了药老整整两天半的时间，而这还是因为药老有异火相助。由此可见，若是换个平常炼药师来，想要成功地炼制出这血莲丹，没有十来天的时间，是不可能的。

将药老炼制五品丹药的全过程完全收入眼中，萧炎感到受益匪浅。同时，他也发现，自己现在引以为豪的火候控制力等等东西，在真正的炼药大师眼中其实算不了什么。比如这次炼制血莲丹，虽然它所需要的材料只有三种，不过其中复杂的程序，却让萧炎惊讶得直咂舌。他曾经在心中暗自思量过，如果换作他上的话，恐怕在第一道精确提炼时，便会将药材焚烧成一堆灰烬。

经过长达两天半的异火煅烧，药老掌心上空几寸高处，一枚龙眼大小的血色圆润丹药，正在滴溜溜地急速旋转着，看其表面上的光泽，明显是已经在进行最后的凝丹步骤。

萧炎舔了舔嘴，捶了捶有些麻木的双腿，目光随意地瞟了一眼窗外，却忽然感觉到空气似乎躁热了许多。

“好了吗？”萧炎喃喃了一声，揉了揉发黑的眼圈，然后扭了扭脖子，将目光再次投向飘浮在桌面上的药老身上。虽然经过了两天不眠不休的炼制，药老的脸色依然是一如既往地平静，似乎这般长时间的挥霍能量对他并没有多少损耗一般。

“丹药要成了……”就在萧炎心中大生佩服之感时，药老忽然淡淡地道。

闻言，萧炎赶忙从纳戒中取出一个品质上乘的胭脂玉瓶，然后小心翼翼地放在桌上，同时迅速起身，退后了几步。

药老瞥了一眼桌上的玉瓶，微微点头，掌心微颤，一股更加浓郁的森白火焰腾烧而起，最后竟然将那枚血色丹药完全地包裹了进去。

随着森白火焰的几次急速翻腾，一股凶猛的能量波动猛然自火焰中荡漾而出，转瞬间便犹如一道涟漪一般，从小屋之中扩散了出去。

在这股能量涟漪扩散之时，那头正在飞翔的飞行魔兽也被吓了一跳，巨大的身躯颤抖地摇摆了几下，隐含着恐惧的尖鸣声，在半空中响起。

感受到这股突如其来的能量波动以及飞行魔兽的变化，萧炎脸色微微一变，而且，与此同时，那枚正在成形的血色丹药忽然释放出一股股极其浓郁的药香，这种药香还略带着淡红之色，从房屋中钻出，最后缭绕在这片小小的天空。

“这是四品以上丹药成形时才会出现的异象，守住门口，给我几分钟安静收丹的时间。”药老面色不变地盯着掌心中的火焰，沉声道，“小心同行的那几位炼药师！”

“嗯。”

萧炎凝重地点了点头，他已经发现，在异香传出来的刹那，这巨型鸟兽之上的其他几个房间出现了一些骚动。四品以上的丹药对于很多人都拥有致命的诱惑力，一些人即使是拼了命都想得到它。

萧炎手掌紧握着背上的玄重尺，转身拉开房门，然后面无表情地站了出去，同时，一手将门狠狠地关上。

刚刚站在门口不久，另外四个房间之内，四道人影便有些衣衫不整地冲了出来，目光在走廊上扫了扫，最后停在了那脸色淡漠的萧炎身上。

四人的目光先是在萧炎胸口上的那枚二品炼药师徽章上扫过，眼瞳中明显闪过一抹惊诧。四人互相对视了一眼，几人眼中都有些莫名的意味。

在四人打量着萧炎之时，萧炎也粗略地扫过四人。四人之中，有一名老者以及三名年龄大概在三十岁的中年人。那名老者胸口之上佩戴着一枚三品炼药师的徽章，而其他三人，有两人是与萧炎同级别的二品炼药师，一名则是一品炼药师。

眼睛盯着从萧炎身后的房间中飘出来的缕缕淡红，那名老者眼瞳微眯，一抹贪婪的神色在眼底浮现。老者轻咳了两声，缓缓走近萧炎，和善道：“呵呵，这位小友，在下哈朗。”

萧炎淡淡地瞟了一眼这名貌似和善的老者，没有答话，握着玄重尺的手掌更是紧了几分。

“呵呵，小友，刚才忽然出现的能量波动可是由这里散发出的？我们没别的意思，只是想过来询问一下，呵呵，毕竟现在大家都处在千米高空之上，万一出了什么事，我们可都要遭殃啊。”没有在意萧炎冷淡的态度，老者依然笑眯眯地道。

“是啊，这位小兄弟，大家现在几乎可以说是在同一条船上，还请不要弄出一些危险的东西来啊，不然，呵呵……这对大家都没好处啊。”一名二品炼药师也皮笑肉不笑地凑了过来，目光隐晦地扫了扫那小房间，喉结明显滚动了几下。

见到这两人如此说，另外两位中年人也不甘寂寞地凑上来，齐声附和着，竟然还提出了进屋检查一下的建议。

“我家老师正在里面炼制丹药，各位也是明白人，不必和我装傻充愣，我们并不会影响到飞鸟的飞行，还请诸位给个面子，回到自己的房间，不要胡乱打扰，否则……”萧炎瞥了一眼面前不怀好意的四人，森然道。

“呵呵，小友说笑了，我们并没有这等意思，只是你也知道，在这千米高空之上，万一出点事故大家都担待不起啊，而且你与你的导师既然选择坐飞鸟兽，那自然肯定也还未达到斗气化翼的地步，若真是出了事……”那位名为哈朗的老者满脸笑容地道，只不过，笑容虽然平和，却依然掩饰不住那几缕贪婪与阴狠。

虽然他也清楚里面的那位神秘炼药师等级恐怕并不会比自己低，不过此时对方明显是处在炼丹期间。这种时候，分心是大忌，一个不慎，丹毁是小事，万一来个反噬，恐怕日后就会变成废人，因此他才会有这般胆量硬闯……

“小兄弟，我们只是检查一下而已，不会多事的，麻烦让开一下。”那名中年二品炼药师同样也知道此时是极好的时机，所以当下不敢拖延，上前一步，手掌之上，斗气暗藏，然后对着萧炎打去。

“滚！”

望着这家伙的大胆举动，萧炎脸色一寒，手掌骤然紧握，其上的紫色火焰瞬间腾烧而起，然后携带着凶悍的劲气，在中年人猝不及防之下，狠狠地轰击在了他手掌之上。

“嘭！”的一声闷响，萧炎脚步急退，直到紧紧贴着房门之后，方才稳下了身形。萧炎此时的实力，仅仅是普通斗师，而那名大汉早已晋升了三星斗师级别，虽然仗着紫火斗气，萧炎占据了上风，却依然是胜得不太轻松。

“啊……”接下了萧炎的攻击，那名二品炼药师急退了好几步，忽然抱着拳头痛苦地嚎叫了起来。几人眼睛一瞟，却惊骇地发现，这家伙的拳头居然变得通红，还有鲜血从中渗透而出，颇为恐怖。

“实火？不对，这小子有古怪，动手，塔古！里面的丹药快要炼成了！”望着萧炎拳头之上升腾而起的紫火，那名老者脸色一变，然后转头对着另外一名二品炼药师喝道，看这模样，他似乎与那名二品炼药师认识。

听到老者的喊声，那名实力明显比刚才那位二品炼药师更加强悍的中年人点了点头，脚步一踏，然后右脚对着萧炎飞踢而起，脚掌之上，浓郁的深黄色斗气携带着压迫的风声，让萧炎脸色微微凝重。

萧炎心中怒骂了一声，手掌霍然抽起背上的玄重尺，在掌心一转，便将之收进纳戒之中，与此同时，脚掌在地面狠狠一蹬，身体微弓，最后猛然冲向那名中年人。

“八极崩！”心头骤然一声冷喝，萧炎右拳紧握，重轰而出，恐怖的力量竟然制造出了一波波尖锐的声波。

“嘭！”

拳头与脚掌重重地轰击在一起。在萧炎的全力攻击之下，即使那位中年人心中并无轻敌之意，可依然被那拳头之上所蕴含的恐怖劲气狠狠地击飞了出去。

“嘭！”

中年人狠狠地砸在一处房间之上，顿时木屑横飞，小屋就此摧毁，而小屋摧毁之后，竟然露出了外面蔚蓝的天空以及淡淡的云雾。

望着那脸色苍白地停留在飞鸟背部边缘位置的中年人，萧炎眼中掠过一抹森然，刚欲再次快速攻击将这家伙击出飞鸟背上之时，身后的那声得意冷笑让他心中一惊。

霍然回过头来，只见那名满脸阴冷的老者，竟然已经出现在房门前，老者偏过头来，对着萧炎得意地咧了咧嘴，阴森森地道：“小子，等我将里面的那家伙收拾后，就把你给丢下去！”

说完，老者一拳攻击在木门之上，顿时，木屑四射，房门在老者得意的大笑声中，轰然爆裂。

随手挥开一些射来的木屑，老者满脸笑容，刚欲踏进房中，一道幽灵般的影子，犹如鬼魅一般，诡异地飘浮在了面前，苍老的手掌闪电探出，握住了老者的脖子。

“你要收拾我？”

在耳边响起的淡淡声音，让尚有些不知所措的老者眼瞳骤然紧缩。

听到那在房间中响起的苍老声音，萧炎这才松了一口气。

刚刚冲进屋内的老者又缓缓地倒退着出来，而此时，在他的脖子处，一只看上去有些苍老的手掌，正犹如鹰爪一般，牢牢地锁住他的咽喉。

哈朗脸色有些骇然地望着出现在他面前的淡漠老者，虽说自己现在被控制，有猝不及防的原因，不过当那人的手掌锁住自己喉咙之时，哈朗惊恐地发现，原本自己体内急速流淌的斗气竟然像受到了辖制一般，变得犹如龟爬，任由他如何拼了命地催动，那斗气依然软趴趴地没有半点力气。

此时，即使哈朗再如何愚蠢，也明白面前的老者根本不是他原本认为的那样只比他实力高一点点而已。以对方这恐怖的一手来看，这实力，远远超过他哈朗两阶之上。

“天啊，这老家伙明明实力已经达到了斗气化翼的地步，为什么还要来乘坐这种速度并不算快捷的飞行兽？”心中凄然地哀号了一声，哈朗艰难地动了一下喉咙，声音嘶哑地道，“大人……我们并无冒犯您的意思，只是想保证一下我们的安全而已……”

药老淡漠地瞥了他一眼，右手微扬，一只胭脂玉瓶出现在了手中，在那略微有些透明的瓶身之中，还能模糊地看见一枚龙眼大小的血色丹药调皮地滚动着。

“你们是想要它吧？”药老扬了扬手中的玉瓶，淡淡地笑道。

望着那被药老轻易制服、没有丝毫还手之力的哈朗，另外三位中年人脸色也是一片惊骇，脚步惊恐地退后了几步，心中开始忐忑了起来。见识了药老的厉害，他们这才明白此次的举动究竟有多么的愚蠢。

“呵……呵呵，大人您说笑了，我们怎敢打您的主意，若不是我们害怕先前的那阵能量波动会对飞行造成一些阻碍的话，我们一定不会来打扰您的。”哈朗咽了一口唾沫，眼珠转了转，干笑道。

“你先前可不是这么说的哦……”萧炎来到房门旁，靠着木壁，森然地瞥了一眼哈朗，戏谑道。

“呵呵……先前，先前是开玩笑。”哈朗干涩地笑了笑，微微垂头，眼眸中闪过一抹怨毒，袖袍微微垂下，一小包黑色粉末从袖袍中滑进了掌心内。

“本不想杀人，不过你自己找死，那也就算了吧……”就在哈朗手中的粉末即将撒出时，药老微微叹息着摇了摇头，嘴角泛起一抹冷笑，那抓着后者脖子的手掌之上，森白的火焰猛然涌出。

“啊！”

森白火焰刚刚接触到哈朗的皮肤，剧烈的疼痛便让他眼瞳骤然睁大，身体紧绷得犹如弹簧一般，随着一声凄厉的惨叫，整个身体，只是短短几秒时间，竟然便被森白火焰完全吞噬。

望着那只是眨眼时间便变成一堆漆黑灰烬的哈朗，在场的几人，包括萧炎，都忍不住轻吸了一口凉气。

“这就是异火的威力吗？”

萧炎有些震撼地望着这一幕，心中犹如翻江倒海一般，虽然当初在乌坦城，药老曾经用异火杀过一次人，不过当时的柳席实力不过才是一名斗者而已，所以萧炎的感触倒不很深刻，可现在，面前那仅仅在异火中坚持了几秒时间的人，可是一名真正的大斗师啊!

“异火啊……难怪会让那么多人拼了命地想要得到它，这种力量……啧啧，实在是太诱人了。”叹息着摇了摇头，萧炎不得不承认，在见识到异火的力量之后，自己想要得到它的念头变得更加强烈了。

药老淡漠地瞟了一眼地上的灰烬，袖袍轻挥，一阵轻风刮过，将之刮得干干净净，将手中的玉瓶丢向萧炎，然后拍了拍手。

萧炎小心翼翼地接过那枚装着血莲丹的玉瓶，将之放进纳戒之中，微松了一口气，抬起头，不怀好意地瞥向那三位脸色惨白的中年人，微笑着问道：“老师，怎么处理他们?”

“既然他们能有抢药杀人的决心，那么自然也知道失败后自己应当付出何种代价。”药老淡淡地道，瞟了一眼三人，手掌一翻，森白色火焰再次腾烧而起，“自己跳下去?”

听着药老这平淡的话语，三人顿时身体一颤，满脸恐惧地低头望了一眼那起码距离他们上千米的地面，脚跟不断地打着哆嗦。

萧炎抱着膀子，冷冷地望着陷入恐惧与绝望中的三人，并未有多少同情之心。他知道，若是将双方现在的处境换一个位置的话，那么这几人绝对会毫不怜悯地将自己与药老击杀。既然人家对他们都未曾抱什么怜悯之心，那萧炎也犯不着怜悯他们!

药老没有抬头看三人的恐惧神色，手指缓缓地弹动着，一缕缕淡白火焰，在掌心中不断地升腾、消散……

沉闷的气氛持续了片刻时间，那名仅仅是一品炼药师的中年人终于忍受不了这种气氛的压迫，随着一声压抑的咆哮，斗气迅速地笼罩身体，然后凶光毕露地对着萧炎冲杀而来，看来他也并未完全失去理智，还知道要选择最软的柿子来捏。

在这名中年人采取了反抗之后，另外一名二品炼药师也忽然从纳戒中取出一把长剑，然后一声厉喝，满脸凶狠地对着萧炎围杀而来。他们心中知道，只要将萧炎活捉，然后以他为人质，自己的命或许能够保住！

没有理会扑杀而来的两人，药老略微沉默后，屈指轻弹，一缕白色火焰从掌心中飞射而出，那位一品炼药师顿时化作一片灰烬。

犹如杀鸡一般地击杀了一名一品炼药师，药老手指刚欲再次对着那名扑来的二品炼药师弹动，不过一声轻微的闷响让他手指忽然一顿，老眉挑了挑，然后饶有兴致地抬起了头。

“噗……”

此时，那名正对着萧炎急射而去的二品炼药师身体突兀地僵硬在了原地，一截森冷剑刃透胸而出。

“你……”艰难地回转过头，这名二品炼药师死死地盯着那名忽然对自己出手的同伴，怨毒地喊道：“你……也会死在这里，绝对……逃不掉，他，不会放过你！”

望着缓缓倒下的同伴，这名二品炼药师深吸了一口气，忽然转头对着药老大喊道：“大人，我愿意跟随您！只求您能放我一条生路！”

萧炎静静地望着这场有些残酷的窝里反杀戮，半晌后，轻吐了一口气。

“这便是险恶的人性。以后面对绝境之时，不要把你的后背交给不信任的人，因为说不定会有一把意想不到的剑捅进你的胸口……”没有理会那名满脸谄媚讨好的二品炼药师，药老偏头盯着萧炎，淡淡地道。

萧炎拳头紧了紧，微微点点头，这活生生出现在眼前的一幕，让他看清了许多……

“这人，你想怎样解决便怎样解决吧，我可不需要这种随从。”药老缓缓地转身，走进屋内，留给萧炎一句轻飘飘的话语。

萧炎点了点头，微吸了一口气，脸庞之上竟然浮现了略微有些寒意的笑容。

药老走进屋内片刻后，便听到门外面响起一道沉闷声响。他微微点了点头，手指轻弹了弹，指尖升腾的淡白火焰逐渐消散。

“嘎吱——”

萧炎推门而入，此时他身体上略微有点血腥的味道。见到药老望过来，萧炎耸了耸肩膀，微笑道，“那种人留在身边，指不定什么时候会向咱们捅过来，所以我把他踢下去了。”

“嗯。”随意地点了点头，药老视线透过窗户，望着遥远地平线上出现的一片金黄，含笑道，“塔戈尔大沙漠要到了，走吧……剩下的路程，我们自己飞过去，免得飞鸟在降落后，会因为四名炼药师的失踪而引起一些不必要的骚动，耽搁时间。”

说完，药老身躯微晃，化为一抹毫光，钻进了萧炎手指上的纳戒之中；与此同时，那紧贴在萧炎背后的紫云翼也“唆”的一声，舒展了开来。

萧炎微微扇了扇背后的紫云翼，打开窗户，径直跃了下去。

剧烈的风在耳边飞速地刮过，萧炎双翼一振，紫色的斗气逐渐覆盖身体。他抬起头来，望着不远处那正扇动着巨大羽翼的飞鸟魔兽，淡淡一笑，略微停滞了片刻之后，速度骤然提升，化为一道紫色流光，迅速地超越了那头飞鸟魔兽……

遥遥天空之上，紫色流光，犹如追星赶月一般，瞬间划过天际，对着那矗立在一片金黄沙漠之中的城市飞掠而去。

城市越来越近，一股股热浪迎面而来，微眯着眼睛望着那几乎望不到边际的金黄地带，萧炎轻呼了一口气：“最后的修行之地，塔戈尔大沙漠，终于抵达了！”

# 第十七章
# 神秘的残图

在距离城市尚有几百米时，萧炎飞行的速度逐渐地减缓了下来，身体微微一颤，背后的紫云翼便散发出一阵阵淡紫的光芒，缓缓收缩，最后化为文身，贴在了背上。

身体在半空中凌空一翻，萧炎双脚稳稳地立在了地面之上。他拍了拍衣服上的一些灰尘，抬头望着那出现在视线尽头的巨大黄色城市，微微一笑的同时，也松了一口气。

或许是由于接近沙漠的原因，这里的天气颇为干燥与炎热，炽热的阳光从天空中挥洒而下，将脚下的大地烘烤得不断散发着熏人的热气，那股热气缓缓升腾而起，竟然使眼前的景物变得有些扭曲与模糊。

按常理说，处在这种绝对算不良好的环境中，人都会感到不舒服，然而萧炎却愕然发现，自从他踏上这片土地之后，体内流淌的紫火斗气竟然变得欢畅了许多。

萧炎微微感到吃惊，伸出手在面前的空间抓了几把，抿了抿嘴，半晌后，方才恍然地轻声道："难怪，这里的空气中，几乎百分之八十属于土属性与火属性能量……"

"嗯，由于地形的原因，塔戈尔大沙漠最适合修炼火属性功法与土属性功法的人修行，而你体内的紫火更是一种与炎日息息相关的特殊火焰，自然比常人感觉得更要敏锐一些。”戒指之中，传出药老淡淡的笑声。

“而这，也就是我为什么要让你来沙漠修行的原因。这里的条件艰苦，用来磨炼人，实在是再合适不过的天然场合。”

萧炎微微点了点头，轻吐了一口气，拍了拍身上的那件精美得犹如艺术品一般的炼药师长袍，然后迈开双腿，向那已经不远的黄土城市缓缓行去。

逐渐行近城市，周围的路人渐渐多了起来。这些路人，男子大多是赤裸着膀子，浑身皮肤黝黑，一眼看上去，似乎颇为豪爽；偶尔路过的女子虽然皮肤同样微黑，不过却有些偏向性感的古铜之色。

萧炎抬头望着那已经近在眼前的黄色城市，只见在那城门上方雕刻着两个硕大的淡红色字体，远远看去，竟然有种淡淡的血腥感。

“漠城……”萧炎轻声念了一句，笑了笑，缓缓地走向城门口处。

在城门口处，十几名身着铠甲的士兵正手持长枪吆喝着让进城的人缴纳入城税。望着这些士兵那不顾炎热、全副武装的模样，萧炎心中有些愕然，这里的防卫，怎么比黑岩城那种大型城市还要森严？

或许是因为天气炎热，这些守卫在此的士兵也有些烦躁，一道道毫不客气的喝骂声不断地催促着城门处的路人。

走到城门口，听着那些士兵的喝骂，萧炎微微皱了皱眉头，径直走进城门。在加玛帝国，炼药师几乎是享受着贵族一般待遇的职业，这些城门处的进城费同样是被帝国豁免了。虽然一名炼药师也不会在乎这点钱，但这面子却的的确确让炼药师们颇为受用。

“嘿，小子，没看见这里写着缴……”望着那旁若无人、径直对着城内走去的萧炎，一名士兵眼睛一瞪呵斥道。然而，他的喝骂声刚出口，便瞟见了萧炎那身极为精致的炼药师长袍，骂声立刻被生生咽了下去，怒容变脸般地转化成谄媚的笑容：“大人，您是要进城？”

“嗯。”萧炎没有止住脚步，缓缓走向这名士兵，淡淡地瞥了他一眼，然后与腿有些打哆嗦的后者擦肩而过，自顾自地对着城内走去。

“咕……”见萧炎没有计较他先前的过失，这名士兵脸庞上浮现一抹庆幸，咽了一口唾沫，连忙转身恭声喊道，“大人，最近塔戈尔大沙漠里的蛇人有些不安分，您若要出城，可得小心。”

得到这个意外的消息，萧炎脚步微缓，点了点头，然后身形缓缓地消失在城墙通道内的黑暗之中。

“差点就完蛋了，要是被上面知道老子得罪了一名二品炼药师，不把我丢出去喂狗才怪。”望着萧炎消失的背影，这名士兵这才呼出一口气，抹了一把冷汗，回到自己的岗位。或许是因为先前的一通惊吓，现在他也收敛了许多，不敢再胡乱地冲着进城的路人喝骂。

缓缓地走出有些昏暗的城墙通道，视线微微一亮，别具沙漠特色的城市建筑群出现在了视野之中，一幢幢模样有些古怪的房屋让萧炎大开眼界。

站在街道上，萧炎目光在人来人往的大街上扫过，片刻后，有些愕然地在心中问道：“老师，现在去哪？直接进入塔戈尔沙漠吗？”

“照你这样在沙漠中乱撞，就算不迷失在沙尘暴之中，也迟早会因为缺乏水源而死。”戒指中传出药老无奈的斥声。

萧炎尴尬地干笑道：“我也是第一次来到沙漠……那我们接下来该干什么？”

“先去购买一份最精准的塔戈尔大沙漠地图，这很重要。在这城市中，应该有专门出售地图的商店。另外，备好足够的水源。还有，再跑一下此处的药铺，购买一些驱蛇的药物吧，塔戈尔大沙漠里面的蛇人最擅长的便是驱使毒蛇进攻了，小心点总没错。”药老沉吟道。

“准备好这些东西，今天便没有时间进入塔戈尔大沙漠了，那便在城市中歇息一夜吧。哦，对了，你手中的回气丹也用光了，这东西可是修行时的必备之物，不过还好，你上次在魔兽山脉的小山谷中采集了足够的药材，今夜我抽空替你炼制一批吧。等弄完这些，明天一早，我们便开始进入塔戈尔大沙漠。”

听着药老交代的一项项事务，萧炎无奈地点了点头，叹了一口气，顺手拉过一名路人，询问出售沙漠地图的店铺。

那名被萧炎拉住的路人脸色开始有些不耐烦，不过当他瞧见萧炎胸口上的炼药师徽章之后，脸色一变，极为客气地给萧炎指出了店铺位置。在萧炎感谢告辞之时，这人还颇为殷切地将地图的大致价格说了一遍。

与那名路人道了声谢，萧炎摸了摸胸口处的炼药师徽章，微微叹着摇了摇头，不得不说，这身份实在是太好用了。

萧炎心中感叹了一声，快速地转过街角，向那名路人所说的漠城最好的地图店铺行去。

不急不缓地行走了半晌后，那名为“古图”的地图店铺便出现在萧炎眼前。目光在这店铺外扫了扫，萧炎略微有些惊讶：这个店铺不似别家那般豪华张扬，看上去，竟然还隐隐地透着些许古朴的气息。

萧炎带着几分惊讶，缓缓地走进店铺。店铺内部并不宽敞，两枚月光石的淡淡毫光将店铺照得颇为明亮。目光在店铺内扫过，来购买地图的人并不是很多，冷冷清清的模样，让萧炎有些疑惑是不是走错地方了。

萧炎目光瞟了瞟，最后停在了柜台后面一位正垂头仔细地制作地图的老者身上。这位老者年龄显然颇大，虽然他已满头白发，可那握着绘图黑笔的干枯手掌稳健有力。

萧炎没有出声打扰这名老者，视线在柜台上的多张地图上扫过，饶有兴致地拿在手中翻来覆去地看了看，地图上那清晰的路线让他满意地点了点头。

观看了一会儿地图，萧炎见老者竟然还没有结束的意思，便抿了抿嘴，缓缓踱着步子来到店铺角落中的一个古朴木架旁边。

这个木架，明显年代颇久，布满了朽木孔洞。在它的上面，随意地堆放着一些泛黄的地图，看这些地图表面的一些残破痕迹，似乎是制作地图时的失败品。

萧炎随意地在这些泛黄的地图中翻了翻，一股淡淡的霉味扑面而来。他微微皱了皱眉，将一叠图拿起，手掌微抖了抖，一张只有巴掌大小的残破图片忽然从中掉落了下来。

萧炎并没有在意这掉落的残破图片，在翻看了一下手中的地图后，便无聊地将之放了回去。放回去时，他的目光慵懒地瞟了瞟那小小的残破图片，眼睛先是微微眨了眨，然后移动的手掌骤然停顿。

"这……"萧炎手掌略微有些颤抖地小心翼翼拈起这张残破图片，忽然能够感觉到自己的心脏此时的剧烈跳动声。他使劲地咽了一口唾沫，将残破的古朴图片放在手中，目光带着几抹狂喜，仔细地扫视着图片之上那略微有些熟悉的神秘路线。

半晌之后，萧炎缓缓地眯起了眼睛，深吸了一口气，颤抖地喃喃道："果然是它……"

萧炎手掌有些颤抖地托着这张看上去犹如一碰就会化为粉末的残破图片，眼瞳中充斥着难以掩饰的狂喜。他没有想到，在这偶然的情况下，他竟然会得到一份神秘的残破图片……

而对这泛黄图片上的那些神秘路线，虽然萧炎看不懂其中的奥妙，不过那些路线的勾勒让他隐隐地感到有些熟悉，因为这种神秘图片，他曾经在魔兽山脉与小医仙探宝的那个山洞之中看见过……

那是张标志着传说中排名"异火榜"第三的"净莲妖火"藏身之地的神秘地图。"净莲妖火"，即使是药老，也给予了极高的评价，当他说出"净莲妖火"这几个字之时，萧炎不难察觉到他话语之中的那抹惊叹。

能够让曾经站在斗气大陆巅峰的药老都如此反复赞叹，由此可见，那"净莲妖火"究竟强大到了何种地步，用焚尽万物来形容它，似乎并不为过。

"啧啧，好运的家伙，竟然会在这种地方找到那没有半点头绪的地图残片，看来你与那'净莲妖火'，还真是有几分缘分啊。"萧炎的心中响起了药老那蕴含着些许不可思议的惊讶声音。显然，他也从没想过，萧炎竟然能够在短短一年之内得到两块神秘的地图残片。

萧炎笑了笑，笑容中透着些许激动，小心翼翼地握着神秘残破图片，压制住想要把纳戒中的另外一块地图拿出来作对比的冲动，深吸了一口气，努力平缓心中因为这极其意外的收获而造出的波荡。

此时，店铺中的那名白发老者终于做完了手中的工作，不过他并没有抬头，苍老的声音平淡地在房间之内回荡着。

“你是要购买塔戈尔大沙漠的地图吧？”

听到老者的询问声，萧炎这才转过身来，缓缓行至柜台前，微笑着点了点头，颇为客气地道：“老先生，能否给我一份最精准与详细的沙漠地图？”

“东西在柜台上，自己选吧。”老者并没有特意起身介绍的意思，反而只是淡淡地说了一句，这模样，极不像是一个生意人。

见老人态度特异，萧炎有些愕然，不过现在有求于人家，他也只得无奈地点了点头，随意地从柜台上挑选了一张看上去颇为详细的地图，然后小心翼翼地摊开手掌上的那块古朴地图残片，轻声询问道：“老先生，不知道您这里是否还有这种地图残片？”

听到萧炎的问题，那本来正专心致志地绘制着地图的老人手掌微不可察地颤了一颤，那精心绘制的路线便出现了略微的偏移。老人微微皱了皱眉，终于缓缓抬起头来，目光在萧炎手中的残破地图上扫过，浑浊的老眼中掠过一抹莫名的意味。

望着那张抬起来的苍老面孔，萧炎不禁微微愣了愣，这张面孔左脸颊到眼角之处竟然有一道骇人的疤痕，虽然老人眼神颇为平和，不过这道疤痕却给他添了一分隐隐的凶气。

“你……以前见过这种地图的残片？”眼睛在萧炎身体上那代表着炼药师身份的长袍上扫过，老人的声音中略微有几分诧异。

闻言，萧炎眼眸微眯，笑着摇了摇头，道：“我好像曾经在一处拍卖场中见过这种地图残片，当时随意地竞拍了一下，最后由于对方出价太高，我便放弃了。

今天忽然在您这里见到这块地图残片和我以前所遇见的有些相像，这才想要询问一下。”

“净莲妖火”可不是常物，这种排名异火榜第三的妖异火焰，能够让任何一名与世无争的隐士心生贪婪之心，所以萧炎可不会傻到直接说出自己便身怀一份残图。

“哦。”老人目光扫过萧炎的脸庞，似乎也相信了他的话，淡淡地道，“没了，这也只是我偶然得到的，依我多年制图的经验来看，这似乎只是一份地图的残缺部分。”

“那老先生能否告诉我，您是在哪里得到它的？”萧炎眉头微皱，继续问道。

“沙漠中挖到的。”老人语气平淡，没有丝毫的波澜。

对于老人这极其不负责任的回答，萧炎苦笑了一声，手掌握着残缺图片，道：“老先生，能将这块地图卖给我吗？我愿意出高价。”

“不卖。”老人缓缓低下头，再次将心神投注到那尚未完成的地图之中，语气虽然平淡，却有种毋庸置疑的态度。

被一口拒绝，萧炎愣了愣，眼眸逐渐虚眯了起来。不管如何，这张地图残片他是势在必得，别说对方只是一个看似手无缚鸡之力的老人，就算是换成一名强者，他也一定要想方设法地将之弄到手中。“净莲妖火”对他的吸引力实在太大了，说不定，日后想要“焚诀”进化成天阶功法，这在异火榜上排行第三的“净莲妖火”，将会起到至关重要的作用！

就在心头翻滚着念头之时，萧炎心中忽然响起药老的淡淡声音：“小心点，这老家伙不是个普通人。”

闻言，萧炎心头猛地一凛，急忙在心中道：“老师，这老人有古怪？”

“嗯，在我的探测下，这老家伙的真正实力应该在斗皇级别，不过，他似乎受到了什么奇异力量的压制，现在体内的实力只有斗灵强度左右，可即使是这般，要杀你，也是易如反掌的。”药老饶有兴致地道。

“斗皇？”心头震了一震，萧炎在心头失声道，“怎么可能？这加玛帝国的十大强者中，只有三人是斗皇强者啊，这人又是从哪里冒出来的斗皇强者？”

“我怎么知道……不过你所说的那些强者，都只是明面上的，加玛帝国也算是一个大帝国，总有不少的强者不喜欢抛头露面，一些强者更是性子孤僻古怪，跑到这沙漠边缘来贩卖地图，也没什么好奇怪的。”药老随意地道。

萧炎无语，片刻后，在心中苦笑道：“可为什么偏偏要让我遇上？”

“也许是你运气好吧。”药老有些幸灾乐祸地笑道。

“小家伙，别再打我的地图的主意了，我不稀罕钱，拿上东西，走吧。另外，也别打什么强抢的念头，那对你没什么好处。”老人挥了挥手，淡淡道。他似乎并不怕萧炎拿着手中的残片跑路。

萧炎缓缓地吐了一口气，无奈地摇了摇头，道：“的确，在一名或许曾经是斗皇级别的强者面前，我还真不可能强抢。”

“咔！”手中缓缓移动的墨笔猛然一顿，随着清脆的声响，折断了。

老人视线死死地盯着地图上那被涂了一大片的墨迹，半晌后，抬起头来，凝视着萧炎，浑浊的眼瞳之中，淡淡的寒意逐渐萦绕着。

“你究竟是谁？”

老人手掌在桌面之上的某处轻点了点，那敞开的大门竟然便“轰”的一声关拢了。老人眼光凌厉地盯着萧炎，一股冰冷的强横气势从其体内扩散而开。

就在冰冷的气势对着萧炎压迫而来时，药老的灵魂力量将萧炎包裹了进来，让他不受对方气势的压迫。

“老先生别误会，我并不认识您，只是我这人天生感知力有些怪异，对身旁的一些能量感触特别深。先前，刚好探测到老先生体内磅礴的能量，所以……”望着反应如此剧烈的老人，萧炎摊了摊手，退后了两步，笑道，“老先生，我并没有其他的意思，只是真的很想得到这张地图残片，它对我很重要，还请您能通融一下，当然，您可以说出您需要什么东西来交换，只要我能拿得出，一定不会拒绝。”

“小子，没想到你也有些底子。”瞧着竟然在自己的气势压迫下依然没有丝毫损伤的萧炎，白发老人忍不住有些惊异道。

“呵呵。”萧炎笑了笑，当然没有蠢到将药老说出来。他不置可否地微微点了点头，笑着扬了扬手中的那块地图残片，道：“老先生，您认为如何？”

“我说过，我不会将它出售给任何人，你如果真打算强行带走，那也就别怪老夫我以大欺小了。”老人淡淡地说了一声，背后一头白发无风自动，冰寒的斗气缭绕在周身。

被老人一口回绝，萧炎眉头紧皱。他没想到这老家伙竟然如此顽固。看他的模样,明显是并不知道凑齐这些残片后,就能够拼凑出寻找“净莲妖火”的完整地图，可他却依然不肯答应将之出售，这实在是让萧炎有些恼火。

“老先生，这东西今天我是势在必得，就算您不答应，我也要强行带走！”脸庞上的笑意逐渐收敛，萧炎无奈道。

“凭你？老夫我虽然隐居了几十年，却还轮不到你一个二品炼药师这么对我说话！”听到萧炎如此说，老人苍老的面孔上浮现一抹讥讽的笑容，冷笑道。

萧炎撇了撇嘴，不再与他废话，脚尖一蹬，身形急退向房门处。

“找死！”

瞧着萧炎的举动，老人脸庞上煞气闪过，那道狰狞的伤疤更显得凶狠了许多。他脚掌在地面一踏，身形闪电般对着萧炎狂射而去。

在老人闪掠之时，店铺之内，冰寒之气迅速弥漫，淡淡的雾气也缭绕其中，将萧炎的视线完全遮掩了。

被周围的冰寒雾气遮掩了视线，萧炎脸庞微微一变。他知道，这次恐怕真有些麻烦了。

在冰寒的白色雾气笼罩了房屋之内时，萧炎心头便闪过一抹不妙。因为他能察觉到，这雾气竟然让他失去了方向感，而且，当弥漫的雾气侵蚀到身体之后，萧炎明显地感觉到自己的速度减缓了许多。

还未正式交锋，便被对方牵制住了速度，萧炎心头微感凛然。他心神一动，体内小腹处的紫色气旋之中顿时分化出一缕缕紫火斗气。紫火斗气顺着经脉快速地流转着，瞬间之后，萧炎身体轻震，淡淡的紫色斗气纱衣将他的身体完全地包裹在了其中，斗气纱衣表面上，一缕缕紫火腾烧而起，把那些侵体而来的冰寒雾气烧成一片虚无。

斗气纱衣附体，萧炎明显感觉到自身的速度提升了许多，当下手掌紧紧地握在背后的玄重尺之上，使劲一扯，随着一声轻响，重尺在地面上擦出了一个深深的印记。

萧炎手掌紧握着重尺，目光谨慎地在周围弥漫的寒雾中扫过。

在萧炎冒着紫火的紫色斗气纱衣附体之时，周围的白色雾气之中明显地传出了一道低低的惊咦声，显然，那位神秘老人也未曾料到萧炎竟然能够召唤出附带着火焰的斗气纱衣。

“老先生，在下并无恶意，也不想打扰老先生的隐居，只是这残图对我来说极为重要，还请老先生通融一下！”萧炎目光在周围扫过，大声喊道。

“哼，当年我费尽心机方才得到这东西，虽然研究了十几年依然不知道它确切的用处，不过我至少知道，它其中所蕴含的秘密绝对不小，想要让我平白无故地交给你，做梦！”弥漫的寒雾之中，老人冷笑道。

眉头微皱，萧炎刚欲再次开口，心头却是猛地一凛，手中重尺迅速地插在身前，然后身子快速地侧着躲在了其后。

“噗……”随着轻微的破风声响，几道白色冰刺自雾气之中暴射而出，最后叮叮当当地射在了萧炎面前的玄重尺之上。

冰刺击打到玄重尺上后，忽然化为一摊冰水，覆盖在了尺身之上，而此时，萧炎握着尺柄的手掌察觉到一股冰冷之气，不断地对着体内涌来。

脸色微微一变，萧炎屈指轻弹，紫色火焰猛地自掌心中浮现，然后飞快地在尺身上一抹，将上面的一些冰霜寒气全部消融。

“咦？紫色火焰？没想到你小小年纪，竟然还身怀多种奇物，难怪会这般大胆。”望着萧炎的举动，隐藏在雾气之中的老人再次惊异地说道。

萧炎微眯着眼睛，没有答话，目光紧紧地锁定周围的白雾，脚步缓缓地按照先前脑子中的记忆路线倒退行去。

“虽然被那该死的东西害得实力大不如前，可要收拾你这毛头小子，却还并不难！”察觉到萧炎暗地的举动，白雾之中，老人冷笑了一声，一道白影猛然暴冲而出，犹如一抹闪电一般，接近了萧炎。

突然冲来的老人让萧炎脸庞微微一惊。他手掌紧握着重尺，毫不客气地狠狠对着面前的人影砸了过去。

望着那夹杂着压迫风声而来的巨尺，老人干枯的双手快速地结出一个印结，轻喝道：“凝冰镜！”

随着老者手印的结出，面前的白色雾气忽然急速翻动，瞬间之后，一扇约有半米长宽的透明冰镜突兀地在面前凝结而出。

“嘭！”重尺狠狠劈下，重重地砸在了冰镜之上。顿时，萧炎脸色猛地一变。他发现，在他的感知之中，当他的重尺劈在冰镜之上时，一股强猛的反弹力量诡异地倒射而出，最后将措手不及的萧炎震得倒射而出。

望着脸色略微有些苍白、倒射而出的萧炎，老人再次冷笑一声，手掌一挥，几十枚螺旋状的冰刺在面前急速形成，然后在老人挥手间，铺天盖地地对着萧炎呼啸着暴射而去。

萧炎脚掌在地面上擦了一段距离，抬头望着那夹杂着冰寒气息而来的大批冰刺攻击，眉头微皱，脚掌猛然一踏地面，随着一声能量炸响，身体暴冲而上。

身处半空躲避开冰刺的攻击，萧炎身体猛然旋转，手中的玄重尺借助着旋转的力量脱手而出，狠狠地对着老人怒射而去。

重尺飞射而出，在几重力量的加持之下，竟然犹如撕破了空气一般，隐隐有淡淡的紫色尺弧在其表面浮现。

望着那暴射而来的玄重尺，老人眉头惊诧地挑了挑，面前的少年给了他太多的惊讶。

然而，惊讶归惊讶，老人下起手来可没有丝毫手软。他双掌一开一合，竟然凝结出了无数的细小冰丝，手掌一抛，冰丝冲天而起，然后铺天盖地地对着重尺缠绕而去，只是片刻时间，便在重尺上包裹了一层厚厚的白色冰丝。

在这铺天盖地的冰丝缠绕之下，重尺之上所携带的凶猛劲气正在被急速地化解着，而当它在距离老人头顶仅有半米之时，终于完全地停滞了下来。

老人随意地瞟了瞟头顶上被冰丝包裹得严严实实的重尺，冷笑了一声，手掌一甩，在冰丝的缠绕之下，重尺在半空中呼啸着旋转了一圈，然后猛然掉头，狠狠地对着处于半空中无处借力的萧炎怒砸而去。

重尺在老人的着力之下，其上所携带的劲气不比先前萧炎竭尽全力的一投弱上多少，若是被砸中，萧炎也难逃重伤的下场。

望着那越来越近的重尺，萧炎无奈地摇了摇头，背间微微一振，紫云翼霍然弹射而出，双翼一振，身形急速拔高，将那飞射而来的重尺避开。

“咦？斗气化翼？”瞧见萧炎背后弹射而出的双翼，老人眼瞳微缩，片刻后，摇了摇头，皱眉道，“不像是斗气化翼，难道……是飞行斗技？”

“好家伙，这小子怎么全身都是宝？”老人缓缓地摇着头，愕然道。

没有理会紫云翼带给老人多大的震撼，萧炎趁其分神之时，身形猛然下扑，手掌之上紫色火焰腾烧而去，屈指一弹，一缕紫火暴射而出，最后将那连接着重尺的冰丝全部烧断。

失去了冰丝的驱使，玄重尺急速掉落。萧炎双翼一振，身形迅速冲击而下，手掌之上的紫火出现在十指连弹间，将玄重尺上面的冰丝全部焚烧掉。

将冰丝完全清除之后，萧炎这才敢再次将玄重尺握在手中，双翼再次急速振动，身体猛然冲天而起。

老人站在下方，望着那打算直接破屋而出的萧炎，脸庞上不由得泛起一抹嘲讽与戏谑。

萧炎的身形急速拔高。然而，就在紫云翼振动了两次之后，他却忽然感觉到头顶上方不远处正不断地散发森冷的寒气。

感受到这股寒气，萧炎心头微紧，手中的重尺猛然对着头顶上方怒劈而去。

“铛！”

上劈的重尺似乎碰见了什么东西，响起一阵清脆的声响，而与此同时，几块细小的冰块缓缓掉落，砸在萧炎的脸庞之上，冰冰凉凉的感觉让他心中微微下沉。他没想到，那老家伙竟然能在这么短的时间里将整个房间变成一个坚硬的冰窖。

放弃了强行破洞的打算，萧炎双翼缓缓地扇动着，身形下降了许多，冷冷地望着那站在白雾之中的老人。

“啧啧，罕见的飞行斗技，奇异的紫色火焰，诡异的身法斗技，远远超过普通斗师的实力，小子，你究竟是云岚宗的宗主传人，还是那几个超然大家族中的少爷？或者是皇室中人？”老人抬起头饶有兴趣地望着半空中扇动着紫黑色翅膀的萧炎，问道。

萧炎舔了舔嘴，目光谨慎地注视着老人，并未答话。

“不过就算你真是我所说的那些身份，今天也不可能拿着地图残片离开这里。”手掌摸了摸苍老脸庞上的那道疤痕，老人的声音又开始逐渐转冷。

“固然你身怀多种绝技，可你不过是一名斗师而已。虽说如今我实力大减，可要收拾你，并不困难。”老人淡淡地道，“把东西交出来吧，我让你离开，我也并不想让人打扰我多年的隐居生活。”

望着这顽固的老人，萧炎无奈地叹了一口气，心中苦笑道：“老师，看来似乎得你出手了，我的确不是他的对手，即使他如今实力不复以往，可也正如他所说，收拾我并不难。”

“呵呵，的确不难，毕竟你们足足相差了两个阶别，而且那家伙身怀的斗技不比你弱，先前的交锋，不过只是试探而已，若他真的认真起来，你撑不过五个回合。”药老的声音，在萧炎心中响起。

萧炎苦笑着点了点头。与老人短暂交锋了一阵，他自然知道对方的强悍，若不是现在老人无法斗气化翼，恐怕自己早就被擒了。

“嗯……交给我吧，我暂时控制你的身体。”

对此，药老倒并未拒绝。他知道，即使是想要用实战来锻炼萧炎，那也有一个界限，以萧炎这刚刚到达斗师的实力，去挑战一位战斗意识曾经是斗皇级别的强者，无疑是找死。

“老先生，我说过，这张地图残片，我势在必得！”萧炎先是微微点了点头，低头对着老人耸了耸肩，忽然缓缓地闭上了眼眸。

望着萧炎怪异的举动，老人有些愕然，眉头微皱，片刻后，脸色猛然一变。他发现，一股丝毫不比他逊色的凶猛气势忽然缓缓地从半空中的少年身体之内散发出。

“怎么可能？”感受着那股节节攀升的气势，老人平淡的脸庞上露出了一抹震惊。

第十八章
# 药老出手

冰寒雾气弥漫屋子，犹如是步入了一个属于寒气的空间一般，周围白雾弥漫，始终都望不见尽头。白雾之中，老人一脸震惊地望着半空中的少年，片刻后，脸色逐渐变得凝重，低喝道："小子，你这是何种秘法？"

无怪老人会如此震撼，虽说在这斗气大陆上并不乏一些能够快速提升实力的秘法，不过那些秘法的等级至少都是在地阶之上。在这斗气大陆上，能够拿出这种等级秘法的人或者势力，只有那些屈指可数的超级势力或者隐世的超级强者，而在这些超级势力以及超级强者眼中，加玛帝国之内的强者无疑只是那与明月争光的萤火虫一般。

"难道这小子是出自那些势力的人？"老人心头闪过一道有些惊恐的念头，在那些实力极其恐怖的超级势力的震撼之下，他已经再难以保持心中的镇定了。

"不可能！这小子虽然身怀多种奇宝，可他所修炼的功法似乎并没有超过玄阶，这可绝对不像是那些势力的作风！"虽然心中略微有些惊恐，不过片刻之后，老人便缓缓地压下了这抹情绪，在心中自我安慰道。

逐渐恢复了镇定，老人脸色凝重，干枯的双手微微一握，周围冰寒的雾气急速凝结，最后在其双掌间凝成了一柄通体雪白的冰枪。

用斗气凝化成冰枪之后，老人依然有些觉得不保险，单手飞速地结出一个印结，然后轻喝道："冰灵甲！"随着喝声的落下，周围弥漫的冰寒雾气顿时在老人身体之上构建成了一副闪烁着冰冷光泽的厚实冰甲。

老人手上的武器与身体之上的冰甲都完全由斗气凝结而成，而这至少需要斗灵强者才能勉强办到。

斗气大陆之上，一般人在到达大斗师之时，便能斗气外放。此时，若是将斗气覆盖在武器之上，便能大幅度地增加攻击力。当到达斗灵之后，便能像现在的白发老人一般，凝结出完全由斗气所化的武器与铠甲，这种武器的防御力自然远非寻常武器铠甲能够相比。能让老人如此郑重地竭尽全力对待，可见此时他对忽然提升力量的萧炎，是何等的重视。

无视于下方老人全副武装的模样，半空之中的萧炎，从其体内散发而出的气势越来越浓郁，到了某一刻，忽然仰天一声长啸，长啸声之中，蕴含的汹涌斗气，竟然将下方弥漫的雾气吹散了将近大半。

望着萧炎仅仅一声长啸，便将浓雾打破，老人脸色又一变，不敢再怠慢，手中冰枪一挥，无数尖锐的冰刺在头顶上空急速凝聚，然后带起阵阵破风声响，对着半空中的萧炎飞射而去。

半空之上，啸声逐渐停止，萧炎双翼猛地一振，身体犹如大鹏一般俯冲而下，淡淡地望着那铺天盖地而来的冰刺，双手轻轻合拢。

随着双掌的互相碰撞，一道无形的能量闪电般从中扩散而出，紧接着那铺天盖地而来的冰刺便"咔嚓"一声，极为壮观地在半空中化为冰凉的白色粉末。

"这是……灵魂力量？"望着高速旋转冰刺没有丝毫预兆便被震成粉末，白发老人略微一愣，旋即失声道。

萧炎没有理会老人的惊讶，双翼一振，径直闪掠在了老人上空处，手中紧握着玄重尺，霍然劈下。此次玄重尺的挥动几乎是将空气完全撕裂，重尺所过之处，居然留下了一道浅浅的黑色痕迹……

虽然这一次的攻击并没有先前那般有声势，不过在重尺挥出之时，老人的脸庞却变得极其凝重了起来。他心中清楚，别看这次的攻击不声不响，可其中所蕴含的破坏之力，根本不是萧炎先前的攻击能够相比的……

老人小心翼翼地退后了一步，手掌猛然一紧，旋即冰枪携带着冰冷彻骨的劲气暴刺而出。望着那竟然选择硬碰的老人，萧炎眼眸中明显掠过一抹淡淡的嘲讽，重尺骤然加速，最后与那柄冰枪轰击在了一起。

重尺与冰枪碰在一起，顿时一圈凶猛的能量涟漪从交接处扩散而出，将房间内的地面震出了一道道蜘蛛网般的裂缝。

“破！”刚刚交接，冰枪便被压缩成了一个弯弓般的形状，而随着萧炎的一声冷喝，“咔嚓”一声，冰枪轰然断裂，冰屑四溅。

一个回合，武器竟然便被对方轻易轰断，老人的脸色一下子变得难看。他没料到，面前的少年在这短短的几分钟之内，居然犹如变了一个人一般，前后的实力，形成鲜明对比！若说先前的萧炎只是一名斗师强者的话，那么现在的他，恐怕至少已经达到了斗王级别！这般让人有些惊恐的巨大差距，实在让老人有些骇然。

“这小子究竟干了什么？”心头飞快地闪过一道念头，老人脚尖一蹬，身形急速后退，在后退之时，双手急速舞动，而随着他手掌的舞动，七块闪烁着寒光的冰镜迅速地凝结而出，将萧炎想要追击的路完全阻拦。

刚刚布置了七道冰镜，老人尚还来不及松口气，只听着一声声清脆的声响，眼睛一抬，有些惊愕地发现，那手持重尺的萧炎竟然一路横冲直撞了过来，沿途的冰镜还未接触到他的身体，便被其身体之外的紫色火焰焚烧成了虚无。

“好小子，我今天倒还不信了，我隐居了二十多年，竟然会被你这毛头小子搞得毫无还手之力！”被萧炎这一番紧追不舍的快速攻击弄得心中逐渐地泛起了火气，老人眉头一竖，脚掌猛然一踏地面，冰寒的斗气竟然在周围十几米的地面上结成了厚厚的冰。

“玄冰旋杀！”老人双手飞快地在身前结出印结，喉咙间猛然发出一声低吼，顿时，一道道弯月形状的冰刃在其身边旋转着浮现而出。

冰刃越来越多，到最后竟然隐隐地将老人的身体完全遮掩在了其中，冰刃互相连接，形成了一个完全由冰刃组成的小小螺旋风暴。

“去！”风暴之中，一声低喝传出，冰刃风暴猛然对着萧炎卷杀而去，所经过的房间地面几乎被破坏得沟壑纵横，一些水晶柜台被冰刃一路刮过，轰然爆裂，爆裂之处，却是光滑如镜。

冷眼望着那凶猛攻击而来的老人，萧炎忽然停下了脚步，笼罩着身躯的紫色火焰与凶猛的气势竟然也完全收进了体内。

现在的萧炎，全身没有任何的防御，手中的玄重尺也被他插在了身旁。

“小子，找死！”望着萧炎这般举动，冰刃风暴中，顿时传出老人那略微有些愤怒的喝声。显然，对于萧炎这种带有藐视意味的动作，老人心中极为愤怒。本来以他的身份，对一名晚辈出手便有些不妥，如今更是被逼得用上了全力，可是，如今对方却选择放弃防御来面对他的最强攻击，这无疑使老人的自尊心受到了打击。

萧炎没有理会老人的愤怒，感受着面前虚空中传来的压迫感觉，轻吐了一口气，手掌缓缓探出，然后微微一颤，森白的火焰，骤然升腾而起。

森白火焰现身之后，萧炎脚掌猛地一踏地面，随着一声爆炸声响，他的身体犹如离弦的箭矢一般，化为一道光影，闪电般地直直射向席卷而来的小型冰刃风暴。

“你自己找死，那也怨不得老夫了！”

见萧炎居然选择与自己硬碰硬，风暴之中，老人顿时冷喝道，虽说如今实力大不如从前，可在他施展这玄阶高级的“玄冰旋杀”之时，还真没多少人敢选择直接硬碰。现在萧炎的举动，无疑让老人觉得萧炎是自寻死路！

萧炎依然没有理会他的怒喝，直直地冲近了风暴，手掌几乎被森白的火焰完全地遮掩，霍然插进了风暴之中。手掌插进风暴，房间内部，一圈恐怖的能量波动猛然扩散而出，将地面足足掀飞了将近半米！

“咔嚓……”萧炎保持着手掌插进风暴的姿势，略微停滞片刻之后，只见那原本急速旋转的冰刃风暴竟然停了下来。在“咔嚓”声中，冰刃风暴居然完全地被凝固成了巨大的雪白冰柱。

淡淡地望着面前的冰柱，萧炎缓缓地从中抽出手掌，屈指在冰柱之上轻轻一弹。

“嘭”的一声闷响，冰柱轰然爆裂，化为无数冰凉的白色粉末，从半空中撒落。

冰柱爆裂，现出了里面那被一层淡淡的薄冰包裹的老人。

望着老人，萧炎眼眸微眯，片刻之后，再度睁开。此时，那漆黑眼眸中的淡然与沧桑已经完全消失，取而代之的，是少年应有的活力与朝气。

“老先生，你败了，抱歉，东西归我了。”萧炎拍了拍手，冲着老人笑吟吟道。

望着面前那被包裹在一层泛着妖异白芒的冰层之中的老人，萧炎心中微微松了一口气，对着老人略微有点歉意地摊了摊手，然后转身欲走。

“小子，我的确是小看你了。”冰层之中传出了老人略有些疲倦的声音。

萧炎脚步微微一顿，偏过头，望着那在冰层中缓缓睁开眼的老人，心中并未因此有所惊慌，因为他知道，凭借老人现在的实力，还不可能突破药老所设置的屏障。

萧炎叹了一口气，苦笑道：“老先生，我早说了无意与你交恶，只是这东西，对我来说，实在有些重要，所以……”

“哈哈，没想到隐居在此二十多年，今日却会被你一小辈弄得这般狼狈，实在是有些可悲啊。”老人的声音中略微有些苍凉，然而片刻后，话音骤然一转，视线透过妖异的冰层，凝望着外面的萧炎，淡淡道，“小子，这块残图对你很重要？”

萧炎沉默了一下，微微点了点头。

“嘿嘿。”见状，老人嘿嘿一笑，笑容有些诡异。

萧炎眉头微皱，不再理会他，转身向门口走去。

“当年在沙漠中费尽心机得到这块残图之后，我便凭借着多年制图的经验，将之完美地分割成了两份，其中一份，便是现在你拿走的，而另外一份……嘿嘿。”老人冷笑道。

萧炎脚步再次一顿，背对着老者，手指在纳戒上一弹，先前那张残图便快速地出现在掌心中。萧炎将之托在眼前细细察看，果然发现，这张残图的面积比自己上次在魔兽山脉的山洞中得到的那张要小上将近二分之一。

萧炎手掌紧握着残图，脸色略微有些难看，费尽心力竟然只搞到一份残图的二分之一，这实在是让他有些恼火。

萧炎轻吐了一口气，将残图小心地装进纳戒之中，缓缓回转过身，冷眼望着老人，道："你本来可以不将这秘密说出来的，而且你也知道，我不会取你性命，可你现在偏偏自己说了出来……你，是在逼着我下杀手？"

"嘿嘿，小子，别拿死亡来威胁我，我活了大半辈子，什么风浪没见过？我在加玛帝国横行的时候，你还没出生呢！难道还会怕你这点威胁？再者，我若死了，即使你有通天本领，也不可能得到另外的一小份残图。嘿嘿，到时候，缺少了那一小部分的残图，你就拼不出完整的地图，那还怎么去寻宝藏？"对于萧炎那暗含杀意的冷声，老人不屑地反驳道。

萧炎眼眸微眯，淡淡的寒芒从中掠过。他轻吸一口气，拳头微微紧握，淡淡地道："说吧，你究竟想干什么？既然你自己将这秘密说出来，总不会只是用来激怒我这么蠢吧？"

"小家伙心智果然不凡，真好奇是哪个老变态将你培养出来的，现在虽然我不敢说什么，不过我却能肯定，十年后的加玛帝国，你或许能够站在强者巅峰。"见到萧炎平淡的模样，老人不由得有些感叹地道。

对于老人的这番高度评价不置可否，萧炎瞟着他，皱眉道："说说看，你究竟要怎样才肯交出另外一小份残图？"

"能将我从冰层中释放出来吗？当然，如果你不怕我反扑的话。"老人笑道。

萧炎微眯着眼眸盯着老人，片刻后，眼眸缓缓闭上，旋即再度睁开，缓缓走上前来，手掌轻贴着冰层，掌心微颤，一缕森白火焰侵入其中，将那妖异的冰层快速地消融瓦解。

“我能锁住你一次，就能有第二次，所以别耍花招，不然下次结冰的就是你的血液了。”挥手破去这即使是一名斗灵强者也无能为力的妖异冰层，萧炎的那双漆黑眸子忽然再次变得深邃与沧桑。

破去冰层，萧炎脑袋微微后仰，深邃与沧桑飞速地消逝在眸子之中，他缓缓低下头，望着那破冰而出、不断打着哆嗦的老人，道：“说吧。”

“好恐怖的冰冷火焰，如果我没猜错的话，你先前所使用的火焰，应该是一种神奇的异火吧？”老人脸庞发青地打着哆嗦，略微有些惊惧地道。

萧炎抬了抬眼，不置可否。

见萧炎这模样，老人眼中明显地掠过一抹喜意，不过瞬息后，喜意被快速地压制下来，沉吟道：“你也知道，我本来的实力，应该是一名斗皇强者吧？”

“嗯。”萧炎点了点头。

“那你知道我的身份吗？”老人再度问道。

“不知道。”

见萧炎摇头，老人也有些无奈地摇了摇头，不过旋即脸庞上涌上一抹自傲，道：“我的名字叫海波东，或许你并没有听过这名字，不过我的另外一个名字，我想你应该听过——冰皇！”

“冰皇”二字入耳，萧炎先是一愣，紧接着脸庞明显地变了变，目光泛着些许奇异地打量着这位一直在他面前吃瘪的老人，虽然以前的他一直龟缩在乌坦城，不过对于这位曾经名动加玛帝国的强者却并不陌生。

冰皇，前一代加玛帝国十大强者之一，为人性子孤僻自傲，极其擅长冰系斗气，曾经一怒之下冰封了整整一座城市。在当年的十大强者之中，他是为数不多的斗皇强者。后来曾与云岚宗上任宗主决战云岚山巅，虽然最后落败，可对方也依然胜得不轻松。在上一届的加玛帝国与出云帝国举办的强者大会上，他一人独战对方一名斗皇以及一名斗王而未落败，艺惊全场。

而在那次的强者大会之后，冰皇便逐渐消失在了人们的视线中。现在，冰皇之名只存在于加玛帝国老一辈人的记忆里，年轻一代的十大强者已经取缔了以前属于他们的荣耀与风光。

萧炎没想到，面前这其貌不扬的老人竟然便是那曾经让出云帝国强者阶层大为头疼的冰皇，这种戏剧性的结果实在是让人有些愕然。

“嘿，还好，老夫的名头没有随着时间而灰飞烟灭，你竟然还听过……”望着萧炎那副惊愕的神情，海波东略微有些得意地笑道。

萧炎缓缓地吸了一口气，叹道：“的确是很让我惊讶的答案，没想到，名动加玛帝国的斗皇强者，竟然会隐居到沙漠边来当一名出售地图的商贩。那你怎么会搞成这样子？你先前表现出来的实力，似乎只有斗灵左右吧？”

闻言，海波东有些苦涩地点了点头，叹道：“当年在参加完帝国间的强者大会之后，我便来到了塔戈尔大沙漠，在偶然间得到了那块残图，却因此引来了沙漠中蛇族的皇者——美杜莎女王的追杀。你要知道，美杜莎女王的实力可是在斗皇中排行顶尖的强者，要不是蛇人族只有一位这种强者的话，说不定他们早就开始进攻人类帝国了。”

“那场战斗，我没有丝毫意外地败在了她的手中，虽然事后借机逃脱了，但中了她的蛇之封印咒，不仅身体急速衰老，而且连实力也被封印在了斗灵级别。”海波东叹息道，“这么多年，我一直躲在这里研究那块残图的秘密，想要从中得到一些能够解除封印的东西，可这残图只是一整张地图的小部分，任我经验再如何丰富，也不可能将它破解啊。”

“你不会是想让我帮你破解封印吧？”微眯着眼睛，萧炎忽然挑眉道。

“嗯。”

“呃……你太看得起我了，我可没那本事。”萧炎摇了摇头，干笑道，这么重的担子，他可挑不起。

“在这几十年间，我得到了一张能够破解封印的药方，只要炼制出它上面所说的丹药，那么我便能恢复实力。”海波东沉声道。

“我觉得你应该去找丹王古河，在炼药上，这加玛帝国应该没多少人能比得过他，我只是一个小小的二品炼药师而已。”萧炎耸了耸肩膀，无奈道。

“他不行。”海波东摇了摇头，苦笑道，“炼制这种丹药的首要条件，便是炼药师必须具有异火……丹王古河似乎并没有这东西。”

“哦？”闻言，萧炎心头掠过一抹惊讶，什么丹药竟然需要如此苛刻的条件？

“本来我也不会将另外一小份残图的消息告诉你，不过……你最后施展出来的森白火焰让我改变了主意。只要你能将我所需要的丹药炼制出来，那我不仅会将那块小残图交给你，同时，我冰皇海波东也欠你一个人情。你应该知道，一名斗皇强者的人情值什么价……”海波东沉声道。

听到此话，萧炎略微有些心动，轻声询问道：“你所需要的丹药是几品？”

“六品丹药。”海波东舔了舔嘴，笑道。

翻了翻白眼，萧炎无奈地摊了摊手：“六品……即使我拥有异火，我现在也只是一名二品炼药师，怎么可能炼制出那种等级的丹药？”

“我相信你的实力不会是表面上的这点……”对于萧炎的无奈，海波东却略微有些狡猾地笑道。

萧炎叹了一口气，微微沉默，心中轻声询问道：“老师，你认为如何？”

“不管如何，与‘净莲妖火’有关的地图残片我们必须弄到手，那会对你日后进化功法有着至关重要的作用！”药老沉吟道。

“那你的意思是答应他？”

“嗯，先答应他吧，而且一名斗皇强者的人情的确值这个价钱。”

“我担心他一旦恢复了实力，就……”萧炎转了转眼珠，谨慎地在心中道。

“呵呵，放心吧，有我在，即使他恢复了实力，也不可能夺回残图，再有……在炼制丹药时，难道我们不能做点以防万一的手段吗？”药老淡淡地笑道。

闻言，萧炎这才松了一口气，抬起头来望着满脸期盼的海波东，微微点头，微笑道：“好，我答应你！”

## 第十九章

# 沙漠之行

见萧炎点头，海波东终于松了一口气，苍老脸庞上的笑意也因此多出了几分。

“你把药方给我吧……哦，对了，你应该也知道请炼药师炼制丹药的规矩吧？”萧炎冲着海波东微微笑了笑，“药材自备！”

苦笑着点了点头，海波东自然是知道这个规矩，干枯的手掌抓着几缕胡须，有些尴尬地道：“药方所需要的药材，我已经凑齐了大部分，不过还依然差一种。这种药材名为‘沙之曼陀罗’，只有在塔戈尔大沙漠里才能找到，温度越高的地方，就越容易找到它。可是你知道，我修炼的是冰属性功法，而且体内又有美杜莎女王下的封印，只要我一踏入塔戈尔大沙漠深处，就会被她察觉……所以……”

看到海波东尴尬的脸色，萧炎翻了翻白眼，撇嘴道：“你不会想让我去给你找吧？光是给你炼药我就已经亏了，还想让我在那茫茫沙漠给你寻找药材？你一小块地图残片，是不是太值钱了点？”

闻言，海波东讪讪一笑，迟疑了半晌，方才有些无奈道：“好吧，我或许可以给一点你会感兴趣的情报。”

“什么情报？”萧炎愕然地道。

“有关异火的……”海波东摊了摊手，笑道，“不知道这个情报能否请得动你帮我寻找沙之曼陀罗？”

“异火”两字入耳，萧炎的心脏明显狠狠地跳动了一下。他喉结微微滚动，目光有些炽热地盯着面前的海波东。

“你或许也应该听说过塔戈尔沙漠隐有异火的一些消息吧？”望着萧炎的表情，海波东心中略微松了一口气，笑吟吟道。

“嗯。”萧炎微微点了点头，急切地道，“你知道塔戈尔沙漠中的异火在何处？”

“我这人对绘制地图很感兴趣，曾经在塔戈尔大沙漠之内转了转，也侥幸地弄到了一些有关异火的消息，我探测了一下这些消息之中的地点路线，虽然依然不能很肯定异火究竟在哪个地方，却能大概地知道哪个地方拥有异火的概率比较大。”海波东得意地笑道。

“如果没有我的指点，你就算是在塔戈尔大沙漠里转上一年时间，也难以寻找到异火……怎么样？只要你答应帮我搞来沙之曼陀罗，我便将我多年研究的异火消息全部给你。”海波东微笑道。

“成交！”

萧炎没有丝毫的犹豫，一口答应。现在异火对他的吸引力实在是太过巨大，为了得到它，萧炎愿意付出巨大的代价。

见萧炎答应，海波东也笑着点了点头，在怀中掏了掏，摸出一张薄薄的羊皮纸，将之递给萧炎，笑道：“我探测到，塔戈尔沙漠之中，有三处地方最有可能有异火的存在。”

接过羊皮纸，萧炎将之小心翼翼地摊开，发现这是一张绘制得极为详细的塔戈尔大沙漠地图，这张地图完全不是先前柜台上的那些地图可以相提并论的，其上不仅精确地标志着沙漠中水源存在的地方，而且还将那些散布在沙漠之中的蛇人部落也仔细地标了出来。

“看见地图上的三个火焰标志了吗？”海波东笑着提醒道。

闻言，萧炎目光扫过地图，果然发现，在地图之上的东西北三个方向都有一团极为显眼的火焰标志。

“这三个地方，便是塔戈尔沙漠中异火隐藏几率最大的所在。”手指着这三团火焰标志处，海波东微笑道，“当然，这只是经过我的探测而推理出来的地方，精确率不可能达到百分之百，不过比起你瞎摸乱碰，无疑要好上许多。”

萧炎微微点了点头，虽然他有药老相助，可毕竟塔戈尔沙漠有这么大的面积，想要从中寻找出一处异火存在的地方，的确极为困难，而海波东的这张详细地图无疑会为自己节省很多时间与精力。

“你要记住，最好先去东与北这两个火焰标志的地方，西方那里……如果可以的话，尽量别去。”手指停在西方的那处火焰之上，海波东沉声提醒道。

“为什么？”

“因为那里已经接近塔戈尔沙漠的深处，美杜莎女王能够感受到任何进入她范围内的人类的气息。虽然你身怀多种奇宝，不过若是碰到那恐怖的美杜莎女王，我不觉得你有多大的机会能够逃生。”海波东心有余悸地叹道。

“嗯……我尽量吧。”

萧炎微微点了点头，心中却知道，如果另外两处地方并没有寻找到异火踪迹的话，那么他一定会去西方的那处火焰标志地，即使那里危险莫测，他也会义无反顾地进入其中，因为异火对他来说，实在是太过具有吸引力……

“这些便是我唯一能帮助你的了，希望你能成功地得到异火，然后带着沙之曼陀罗回来。”望着小心地将地图收起来的萧炎，海波东笑道，“而至于药方与那小块残图，则容我多保管一段时间，等你回来之后，我会全部交给你！”

“嗯。”微微点了点头，萧炎对着海波东拱了拱手，道，“既然如此，那我便先告辞了，今天将老先生这里搞得一片狼藉，实在抱歉。”

海波东目光在满屋狼藉中扫过，苦笑着摇了摇头：“算了，反正我在这里隐居的时间也够长了，就算你不砸了这里，我想我也待不了多久了。”

萧炎笑了笑，再次抱歉了一声，然后对着海波东扬了扬手，转身对着门外走去。

望着那打开房门缓缓消失的萧炎，海波东眼眸微眯，沉默了片刻，然后开始收拾屋子。

走出商铺，萧炎转身望着这古朴简陋的铺门，抬起头来，任由天空上那炽热的阳光犹如沸水一般地倾洒在脸庞之上，半晌之后，轻吐了一口气。这短短两个小时的经历，实在是让他有种做梦的感觉。刚来到这沙漠之城，随便进了一所商铺，居然便遇见了一位隐居的强者。这种一般只在书本中出现的桥段，竟然活生生地出现在他的面前，不得不让他有些感叹。

“唉，随便一钻都能遇见一名曾经的斗皇强者……我是好运还是倒霉？”轻轻苦笑了一声，萧炎吐了一口气，大踏步地走上街道，手指轻轻地摸着纳戒，心中忽然似是漫不经心地道，“老师，你认为，他有没有问题？”

“他受了封印，这倒的确不假，你是想问他给的地图有没有问题吧？呵呵，毕竟我们将会按照他的地图行走，如果他真有什么阴谋，我们倒真的会吃一些亏。”药老笑了笑，略微沉吟道，“不过他的地图，的确能给我们不小的帮助，那三处火焰标志的地方，我当年也并未去过，所以不好断定它是真是假……”

“虽然不能断定他有没有坏心，不过防人之心不可无……进入塔戈尔沙漠之后，尽量小心一点，路线，也不必完全依照地图上所指进行，我当年也曾经在这里飘荡过一段时间，所以也能知道一些，不至于会让你迷路。”药老略有些谨慎地道。

“嗯……”萧炎微微点了点头，笑道，“既然如此，那待会儿便先去将其他东西准备好吧，然后在城市中歇息一夜，明日一早进入塔戈尔沙漠。”

“嗯。”药老点了点头，然后便沉默了下去。

萧炎拍了拍衣袍，微微一笑，抬腿向不远处的一处药材店中行去。今天的收获远远超出了他的意料，不仅意外地得到了一份神秘残图，而且还得知了一些关于异火的消息，这让他心中满是兴奋。

顺着街道走了一段距离，萧炎拐进一处药铺，在其中购买了一些驱蛇的药物。购买药物时，他还特地仔仔细细地打量了一下那售药的老者，直到将那名老人看得有些心惊胆战，他这才尴尬地装好东西走出药铺。看来，经过先前的一事，萧炎的神经有些过敏，还真的以为类似海波东的那种隐居高人满大街都是……

在将驱蛇的药材备好后，萧炎又在一处专门销售干净水源的地方买了满满一纳戒水源，这才心满意足地按照路人所指，在漠城的一所高级旅馆住了下来。

随着黑夜的缓缓过去，炽热的艳阳再次将沙漠笼罩在了一片火热之中。

从旅馆中出来，萧炎伸了个懒腰，轻拍了拍手指上的纳戒，这里面有着药老昨夜加班炼制的五十枚回气丹，这些东西可是他在沙漠中修炼的必备品。

站在出城门前的街道上，萧炎再次将所有东西检查了一番之后，这才紧了紧背后那几乎与身高同长的玄重尺，深吸了一口气，开始了他的沙漠之旅……

“这次，一定要寻找到异火！”

在守城士兵敬畏的目光中，萧炎步出城市，望着那出现在视线之内一望无尽的金色沙漠，默默下定决心！

茫茫沙漠之中，风沙肆虐，身着炼药师长袍的少年缓缓地顶着风沙前行着，身后那一排排深陷在黄沙之中的脚印，在片刻之后，便被风沙所掩盖，将所有的痕迹抹得一干二净。

塔戈尔大沙漠的环境严酷得有些出乎萧炎的意料，脚下的黄沙，在烈日的暴晒之下，犹如滚烫的小铁粒一般，让人每一次踏下脚掌，都会忍不住地抽搐着嘴唇。

在缓缓行走之时，那迎面而来的狂风夹杂着细沙，砸在脸庞之上，有些生疼，这令萧炎不得不时刻运转着斗气，在脸庞之处形成淡淡的斗气膜，才避免被风沙毁容。

虽然大沙漠的环境极为严酷，不过其中所蕴含的火属性能量却让萧炎欣慰不已。或许是由于暴晒的缘故，此处如果单论火属性能量的话，几乎比那魔兽山脉中的小山谷还要雄浑上几分，而且这里的火属性能量格外精纯与霸道，刚好适合萧炎用来修炼紫火斗气。

在进入大沙漠仅仅半天的时间，萧炎便能够清晰地感觉到，体内流淌的紫火斗气比往日明显要更加活跃与欢畅。

再次缓缓地行走了百多米距离，萧炎抹了一把额头上的汗水，舔了舔有些干燥的嘴唇，从纳戒中取出一瓶水，狠狠地灌了几口，这才松了一口气。他取出羊皮地图，苦笑道："老师，这半天，我们并未按照地图上的路线行进，算是避开了这上面的主路线，接下来，先去哪边？"

"嗯……那就先去东方火焰标志处吧。"药老随意地道。

闻言，萧炎拿着地图看了一会儿，皱眉叹道："看这上面的距离显示，想要到达东边的火焰标志处，我们至少需要十天的路程……"

"嘿嘿，那便走吧……在这沙漠之中，即使是走路，也是一种修行！"瞧着萧炎苦涩的脸色，药老略微有些幸灾乐祸地笑道。

萧炎哀叹了一声，抬起头，望着沙漠上空那巨大的烈日，咧了咧嘴，将地图收进纳戒之中，手掌轻摸了摸背后的玄重尺，不由得庆幸地一笑。说来也怪，这玄重尺虽然体积颇大，不过在这炎日的暴晒之下，却依然是一片冰凉，似乎天空上的炎日对它并没有多少影响一般，这也省了萧炎不少的心思。毕竟，若是让他背着一块烧红的烙铁到处跑的话，他绝对不会干这种蠢事……

萧炎再次抹了一把汗水，刚欲转身对着沙漠东方行去，脸色忽然微变，手掌霍然反握住重尺，然后猛地抽出，狠狠地插在身前的黄沙之中。

"嘶！"重尺插进黄沙中，顿时响起一声凄厉的嘶鸣声。萧炎面无表情地抽出重尺，一团殷红的血迹在黄沙表面渗透开来，袖袍轻挥，一股劲气将黄沙下面的一头小型魔兽给掀飞了出来。

目光淡漠地看着这头已经失去了生命的魔兽——这种魔兽名为黄沙魔蝎，只有在沙漠之中才能遇见。魔蝎经常隐藏在黄沙之中，等着人自动地踩上去，而它们则只需要守株待兔地释放毒液就行。魔蝎擅长隐匿，即使是一些常年在沙漠行走的人，也偶尔会被它们袭击。因此，这不足一阶级别的魔兽，却经常被人类视为沙漠中难缠的生物之一。

不过即使魔蝎再如何擅长隐匿，在灵魂感知力过人的萧炎眼中，也无疑是那黑夜中的萤火虫一般，亮闪闪的，想要隐蔽偷袭……嘿嘿，基本没可能。

视线扫了扫魔蝎，萧炎上前两步，将它的毒刺切了下来，收进纳戒之中，然后起身，迈着有些沉重的步伐，向沙漠东方缓缓行去。

沙漠之中的修行，枯燥与严酷得再次出乎萧炎的意料。以前在魔兽山脉修行，倒还不至于觉得太过孤单，可在这茫茫沙漠之中，放眼望去，除了风沙肆虐，视线之内，别说人影，就连魔兽的影子也难以发现，这种极度孤独的感觉，实在是有些让人难以忍受。

在萧炎进入塔戈尔沙漠之后的第二天,修行才算正式开始。在药老的要求之下，萧炎下身只穿了一件齐及膝盖的短裤，上半身则干脆来了个全裸……

对于自己的这种形象，虽然萧炎提出了抗议，却被药老一口回绝。药老的理由是，只有让皮肤暴晒，才能更有效率地吸收空气中所蕴含的火属性能量。

在一望无际的金色沙漠中，一道身着短裤的半裸身影咬着牙躺在炽热的黄沙之上，在他的身旁，一位身形有些虚幻的老者正笑眯眯地握着一瓶装满红色液体的小玉瓶，瓶口缓缓地倾斜，倒出几滴红色的液体，倒在少年那被烈日晒得黝黑的后背之上。

“咝……”红色液体滴上后背，萧炎咬紧的牙关顿时漏出一丝凉气，双手死死地抓着一把黄沙，也不顾沙子是否炽热。

“这‘焚血’在沙漠中外敷，比你在魔兽山脉中的效果要强上许多。虽然这东西比较难以配制，不过效果确实颇为不错。在沙漠里，它能使皮肤对外界空气中的火属性能量更加敏感，修炼起来，也有事半功倍之效。”萧炎用一块玉片缓缓地将红色液体轻轻刮开，药老望着他那紧咬着牙关坚持的模样，眼瞳中掠过一抹欣慰的笑容，轻声解释道。

萧炎咧嘴笑了笑，只不过笑容略微有些难看。他嘟囔着笑道："没关系，尽管上吧，反正这几天我也已经快习惯了，我这人没啥优点，就是适应性强，嘿嘿，命比蟑螂硬。"

"不过这几日的修炼，效果还真不错，我已经能够感受到，我体内的斗气正在向一星斗师的巅峰挺进着。"萧炎手掌在黄沙上挥了挥，有些兴奋地道。

"呵呵。"笑着点了点头，药老平和地轻声道，"好了，进入修炼状态吧，现在是最适合修炼的时候，可别浪费时间了……"

闻言，萧炎赶忙点了点头，不再废话，就这般用后背对着天空上的烈日，同时将正面紧贴着滚烫的黄沙，斗气膜将脸庞覆盖，然后犹如鸵鸟一般，将脑袋埋进了滚烫的沙堆之中。

萧炎此时的这种古怪修炼姿势，是药老特意吩咐的。因为在这沙漠之中，虽然任何地方都蕴含着雄浑的火属性能量，但在经过一日的暴晒之后，黄沙之中的火属性能量经过沉淀，则要更加精纯一些，所以这才有了萧炎这个古怪的鸵鸟修炼姿势……

将脑袋埋进黄沙之中后，萧炎的感官便缓缓地沉寂了下来，周围肆虐的风沙声仿佛已经消失，心神逐渐地回归体内。在心神的观测之下，萧炎能够发现，那些被涂在背上的"焚血"液体在日光的暴晒之下，正在快速地浸进体内，虽然这之间的灼热痛楚让皮肤不住地抽搐，可那股雄浑的精纯火属性能量依然让萧炎苦中作乐地欣慰了一回。

有了"焚血"对皮肤的刺激，周围天地间本来便极为浓郁的火属性能量更是犹如找到了源头一般，源源不断地对着萧炎体内灌注而来，而在晋升为一名斗师之后，萧炎已经能够不用费太大的气力，便能将这些灌注而进的能量安排得妥妥当当。

控制着这些火属性能量流转过几道经脉，在经过提炼之后，火属性能量被灌注进了小腹处的紫色气旋之中。

修炼，便在这般枯燥与寂寞之中缓缓地进行着。当萧炎后背上的“焚血”完全地挥发之后，那紫色的气旋之中终于再次凝结出了一小滴紫色的液体。

小小的紫色液体在气旋之中欢快地流动着，犹如湖泊之中的小鱼儿一般，轻灵活跃。

心神注视着那滴最新成形的紫色小液体，萧炎微微笑了笑。经过这段时间的探测，他隐隐地算出，当气旋之内的小液体达到十五滴左右时，他便能够达到晋升二星斗师所需要的能量，而现在，气旋的紫色小液体已有十三滴，也就是说，再凝聚出两滴紫色小液体，便应该能够晋升成为一名二星斗师！

“快了……”萧炎心头轻轻呢喃了一声，脑袋猛地仰起，狠狠地将头发上的黄沙甩去，然后从沙面上跳起身子，仰天大吼道，“快了！二星斗师！”

药老站在一旁，望着那大声嘶吼着发泄心中情绪的萧炎，微微笑了笑，轻声喃喃道：“小家伙，虽然你天赋不低，但你的付出才是最后成功的关键。我很期待几个月之后的三年之约，当年她给了你难以抹去的耻辱，如今你已经有资格自己去讨回……”

药老缓缓地抬起头，望着那火球般的炎日，然后偏头盯着少年那单薄而执着的背影，忽然淡淡一笑。

“虽然修行艰苦，你却从未放弃。这一切，都是你自己用努力与汗水换回来的成功。我相信，日后的你，定能站在斗气大陆的巅峰！”